AF280596

# EIN UFO AM ALEX

# DIETER KERMAS

# EIN UFO AM ALEX

## Roman

Bibliografische Information der Deutschen Nationalbibliothek:
Die Deutsche Nationalbibliothek verzeichnet diese Publikation in der Deutschen Nationalbibliografie; detaillierte bibliografische Daten sind im Internet über http://dnb.dnb.de abrufbar.

Umschlaggestaltung: Dieter Kermas

Verlag: BoD · Books on Demand GmbH, Überseering 33, 22297 Hamburg, bod@bod.de

Druck: Libri Plureos GmbH, Friedensallee 273,

22763 Hamburg

ISBN: 978-3-7597-5335-9

»Flocke, hiergeblieben, komm sofort zurück«, doch der weiße West -Highland-Terrier- mischling scherte sich nicht um Leons Befehle. Mehrere Stufen nehmend, hetzte er, mit flatternden Ohren, japsend die Treppen der U-Bahnstation Alexanderplatz hoch. Leon stand indessen auf der vollen Rolltreppe, die sich, so schien es ihm heute, besonders langsam nach oben bewegte. Hätte ich doch Flocke nicht von der Leine erlöst, ging es ihm durch den Kopf. An die Leine gelegt zu werden, war purer Stress für den Hund. Kurz vor dem Halt am Bahnhof hatte ihm eine Frau auf die Pfote getreten. Ein schmerzliches Quietschen quittierte den Auftritt. Leons hingeworfene Bemerkung, doch besser aufzupassen, begegnete sie mit:

»Warum fähr'ste auch mit der Töle in den Öffentlichen.«

Leon wusste, weshalb Flocke so freudig hechelnd ins Freie raste. Für seinen angeborenen Jagdinstinkt gab es nichts Aufregenderes, als sich blitzschnell und heiser kläffend auf die ahnungslosen Tauben zu stürzen. Er genoss es sichtlich, wie sich die auf dem Pflaster herumlungernden, fliegenden Stadtratten, erschreckt und mit laut klatschendem Flügelschlag in die Luft erhoben.

Mit Schwung verließ er die Rolltreppe und beeilte sich, zum Ausgang zu kommen. Kein aufgeregtes Gebell von Flocke? Da stimmte etwas nicht. In diesem Moment kam sein Hund mit eingeklemmten Schwanz angesaust, und zwängte sich ängstlich zwischen Leons Beine.

»Was ist denn in dich gefahren?«, erkundigte sich sein dreizehnjähriges Herrchen und beugte sich hinunter zum zitternden Hund. Er nahm an, dass ihn ein großer Hund so erschreckt hatte. Leon leinte ihn sicherheitshalber wieder an.

Unvermittelt ruckte Leons Kopf hoch. Irgendetwas war anders heute. Erst jetzt kam es ihm zu Bewusstsein, wie still es war. Er entdeckte keine einzige Taube mehr auf dem Platz. Selbst wenn sie kurzfristig aufgescheucht wurden, dauerte es nur Minuten, bis sie wieder vollzählig auf dem Pflaster herumtippelten.

Leon betrachtete aufmerksam das Geschehen. Alex. Die Menschen auf dem Platz schienen be-unruhigt. Einige sahen sich um, andere blickten hoch in den Himmel. Die Gespräche verstummten. Sicher war es heute, am zehnten August, durch die Klimaerwärmung ein heißer Tag mit über dreißig Grad, aber das war nichts Außergewöhnliches. Das konnte nicht der Grund für die seltsame Stimmung sein. Etwas lag in der Luft. Nur was mochte es sein? Er bemerkte, wie die Leute vom Platz wegstrebten. Anscheinend fühlten sie sich auf dieser kahlen, von der Sonne aufgeheizten Fläche, nicht mehr wohl. Das war sonst nicht der Fall. Man hielt sich zwar nie länger als nötig auf diesem öden Platz auf, aber ihn so fluchtartig zu räumen, das war ungewöhnlich. Die Stille, die alsbald über dem Ort lag, war beunruhigend.

Leon bemerkte, wie einige Passanten hoch in den vergissmeinnichtblauen Himmel gafften. Nur wenige Wolken zogen seinen Blick an. Doch es schien ihm, als ob die Luft über dem Platz vor Hitze flirrte.

Er traute seinen Augen nicht, aber er konnte die Umrisse der Wolken kaum ausmachen. Sie sahen immer unschärfer aus. Ob das von der flimmernden heißen Luft kam, überlegte er?

Flocke zerrte an der Leine. Er schien vor Angst lieber zurück in die ungeliebte U-Bahnstation zu flüchten.

»Flocke, was ist los, wovor hast du Schiss? Ich bin doch bei dir und pass auf dich auf.« Mit diesen Worten versuchte Leon, den Hund zu beruhigen.

Leon schaute erneut auf den Platz und dann wieder in den Himmel. In diesem Moment verspürte er, wie seine Haut, und besonders die Haare im Nacken, zu kribbeln anfingen. Die elektrostatischen Einflüsse nahmen zu. Selbst Flockes Rückenhaare stellten sich allmählich hoch. Der Hund begann mit offener Schnauze zu hecheln und ebenfalls in den Himmel zu starren. Ohne dass sie etwas erkannten, steigerten sich die unbehaglichen Gefühle bei den Passanten.

Doch dann schien es, als würde die Sonne verlöschen. Ein Schatten, größer als der Alex, senkte sich, wie aus dem Nichts kommend, herab. Noch sahen sie nicht, was es war. Links von Leon liefen einige der Zuschauer zusammen. Leon meinte zu sehen, dass sie sich um eine Person bemühten, die am Boden lag. Hatte sie die nervliche Belastung nicht ausgehalten und war zusammengebrochen? Leon hatte nur für eine Sekunde lang den Vorgang beachtet, um seinen Blick sofort wieder auf die dunkle Wolke zu richten. Ein Aufschrei lief durch die Menge. Unvermittelt und übergangslos, wie aus heiterem Himmel, materialisierte sich eine silbrig glänzende, riesige Kugel über dem Platz. Langsam, sehr langsam sank sie tiefer. Die ersten Handys hielten das Ereignis fest. Je näher sie kam, desto bedrohlicher erschien sie den Anwesenden. Unruhe kam auf. Hastig flüchteten die Neugierigen nach allen Seiten. Die sich ausbreitende Panik ließ die Menschen eilig zurück in die Nebenstraßen und in die Bahnhofshalle fluten. Die Schwächsten stolperten, wurden zu Boden gestoßen und von Nachfolgenden überrannt. Der Platz leerte sich und allmählich ebbte das chaotische Treiben ab.

Die rötlichen Strahlen der tiefstehenden Nachmittagssonne reflektierten vom geheimnisvollen Gegenstande auf die Fenster der umliegenden Gebäude und blendeten die Augen. Leon zog sich mit Flocke ein Stück weiter zurück in den Eingang des Bahnhofs. Gebannt schaute er auf den Silberball, der etwas kleiner war als der Platz. Er sank tiefer, flog gefährlich nahe an der Turmkugel des Fernsehturms vorbei und berührte fast die ersten Hochhäuser. Zum Glück nicht. Nur mit wenigen Metern Abstand über dem Boden, stoppte die Kugel, unweit der Weltzeituhr und verharrte in dieser Position. Was war das? Drohte Gefahr? Sollte ich lieber verschwinden? Diese Überlegungen schossen Leon durch den Kopf. Erst jetzt fiel ihm das Handy ein. Die Fotos brächten ihm sicher viele *Likes* von seinen *Followern* und, so hoffte er, bewundernde Kommentare der Mädchen, ein. Schnell ein Foto und mit dem Handy in der Hand, stolperte Leon die Rolltreppe hinunter zum Bahnsteig; Flocke hinter sich herzerrend.

Auf dem Weg nach unten, vernahm Leon den Lärm von dröhnenden Hubschrauber-Rotorblättern, sowie von Polizei – und Feuerwehrsirenen.

~

Endet hier die Geschichte mit der Landung des UFOs im August des Jahres 2033?

Sicher nicht! Bevor das Raumschiff die Welt weiter in Aufregung versetzt, erhält ein Wissenschaftsjournalist einen mysteriösen Anruf. Wir springen einige Monate zurück in der Zeit.              ~

## ~ 2 ~

Die Märzsonne strahlte so verlockend in das Zimmer von Tim Hansen, dass er versucht war, den Frühstückstisch auf dem Balkon zu decken. Er öffnete die Balkontür, doch der Schwall eisiger Luft, ließ ihn das Vorhaben umgehend vergessen. Enttäuscht frühstückte er, wenig stilvoll, in der Küche. Er kaute lustlos auf dem aufgebackenen Brötchen herum und seine Gedanken wanderten zurück zu einem Gespräch vor wenigen Tagen.

Ein Insider aus dem renommierten Institut für Weltraumforschung *BIFEX* hatte Hansen am zwanzigsten März angerufen und versprochen, ihm die größte Sensation seit vielen Jahren zu offenbaren. Gegen Geld, was sonst. Der Spielteufel hatte den Mann, mit dem Namen Gernot Schulz, einen erdrückenden Schuldenberg eingebracht. Die dubiosen Geldverleiher, von denen er immer höhere Summen gefordert hatte, setzte ihn zunehmend unter Druck. Sie drohten Schulz aufzulauern und krankenhausreif zu schlagen, falls er nicht umgehend die Schulden zurückzahlte.

Außerdem würden sie sonst *BIFEX* von seiner Spielsucht berichten.

Hansen kannte diese Typen wie Schulz, die, aus finanzieller Notlage heraus, oft gegen Vorauszahlung, die unwahrscheinlichsten Geschichten zu verkaufen gedachten. Bei näherer Prüfung entwich die heiße Luft meist schnell. Tim war nie auf diese Offerten hereingefallen. Bei Herrn Schulz hingegen, hatte er das Gefühl, hier sollte er nachfassen. Seine Recherchen hatten ergeben, dass Schulz ein angesehener Wissenschaftler bei *BIFEX* war. *BIFEX* arbeitete weltweit mit vielen Institutionen zusammen, die sich mit der Erforschung des Weltraums befassten.

Hansens Frage, wie er auf ihn gekommen war, beantwortete Schulz mit dem Hinweis, dass er einige Artikel von ihm in dem populärwissenschaftlichen Magazin *EFI* gelesen hätte.

Nach längerem Hin-und Her, einigten sich Hansen und Schulz auf ein Treffen. Wie in einem Spionagefilm, wollte sich Schulz nur unter den größten Vorsichtsmaßnahmen mit ihm treffen. Hansen fand es übertrieben, als er von dieser

Geheimniskrämerei erfuhr. Wenn es der Sache diente und dabei sogar ein Körnchen Wissenswertes abfiele, dann sollte es so sein. Zum Treffpunkt wählte Schulz den Parkplatz am Olympiastadion. Hansens Bedingung war, das Gespräch aufnehmen zu dürfen. Nach einigem Zögern stimmte Schulz zu, wobei er darauf bestand, dass sein Name nicht genannt werden dürfte.

An einem regnerischen Montag um sechzehn Uhr dreißig, rollte Hansens alter Volvo auf den Parkplatz. Parken war hier für zwei Stunden kostenlos. Durch die nassen Scheiben versuchte er, den Renault von Schulz zu finden. Er sollte silbergrau sein. Es gelang ihm nicht, den Wagen zu entdecken. Tim ließ den Scheibenwischer die Frontscheibe vom Regen befreien, um besser sehen zu können. Nichts. Die Zeit verstrich Minute für Minute. Kein Schulz in Sicht.

Sollte ich ihn anrufen, überlegte Tim? Nein, das kam nicht in Frage. Schulz wollte seine Geschichte loswerden und nicht ich, dachte er. Siebzehn Uhr. Tims Geduld näherte sich der roten Linie. Ich gebe dem Kerl noch zehn Minuten und dann, adieu Schulz. Sicher keine Telepathie, aber in dieser Sekunde stoppte ein Wagen hautnah rechts neben Tim. Wurde auch Zeit, knurrte Tim, öffnete das Beifahrerfenster um besser sehen zu können und bedeutete Schulz an, zu ihm in das Fahrzeug zu steigen. Der Wagen stand so dicht, dass Schulz es erst umparkte. Klitschnass kroch der Mann in Tims Auto.

Umständlich nahm er die Brille ab, trocknet sie sorgfältig mit einem Taschentuch und wandte sich an Tim. Schulz versucht, sich dadurch ein wenig zu beruhigen, vermutete Tim. Er schaute sich verstohlen den Whistleblower an. Klein, zusammengesunken und unscheinbar, hockte er auf dem Beifahrersitz. Unter welchem finanziellen Druck musste der Mann stehen, um sich auf diese Aktion einzulassen, ging es ihm durch den Kopf.

Nach kurzer Begrüßung, ohne Schulz beim Namen zu nennen, in der Tim Herrn Schulz erneut darauf hinwies, dass er das Gespräch aufzeichnete, fing der Mann an, mit hörbarer Unsicherheit und leicht stockend, zu berichten.

»Sollte es herauskommen, dass ich diese internen Forschungsergebnisse weitergegeben habe, so käme ich sicher nicht um eine Anklage wegen Geheimnisverrats herum. Allein meine prekäre finanzielle Situation lässt mich das Risiko wagen.«

Tim unterbrach mit einem Lachen:

»Soweit ich informiert bin, forscht ihr Institut weder an Atomwaffen noch an ähnlichen geheimen Dingen, die die nationale Sicherheit gefährden könnten.«

Verunsichert durch die Unterbrechung, sammelte sich Schulz wieder und fuhr mit betont eindringlicher Stimme fort:

»Nein, dass nicht, aber die Brisanz, die in der Entdeckung steckt, kommt dem Vorhergenanntem nahe. «

Jetzt wurde Tim hellhörig und drängte, auf den Punkt zu kommen.

Tim ahnte, welche Überwindung es Schulz kostete, endlich mit der Sprache herauszurücken.

Ein Anflug von Nervosität, eher sogar von Ängstlichkeit, war nicht zu übersehen.

»Es ist uns gelungen«, begann Schulz mit leiser Stimme, »UFOs sichtbar zu machen.«

Das Kichern Hansens irritierte den Mann, zumal dieser einwarf:

»Ihr könnt Dinge sichtbar machen, die es nicht gibt? Ich denke, hiermit ist unsere Unterhaltung beendet. Für Märchenstunden bin ich zu alt und meine Zeit kann ich mit wichtigeren Sachen ausfüllen.«

Erschrocken über die harsche Reaktion Hansens, hob Schulz die Hände und bat:

»Warten Sie, lassen Sie mich erst zu Ende reden, dann können Sie immer noch eine Entscheidung fällen.«

»Einverstanden, ich gebe Ihnen fünf Minuten, um mich zu überzeugen. Dann werden wir unser Treffen, als nicht geschehen, vergessen.«

Schulz brauchte einige Sekunden, um sich zu sammeln.

»Natürliche verstehe ich Ihre Reaktion hinsichtlich der UFOs. Bisher gab es Hunderte von UFO - Sichtungen aus aller Welt, aber bisher keine Beweise für ihre Existenz. UFOs wurde angeblich seit vielen Jahrzehnte gesichtet, wobei nur ein Bruchteil einer vagen Realität zu entsprechen schien. Ich werde mich bemühen, unsere Erfindung allgemein verständlich darzustellen.

Der Abteilung, zur Weiterentwicklung der Radartechnik, gelang unlängst eine einmalige Entdeckung. Die Radartechnik von *BIFEX* war bisher darauf ausgerichtet, nach Satellitentrümmern zu suchen, die eine Gefahr für funktionierende Satelliten darstellen könnten. Die Messdaten werden dann weltweit erfasst, um die Bahnen der Satelliten eventuell anzupassen. Bei einer von uns weiterentwickelten Radartechnik, entdeckten unsere Wissenschaftler vor Monaten einen großen, unbekannten Gegenstand auf dem Radarbildschirm. Die anfängliche Annahme, dass es nur ein technischer Fehler sein könnte, erwies sich später als ein Irrtum. Nach intensiver Prüfung und unter Ausschluss aller Fehlerquellen sind wir uns sicher, UFOs orten zu können. Parallellaufende Untersuchungen haben ergeben, dass die UFOs bisher nicht entdeckt wurden, weil ein Schutzschirm ihre Raumschiffe unsichtbar machte. Dieser lenkte das auf das UFO treffende Licht und sogar die bisherigen Radarechos um das UFO herum.

Von *BIFEX* wurden in der zurückliegenden Zeit zwei unterschiedliche UFO – Arten ausgemacht. Es gab mehrere Kleinere und, so ist der Stand von gestern, nur ein großes UFO. Die UFOs tauchten unregelmäßig und ohne erkennbares System an verschiedenen Orten in der Welt, überwiegend in Nordamerika, auf.

Inzwischen ist das Institut überzeugt, dass die UFOs mitbekommen haben, dass ihre Tarnung nicht mehr sicher ist. Der Grund dafür war ein geheimer Auftrag von *BIFEX,* sich mit einem Militärjet der Bundeswehr dem großen UFO zu nähern, als es über Deutschland auftauchte. Nachdem der Jet einige Scheinangriffe auf das UFO unternommen hatte, müssen die Aliens gemerkt haben, dass sie für uns ab sofort nicht mehr unsichtbar sind.«

Schulz schwieg erschöpft und wartete auf die Reaktion Hansens.

»Wenn das den Tatsachen entspricht«, murmelte Hansen, »dann ist das echt die größte Sensation der letzten Jahre, nein, sogar die aller Zeiten. Damit wäre bewiesen, dass es tatsächlich andere Lebensformen im Weltraum außer uns gibt. Ich kann's noch nicht glauben. Ihr Bericht ist so ungeheuerlich, dass ich im Moment kaum in der Lage bin, die Tragweite der Entdeckung einzuordnen. Diese Unterlagen wären sicher Hunderttausende wert.«

In Hansens Gehirn überschlugen sich die Gedanken. Wie sollte er sich verhalten. Diese

Entdeckung musste sorgfältig gehändelt werden. Erstens muss ich unbedingt vermeiden, dass Schulz damit weiter hausieren geht und zweitens muss ich jemanden finden, der die Forderungen von Schulz erfüllen kann. Bisher hatte Schulz keine Summe verlauten lassen. Tim war sich sicher, hier ginge es um einen sehr hohen Betrag.

Er überlegte, wie er Schulz an sich binden könnte.

»Sie verstehen sicherlich, dass die Sache unter größter Geheimhaltung, allein schon Ihretwegen, ablaufen muss. Ich werde Ihre Aussage überprüfen lassen und, falls sie den Tatsachen entspricht, entsprechend honorieren.«

Schulz rutschte während seiner Worte unruhig auf dem Sitz herum.

»Herr Hansen, verstehen Sie doch bitte meine Situation. Ich habe nicht viel Zeit, um sicher aus der Sache herauszukommen. Ich brauche das Geld so schnell, wie es nur geht. Mir bleibt sowieso nur der eine Ausweg, und zwar, mich ins Ausland abzusetzen. Das funktioniert nur, wenn ich ausreichend Geldmittel zur Verfügung habe.«

Verdammt dachte Tim, es wird Zeit, um ihn jetzt fester in den Griff zu bekommen. Er überschlug seine Möglichkeiten, schnellstens an Geld zu kommen, und hatte eine Idee.

»Ich begreife Ihre Lage vollkommen, aber wie bereits erwähnt, bedarf es einer Überprüfung. Das verstehen Sie doch? Damit Sie sehen, dass von meiner Seite aus, ein lebhaftes Interesse besteht, bitte ich Sie, mir eine Summe als Anzahlung zu nennen.«

Äußerlich gelassen, innerlich aber mehr als nervös und aufgeregt, wartete Tim darauf, was Schulz als Anzahlungsbetrag angeben würde. Schulz wandt sich sichtlich, ehe er leise, aber bestimmt sagte:

»Unter diesen Umständen muss ich auf einer Anzahlung in Höhe von fünfzigtausend Euros bestehen.«

Tim musste schlucken, ehe er nach sekundenlangem Zögern antwortete.

»Einverstanden. Ich werde mich beeilen, diesen Betrag so schnell wie möglich zu besorgen. Da ich in Ihrem Institut verständlicherweise nicht anrufen kann, bitte ich Sie, mich an jedem Montag in den kommenden Wochen, um achtzehn Uhr unter folgender Handynummer anzurufen.« Schulz nahm sein Handy und wartete auf die Nummer. Tim schüttelte den Kopf und schrieb die Zahlen auf einen kleinen Zettel, den er Schulz übergab.

»Das ist sicherer«, meinte er. Schulz nickte verstehend, steckte das Stückchen Papier ein und griff nach der Klinke der Beifahrertür. Vorher nannte er seine private Telefonnummer, die Tim ins Handy tippte.

Mit den Worten:

»Also dann bis zum Montag«, verabschiedete sich Schulz und kletterte aus dem Wagen.

Minuten später rollte er vom Parkplatz.

Tim verharrte noch eine Weile im Fahrzeug. Die Zusage, fünfzigtausend Euros aufzutreiben, war leichtsinnig. Sein Plan, das Geld zu besorgen, könnte nur mit Hilfe einer Kollegin klappen.

Kaum zu Hause angekommen, fiel Tim siedendheiß ein, dass er, um die Anzahlung zu beschaffen, nicht nur mit leeren Händen dastehen sollte. Schulz musste ihm umgehend einen Beweis über die Entdeckung geben. Der sollte unbedingt schriftlich sein und eindeutig aus dem Institut stammen. Er rief Schulz am Abend an und erklärte ihm die Sachlage.

»Ja, das verstehe ich«, gab Schulz zu. »Ich werde Ihnen einige Kopien der Laborberichte bringen. Sie müssen aber jetzt auch mich verstehen, dass ich das nicht kostenlos liefern kann. Ich schlage vor, dass wir uns, wie heute, morgen um siebzehn Uhr wieder auf dem Parkplatz treffen. Für die Unterlagen verlange ich fünftausend Euros.«

Tim überlegte krampfhaft, wie er diese Summe so schnell aufbringen könnte und hatte eine Idee.

»Ja, ich bin einverstanden. Morgen um die genannte Zeit, bin ich auf dem Parkplatz.«

Die Aktion lief reibungslos, wie geplant, ab.
Schulz übergab Tim ein Kuvert mit fünf Seiten
Laborberichte.
Tim hatte umgehend über die Hälfte der Summe
vom eigenen Konto abgeholt und den Rest von
seinem besten Freund Fred, der, als Tim ihm
langatmig den Grund für seinen Wunsch
darlegen wollte, nur grinsend abwinkte und
meinte:
»Ich will's lieber nicht wissen.«


~ 3 ~


Tim Hansen stand auf dem Balkon der
Altbauwohnung in der Hähnelstraße Ecke
Lauterstraße und schaute nach rechts auf den
Perelsplatz mit dem Sintflutbrunnen. Die Hitze
des Tages wich der kühlen Abendluft. Er ließ die
Eiswürfel im Whiskeyglas tanzen.
Im Kopf kreisten die Gedanken wie das Eis. Es
wurde Zeit, die Sensation zu Geld zu machen.
Vor zwei Tagen, am neunundzwanzigsten März,
hatte er die fünftausend Euros für einige
Laborberichte an Schulz gezahlt. Tim ahnte, er
müsste sich beeilen, denn er war sich sicher,
dass Schulz wusste, wie wertvoll seine geheimen
Unterlagen waren. Käme nicht bald die
vereinbarte Anzahlung von fünfzigtausend
Euros von Tim, so suchte er sich umgehend den
nächsten Interessenten. Eile tat Not!

Die fünfzigtausend Euros, die Schulz forderte, würden ihm keine der ansässigen Zeitungen vorschießen. Er musste einen anderen Weg finden, um an das Geld zu kommen. Tim schlenderte ins Wohnzimmer, nahm noch einen genüsslichen Schluck des edlen Gesöffs und wählte die Nummer von Jane Miller. Sie dürfte gerade aufgestanden sein, überlegte er.

Mit Jane verband ihn eine jahrelange Freundschaft. Damals, als er beruflich für längere Zeit in Texas weilte, hatten er die Journalistin kennen und lieben gelernt. Nachdem Tim wieder zurück in Berlin war, blieb davon so eine Art ON-OFF–Beziehung. Ob sie sich in Amerika oder in Berlin trafen, es funkte wie eh und je.

»Miller«, klang die vertraute Stimme an Tims Ohr.

»Ich bin es, Tim«, meldete er sich.

»Sehnsucht?«, hörte er sie lachen. Tim sah augenblicklich ihre schlanke, vom Kampfsport durchtrainierte Gestalt, die kaffeebraunen Augen und die langen, meist offen getragenen schwarzen Haare.

»Ja das auch, aber es brennt. Kannst du, so schnell es geht, kommen?«

»Wow, so kenne ich dich gar nicht. Das scheint echt dringend zu sein. Gib mir wenigstens ein Stichwort, welches die Reise sinnvoll erscheinen lässt.«

»Ich nenne dir nur ein Stichwort und das heißt UFOs.«

Ihr belustigtes Lachen ärgerte Tim.

»Ich mein's ernst und bitte dich, wenn du dich wieder eingekriegt hast, sogar noch darum, dich mit Dan Anderson zu treffen. Das *American Scientific Journal*, für das Dan arbeitet, hätte sicher Interesse an meiner Geschichte. Immerhin befasst es sich seit Jahren mit außerirdischen Phänomenen. Mach ihn neugierig mit dem Stichwort UFOs auf dem Radar.«

»Gut, selbst auf die Gefahr hin, dass sich deine Story als eine Ente herausstellt, komme ich, allein um dich zu sehen.« Das erneute Lachen ließ Tim einen freudigen Schauer über den Rücken laufen.

»Okay, ruf mich an, wenn du gelandet bist. Ich hol dich vom Airport ab. Übernachten kannst du, wie immer, bei mir.«

»In Ordnung, bye for now.«

Tim grinste und süffelte den Rest seines eislosen Lieblingsgetränkes aus.

Am zweiten April kam Jane in Berlin an. Nach einer harmonisch verbrachten Nacht, saßen sie, noch leicht erholungsbedürftig, im *Zwiebelfisch* am Savignyplatz. Wie stets, hatte sich Tim an seinen Stammtisch gesetzt, der etwas abseits in einer ruhigen Ecke des Lokals stand. Janes Blick glitt mit Wohlwollen über Tims sportlichen Körper und verweilte mit

Bewunderung auf seinen blonden, lockigen Haaren. Er sieht jünger aus als sechsunddreißig, stellte sie fest.

Gestern hatten sie wenig Zeit gefunden, über das Thema zu sprechen. In Stichworten hatte Tim Jane über das Gespräch mit Schulz informiert und durchblicken lassen, dass er hoffte, durch sie, beziehungsweise durch das *American Scientific Journal* an die erforderliche Anzahlung in Höhe von fünfzigtausend Euros zu kommen. Jane ahnte aus Tims Andeutungen, dass hier eine Sensation lauerte.

»Tim, mit den Unterlagen von *BIFEX,* fliege ich umgehend zurück in die Staaten und werde mich sofort um einen Termin beim Magazin *ASJ* bemühen. Du weißt, Time is Money. Nachher werde ich Dan Anderson anrufen, und ihn bitten, uns zu unterstützen.«

Sie plauschten eine Weile über das Thema und die damit verbundenen, ungeahnten Möglichkeiten, den geheimnisvollen UFOs nun endlich ein Stück näher zu kommen.

Nach einer leckeren Mahlzeit beschlossen sie, zurück zu Tim zu fahren.

## 4

Die U1 entließ Sven Jahnke am Görlitzer Bahnhof aus dem überfüllten, nach abgestandenem Bier und Urin riechenden U-Bahnwagen. Jahnke stapfte müde, sich am Geländer festhaltend, die Treppen hinunter zur Skalitzer Straße. Es war gegen zweiundzwanzig Uhr. Der Nieselregen ließ den vierten April noch trister erscheinen.

Es war nicht weit bis zu seiner Wohnung in der Skalitzer Straße 98. Er graulte sich, wenn er an die im Hinterhaus, Seitenflügel links, im Erdgeschoss gelegene Behausung dachte. Früher hatten in ihr die Portiers gewohnt und das Haus in Ordnung gehalten. Das war lange her. Heute gehörte der große Häuserblock einem ausländischen Konzern, der sich einen Teufel um die Pflege der Häuser und erst recht um die Belange der Mieter kümmerte.

Zögernd stand er vor dem Durchgang zum Hinterhof. Er drehte um und latschte die paar Schritte bis zum Späti. Ein Sechserpack Bier käme gerade recht. Mit dem Bier betrat er kurz danach die Wohnung, die ihn mit Dunkelheit und dem Geruch einer Kneipe empfing.

Mit der linken Hand tastete er nach dem Lichtschalter, während er die Tür mit dem rechten Fuß ins Schloss warf. In der Küche wartete ein messieähnliches Chaos. Mit dem Bierkarton musste er erst eine leere

Pizzaverpackung zur Seite schieben, ehe er seinen Einkauf abstellen konnte. Sein Blick fiel auf den Berg von Geschirr, der darauf wartete, endlich abgewaschen zu werden. Der Anblick war so unerfreulich, dass er umgehend eine der Flaschen aus der Verpackung brach und sie mit fahriger Hand öffnete.

Im Stehen zog er sich den ersten Schluck des lauwarmen Bieres hinein. Mit der Pulle in der Hand durchquerte er den Flur und streifte sich, mit der freien Hand an der Wand abstützend, die Schuhe ab. Sven knipste das Licht der alten Stehlampe im Wohnzimmer an und schlich zum Schreibtisch. Er ließ sich müde in den altersschwachen, knarrenden Drehstuhl fallen. Sein Blick fiel auf den mit Kippen überfüllten Aschbecher. Nochmal aufstehen, um ihn zu entleeren? Nein, jetzt nicht, beschloss Sven. Er kramte aus der Schreibtischschublade eine zerknautschte Zigarettenpackung hervor und betrachtete grinsend den leicht verbogenen Glimmstängel. Er zündete ihn an und nahm den ersten tiefen Lungenzug. Ein Hustenanfall schüttelte ihn umgehend. Der nächste Griff ging sogleich zur Flasche, die ihm einen erneuten Schluck gewährte.

Sein unsteter Blick aus den schwarzbraunen Mäuseaugen fiel auf das Aufnahmegerät.

Es blinkte wie stets, um anzuzeigen, dass es abgehört werden möchte.

Seine mäßige Begabung zu schreiben, hatte ihn als Journalist nur wenig Erfolg gebracht. Ab und zu nahmen ihm die Boulevardblätter kleine Kiezgeschichten oder Unfallberichte ab. Davon konnte er sich nur mühsam über Wasser halten. Er sah weit bejahrter aus, als seine zweiunddreißig Jahre. Seine ungepflegte Gestalt mit dem nicht zu übersehenden Bierbauch und den stets strähnig und fettig herunterhängenden Haaren, ließen ihn älter erscheinen.

Das Leben hatte es bisher nicht gut mit ihm gemeint und so machte sich in ihm ein skrupelloser, krankhafter Ehrgeiz breit. Ergäbe sich eine Gelegenheit an Geld zu kommen, so würde er sich keine Gedanken machen, ob sie legal wäre.

Ein hämisches, selbstgefälliges Grinsen huschte über sein Gesicht, als er in diesem Moment an ein bestimmtes Lokal am Savignyplatz dachte. Er wusste, dass das beliebte Lokal *Zwiebelfisch* gerne von Journalisten und von bekannten Persönlichkeiten der Stadt besucht wurde. Das brachte ihn auf eine, nach seiner Meinung, geniale Idee. Unter dem einen, abseitsstehenden, Tisch deponierte er eine Wanze der neusten Bauart. Sobald sich Gäste an den Tisch setzten und unterhielten, war das Gerät so konzipiert, die Gespräche aufzuzeichnen und an das Aufnahmegerät zu ihm nach Hause zu senden. War die Unterhaltung beendet, schaltete es automatisch ab.

Die Angel, wie er sein Abhörgerät nannte, hatte sich schon bezahlt gemacht. Oft erfuhr er aus den Reden von Ereignissen und Hintergründen, die ihm die Möglichkeit gaben, daraus selbst Artikel zu verfassen und den Boulevardblättern anzubieten.

Er drückte auf ON und das Gerät begann zu laufen. Während er die Bierflasche in der linken Hand hielt, hatte er den Kuli griffbereit in der Rechten, um sich Notizen über die Gespräche zu machen. Die Gespräche brachten zunächst keine neuen Erkenntnisse. Zwei Touristen unterhielten sich über Berlin und journalistische Kollegen stritten über einen Artikel. Nichts Verwertbares resümierte Sven.

Die Bierflasche wartete auf ihren Einsatz, als er sie abrupt auf dem Tisch abstellte. Eine sexy Frauenstimme hatte in diesem Augenblick jemanden mit »Tim« angeredet. Mit offenem Mund rückte er näher an das Abspielgerät heran, um kein Wort zu verpassen. Er traute seinen Ohren nicht. Unverkennbar antwortete eine ihm vertraute Stimme. Es war die von Tim Hansen.

Er traute seinen Ohren noch weniger, als er erfuhr, worum es sich drehte. Hatte er richtig gehört? Ein gewisser Schulz hatte die Absicht, sensationelle Forschungsergebnisse gegen Geld zu verkaufen? Er spulte zurück und notierte jedes für ihn wichtige Wort. Schulz, Institut *BIFEX*, UFO - Radar, fünfzigtausend Euros

Anzahlung. Er konnte sein Glück nicht fassen. Auf so einen Riesenfisch hatte er lange gewartet. Sven erkannte sofort, hier böte sich die Chance seines Lebens, seine finanzielle Situation augenblicklich zu verbessern.

Die hastig abgelegte Zigarette fing im überfüllten Ascher an, weitere Stummel in Brand zu setzen. Sven sah es und schüttete einen kräftigen Schuss des geliebten Bieres auf den Brandherd. Ein bestialischer Gestank schoss ihm in die Nase. Es half nichts, er musste ein Fenster öffnen, damit der Qualm abziehen konnte.

In der Lüftungspause rannen weitere Schlucke durch die Kehle.

Er brauchte einen Plan. Diesen Fisch würde er nicht mehr von der Angel lassen. Die nächsten zwei Flaschen verloren ihren Inhalt. Die Aufregung durch die Nachricht, der reichliche Biergenuss, dem auch die vierte Flasche zum Opfer fiel, ließen ihn müde werden.

Sven schloss umständlich das Fenster und schwankte zum Bett. Rücklings kippte er hinein und kurz danach träumte er, laut schnarchend, vom großen Geld.

Durch die seit Jahren nicht geputzten, trüben Fensterscheiben, drang das wenige, in den Hinterhof fallende, Licht des Morgens.

Für Sven Jahnke begann gegen zehn Uhr ein neuer Tag.

## 5

Dan Anderson, der als Wissenschaftsjournalist arbeitete, hatte anfangs wenig Lust, aufgrund der vagen Aussage von Jane, nach Berlin zu fliegen. Er kannte Jane schon lange und wusste, sie würde nie leichtsinnig irgendwelchen Behauptungen nachgehen, wenn sie nicht einigermaßen glaubhaft wären. Nachdem ihm Jane mehr Details offenbarte, ließ er sich überzeugen, zu kommen.

»Jane, mir ist klar, dass diese Entdeckung, sollten die Tatsachen wahr sein, eine Sensation darstellt. Artikel für das America Scientific Journal *ASJ* zu schreiben, brächte mir Geld und ein entsprechendes Renommee ein. So betrachtet, sollte ich es wagen, nach Berlin zu fliegen.«

Jane köderte Dan weiter mit den Worten:

»Außerdem wäre es wieder an der Zeit, mit deinem alten Freund Tim, um die Häuser zu ziehen, oder?«

Jane sah förmlich seine grauen Augen aufblitzen und war sich sicher, er käme.

»Okay, du hast mich überzeugt. Buche mir bitte ein Zimmer für nächste Woche Montag. Möglichst im Zentrum, danke und bye.«

Tim hatte, in der Türöffnung zum Wohnzimmer stehend, dem Gespräch zugehört.

»Jane, jetzt liegt es an dir, den Bossen vom *American Scientific Journal,* die Sache schmackhaft zu machen. Zur Unterstützung werden wir Dan bitten, sich ebenfalls dort befürwortend einzuschalten. Er ist für seine wissenschaftlich fundierten Artikel schon lange beim Magazin bekannt. Ich glaube, er hat da einige Abhandlungen untergebracht. Die Zeit läuft uns langsam davon. Wenn Schulz den Eindruck bekommt, dass wir nicht zahlen können, oder wollen, spring er ab und sucht sich einen anderen Geldgeber.«

»Du hast Recht, wir müssen uns beeilen. Ich rufe Dan heute noch einmal später an und erkläre ihm etwas ausführlicher unsere Situation und dass wir dringend auf seine Unterstützung hoffen.«

»Ja, mach das bitte.«

»Ich denke, um die Summe den Bossen vom Magazin aus der Tasche zu ziehen, ist es notwendig, selber vorzusprechen. So per Telefongespräch sehe ich keine Erfolgsaussichten. Ich muss schnellstens zurück in die Staaten«, war Jane überzeugt.

Tim grinste und Jane fragte, ob er die Idee so lustig fand.

»Nein, das nicht. Ich habe im Moment daran gedacht, dass ihr euch auf den Flügen über dem Atlantik treffen könntet. Dan nach Berlin, du nach den USA. Vielleicht klappt es mit dem Zuwinken in der Luft.«

»*Bozo*!«, war Janes Antwort.«

»Danke für den *Dummkopf«*, klang's lachend zurück.

Tim lief zum Arbeitstisch und holte ein braunes Kuvert aus der Schublade und reichte es Jane.

»Vom Magazin *American Scientific Journal,* wird man Beweise fordern. Hier sind fünf Seiten aus dem geheimen Institutsbericht, die mir der Schulz damals auf dem Parkplatz übergeben hat. Ich bin mir sicher, dass der Inhalt sehr überzeugend ist und sie anbeißen werden. Mit diesen Unterlagen und mit deinem Charme, dürfte nichts mehr schiefgehen«, scherzte Tim.

Am nächsten Morgen brachte Tim Jane zum Flughafen BER, von dem erst seit einiger Zeit wieder Direktflüge nach den USA gingen.

~ 6 ~

Svens Erwachen war mühsam. Die Sonne hatte es geschafft, gegen zehn Uhr einen schwachen Lichtschimmer in sein Schlafzimmer zu senden. Sich sofort aufzurichten, scheiterte augenblicklich. Oh Mann, das waren gestern zu viele Bierchen, vermutete er. Nur langsam, alles hat seine Zeit, dachte Sven. Er schloss wieder die Augen und entschied, einige Minuten zu dösen. Daraus wurde nichts. Der Gedanke, der in nächster Sekunde durch sein noch halb betäubtes Hirn schoss, hieß UFO.

Ächzend richtete sich Sven auf, schwang vorsichtig die Beine aus dem Bett und stellte fest, dass er in seinen Klamotten geschlafen hatte. Doch das war jetzt unwichtig.

Allmählich ordneten sich die Gedanken. War da nicht die Aufzeichnung der Wanze?

Richtig, und das Gespräch von seinem alten Widersacher Tim über das UFO-Radar?

Das muss ich mir erneut anhören, beschloss er und schlich ins Bad. Rasur und Katzenwäsche waren schnell erledigt.

Sein Kopf lechzte nach Kaffee. Der Wasserkocher spendierte heißes Wasser für den Pulverkaffee. Der schmeckte Sven zwar nicht, aber es ging rasch und es war preiswert.

Die Lebensgeister sandten die ersten Aufwachsignale.

Mit einem großen Pott Kaffee, setzte sich Sven an den Arbeitstisch und drückte beim Aufzeichnungsgerät auf ON.

Der Kaffee und das, was er hörte, ließen ihn hellwach werden. Genau, das war es, welches ihn den Biervorrat hatte austrinken lassen.

Nervös kramte er in der Schreibtischschublade nach dem Zigarettenpäckchen. Die ersten, tief inhalierten Züge, beruhigten ihn.

Die Nachricht über das UFO-Radar war goldwert. Krampfhaft überlegte er, wem er diese Story verkaufen könnte. Zuerst benötigte er einige Unterlagen von Schulz, damit er seine Geschichte beweisen konnte.

Kurzerhand suchte er sich die Telefonnummer des Institutes heraus und verlangte Herrn

Schulz zu sprechen. Es klappte erstaunlicherweise sofort. Als Sven die ersten Worte wegen des Radars erwähnte, unterbrach ihn Schulz augenblicklich und schlugt vor, sich in drei Tagen zu treffen.

Sie vereinbarten, sich in einem Café in der Nähe des Institutes, in Schulzes Mittagspause zu sehen.

Wie abgesprochen, hatte Jahnke eine bekannte Boulevardzeitung, mit der Titelseite nach oben, vor sich auf dem Tisch liegen. Schulz lief zweimal am Tisch vorbei, sah zwar die Zeitung, aber zögerte, den Mann anzusprechen. Er war sich nicht sicher, ob es dieser ungepflegte Gast war, den er treffen sollte. Er überwand sich und sprach Jahnke an. Nachdem sie sich mit Kaffee versorgt hatten, erkundigte sich Schulz, woher er von der Sache wisse. Worauf Jahnke erklärte, er hätte es von seinem guten Freund Tim Hansen erfahren.

»Ja, soweit so gut, aber was wollen Sie jetzt von mir?«, fragte Schulz.

Jahnke tat geheimnisvoll, beugte sich zu Schulz und meinte fast flüsternd:

»Die Radarunterlagen sind mehr wert als die fünfzigtausend, die Ihnen Hansen als Anzahlung versprochen hat.«

Schulz musterte erneut den Gesprächspartner, der ihm vom Aussehen her, als wenig vertrauenswürdig erschien. Notgedrungen überwand er seine innere Abneigung. Die

Geldgier ließ ihn alle Vorsicht vergessen, als er fragte:

»Und in welcher Höhe könnten Sie eine Anzahlung beschaffen?«

»Sollten die Unterlagen beweisen, dass das Institut den Durchbruch beim UFO-Radar geschafft hat, könnte ich eine Anzahlung in Höhe von einhunderttausend Euros realisieren.«

Schulz hielt den Atem an. Sollte das wahr sein, so könnte die Summe seine Rettung sein. Er musste jederzeit damit rechnen, dass sein Verrat entdeckt würde. Mit dem Geld wäre es ihm möglich, das Land rechtzeitig zu verlassen. Die restliche Summe, über die er sich noch keine genaue Vorstellung gemacht hatte, müsste ihm sein Abnehmer später ins Ausland überweisen. Jahnke forderte einen schriftlichen Beweis über die Entdeckung. Bei der hohen Anzahlungssumme, so argumentierte er, müsste er etwas vorlegen können. Schulz wusste, dass es auch hier ohne diesen Beweis nicht ginge und verlangte hierfür, wie bei Tim Hansen, eine Bezahlung von fünftausend Euros.

»In Ordnung«, meinte Jahnke. Sie werden verstehen, dass ich selbst für die fünftausend Euros, den Käufer nicht ohne einige der Forschungskopien überzeugen kann.«

»Ja, das schon, aber länger als eine Woche möchte ich nicht warten. Wie Sie von Tim Hansen erfahren haben, gibt es weitere Interessenten.«

Diese Bemerkung machte Jahnke unruhig.

»Das geht in Ordnung. Ich melde mich innerhalb der nächsten Woche bei Ihnen. Bitte geben Sie mir ihre private Telefonnummer, weil ich nicht wieder in der Firma anrufen möchte.«

Schulz nannte die Nummer, die Jahnke sofort ins Handy übernahm.

Für die Übergabe der geheimen Unterlagen, verabredeten sie sich, wieder hier im Café zu treffen. Sie ahnten nicht, dass es dazu nicht mehr kommen sollte.

Bevor sie sich trennten, ergänzte Jahnke:

»Ehe ich es vergesse, Sie dürfen in den nächsten Tagen keinen Kontakt mit Tim Hansen aufnehmen. In diesem Fall müsste ich von meinem Angebot über die einhunderttausend Euros, sofort zurücktreten.« Schulz nickte und versprach, sich an die Abmachung zu halten.

Schulz kehrte zurück ins Institut und Jahnke, der kein Auto besaß, fuhr mit den Öffentlichen zurück nach Kreuzberg.

Am nächsten Tag, dem neunten April, rief Jahnke Joe Brandt an. Brandt war Redakteur bei der umsatzstärksten Boulevardzeitung in Berlin. Sie kannten sich seit vielen Jahren. Das hieß aber nicht, dass Brandt den Kollegen Jahnke mochte. Joe Brandt hörte sich die Geschichte an und war entsetzt. Nicht darüber, dass Jahnke fünftausend Euros für irgendwelche geheimen UFO-Papiere haben wollte, nein, er war entsetzt darüber, dass sein Gegenüber das Wissen nur auf irgendeinem illegalen Weg erfahren haben konnte. Als er nachbohrte, woher er die Einzelheiten hatte, erwähnte Jahnke, er hätte sie von Tim Hansen. Brandt war gewitzt genug, sich nichts anmerken zu lassen und versprach, mit der Geschäftsleitung der Zeitung wegen der fünftausend Euros zu sprechen. Er riefe Jahnke in den kommenden Tagen an. Jahnke brannte die Zeit unter den Nägeln und er drang darauf, innerhalb der nächsten drei Tage die Zusage zu erhalten.

Brandt meinte, das hinge nicht von ihm ab, aber er würde sich für ihn einsetzen.

Brandt und Hansen kannten sich schon lange und schätzten sich. Kaum hatte er aufgelegt, rief Brandt Tim an.

»Hallo Tim, hier ist Joe. Wie schaut's bei dir aus? Alles im grünen Bereich?«

»Ja, kann nicht klagen, aber du rufst mich doch nicht an, um dich nur nach meinem Befinden zu erkundigen«, lachte Tim.

»Nee, da hast du Recht. Mir ist da eine Sache zu Ohren gekommen, die mir nicht ganz astrein zu sein scheint.«

»Erzähle bitte!«

Fassungslos hörte Tim, was Jahnke angedeutet hatte. Verdammt, woher hatte er die Details? Diese Einzelheiten konnte Jahnke nur von seiner Unterhaltung mit Jane haben. Das bedeutete, jemand, vielleicht Jahnke selber, hatte ihr Gespräch belauscht.

»Danke für diese Info Joe. Du hast etwas gut bei mir, denn was sich da abzeichnet, ist kriminell. Ich erzähle dir später, wie die Sache ausgegangen ist. Ich muss dich noch um etwas bitten. Halte den Jahnke hin, solange es geht, oder sage ihm, dass die Geschäftsleitung schriftliche Beweise braucht, ehe sie bezahlt.«

»Das schein ja ein ganz dickes Ding zu sein, was da läuft. Alles klar, du kannst dich auf mich verlassen. Ich lasse Jahnke am steifen Arm verhungern«, lachte Joe. »Dann bis auf die Tage«, meinte Joe und legte auf.

Tim bat Dan Anderson umgehend, zu ihm zu kommen. Anderson hatte sich am Vorabend aus dem Hotel in Berlin Mitte bei Tim gemeldet und für die Buchung bedankt. Es dauerte nicht lange und es klingelte an der Tür. Am Türrahmen gelehnt, blickte Tim auf die schlaksige, aber sportlich durchtrainierte Figur von Dan, die die Treppen heraufstürmte. Wie immer trug er die roten, langen Haare zu einem Zopf zusammengebunden. Bald darauf saßen sie auf dem Balkon der Friedenauer Wohnung und prosteten sich mit den Whiskeygläsern zu.

Dan überlegte und fragte:

»Wenn du sicher bist, dass keine Personen so nahe bei euch gesessen haben, um mitzuhören, dann gibt es nur die eine Erklärung. In der Nähe muss eine Wanze versteckt gewesen sein. Tim schüttelte den Kopf, darauf wäre er nie gekommen.

»Lass uns morgen sofort in den *Zwiebelfisch* fahren und danach suchen«, schlug Dan vor.

»So machen wir das«, stimmte Tim zu und sie ließen dem Whiskey keine Zeit, um warm zu werden.

Am nächsten Tag dauerte ist nur zehn Minuten, ehe sie die Wanze unter der Tischplatte entdeckt hatten. Sie nahmen sie als Beweismittel mit.

Sollten sie Anzeige gegen Jahnke erstatten? Nein, beschlossen sie, denn dann wäre die ganze Story gestorben.

Tim rief Schulz an und warf ihm Doppelzüngigkeit vor. Schulz knickte ein und versprach, Jahnke außen vorzulassen und mit den Unterlagen entsprechend hinzuhalten, bis der Artikel in Amerika im Magazin *American Scientific Journal* erschienen war.

~ 7 ~

Nach einigen Tagen wurde Jahnke unruhig. Warum meldete sich Joe Brandt nicht. Ohne die fünftausend Euros würde Schulz die Papiere nicht rausrücken. Eine andere Quelle, um die Summe zu bekommen hatte Jahnke nicht. Er hatte bereits gestern erfolglos versucht, Brandt telefonisch zu erreichen. Seine Mails wurden von Brandt nicht beantwortet.

Jahnke beschloss, zu Brandt in die Redaktion zu fahren. Die Dame vom Empfang teilte ihm mit, dass Joe Brandt für einige Tage wegen einer Reportage nach China geflogen sei. Rückkehr momentan ungewiss. Jahnke war fassungslos. Wie sollte er jetzt an die Beweise von Schulz kommen? Früher hätte er vielleicht die Chance gehabt, einen Kredit über die Summe von der Bank zu erhalten. Heute würden sie nur bedauernd die Köpfe bei seiner Bitte schütteln. Irgendwie musste es weitergehen, dachte sich Jahnke. Auf dem Weg von der Redaktion zurück nach Hause, überkam ihn das Verlangen nach Bier.

Sein Weg von der U-Bahnstation Görlitzer Bahnhof führte ihn schnurstracks zum Späti. Der Inhaber kannte Jahnke schon lange und als er dessen Gesicht sah, schob er ihm wortlos einen Sechserpack Bier über den Ladentisch.

»Ick seh schon, du brauchst wieda eenen Seelentröster. Wat hältste noch von ´ner kleene Flasche Korn dazu?«

»Nee, lass man, ick muss Morgen wieder einigermaßen fit sein«, winkte Jahnke ab. Er schnappte sich den Karton und hastete nach Hause.

Er beeilte sich, den Hinterhof zu durchqueren. Durch die Sommerhitze verbreitete der Müll in den Mülltonnen einen fauligen Gestank.

Im Flur flogen die Schuhe in die Ecke und Jahnke konnte nicht schnell genug die Verpackung abstellen, um eine der Flaschen aus herauszubrechen. Auf dem Weg ins

Wohnzimmer trank er bereits beim Laufen den ersten Schluck.

Seine Gedanken schwirrten ungeordnet durch den Kopf. Reiß dich zusammen, ermahnte er sich. Der Inhalt der Flasche nahm rapide ab. Wie komme ich an die schriftlichen Beweise von Schulz, ohne zu bezahlen? Nach der nächsten Flasche, zog ein hässliches Grinsen über Jahnkes Gesicht. Er glaubte, die Lösung gefunden zu haben. Er schaute auf die Uhr und war sich sicher, dass der Gernot, hier amüsierte er sich kurz über diesen veralteten Vornamen, Feierabend hatte. Er rief ihn an. Für diesen Anruf, nahm er ein zweites Handy aus der Schreibtischschublade. Dieses benutzt er, wenn es um Verabredungen ging und er diese nicht auf seinem Alltagshandy gespeichert wissen wollte.

»Schulz«, meldete der sich.

»Hier ist Jahnke. Entschuldigen Sie bitte meinen Anruf, aber es kommt Bewegung in die Angelegenheit«, begann Jahnke.

»Oh, das freut mich«, hörte man Schulz erleichtert antworten.

»Ich würde mich freuen, wenn Sie mich heute, gegen Abend, besuchen könnten. Wie Sie wissen, habe ich kein Auto und es ist etwas umständlich, zu Ihnen mit den Öffentlichen zu gelangen. Es wäre wichtig, dass Sie die Papiere mitbringen.«, köderte er Schulz.

Da die Nerven bei Schulz, aufgrund seines Verrats, so gut wie blank lagen, war er heilfroh, dass das Geschäft zu Laufen begann. Ihm war egal, was er Tim Hansen versprochen hatte. Er musste schnellstens an Geld kommen, denn er fühlte, wie sich eine Schlinge allmählich um seinen Hals legte.

»Ja, gerne, ich bin dann so gegen achtzehn Uhr bei Ihnen, wenn es Ihnen recht ist?«, erwiderte Gernot.

»Ja, das passt hervorragend«, bestätigte Jahnke. Er legte auf und verstaute das Handy wieder ganz hinten in der Schreibtischschublade.

Jahnkes Grinsen wurde breiter und breiter. Er war sich sicher, dass er einen Weg gefunden hatte, ohne die fünftausend Euros, an die Beweismittel zu kommen.

Er lehnte sich zurück und trank den Rest der Flasche aus.

Punkt achtzehn Uhr klingelte es bei Jahnke.

Die Wohnung von Jahnke, hier in diesem ungepflegten Hinterhaus, irritierte Schulz ein wenig. Noch mehr entsetzt war er, als er die Wohnung betrat. Der Kneipengeruch, die nicht zu übersehende Unordnung und die dunklen Räume stießen ihn ab. Jahnke war das egal und er machte nicht den leisesten Versuch, sich für dieses Durcheinander zu entschuldigen.

Er bat Schulz, am großen Esstisch Platz zu nehmen. Das Angebot von Jahnke, ihm ein Bier zu spendieren, lehnte dieser entschieden ab.

»Sie haben sicher nichts dagegen, dass ich mir eine Flasche genehmige«, ließ Jahnke wissen.

»Nein, lassen Sie sich nicht aufhalten«, entgegnete Schulz mit säuerlicher Miene.

»Kommen wir zum Geschäft«, begann Jahnke.

»Haben Sie die Papiere dabei«, erkundigte er sich sicherheitshalber.

»Selbstverständlich, hier sind sie«, bestätigte Schulz die Frage und öffnete eine kleine, flache Aktentasche. Er zog ein braunes Kuvert hervor und legte es vor sich auf den Tisch.

»Ehe wir zum Geschäft kommen«, begann Jahnke, »möchte ich wenigstens einen kurzen Blick auf die Unterlagen werfen.«

»Ja, das verstehe ich«, meinte Schulz und zog mehrere Blätter Papier aus der Tasche. Davon nahm er zwei Seiten und reichte sie über den Tisch zu Jahnke hin. Jahnke setzte erst die Flasche an und zog einen tiefen Schluck, ehe er mit der linken Hand nach den Unterlagen griff. Er stellte die Flasche ab und setzte sich umständlich die Brille auf. Er begann die Seiten zu überfliegen.

»Das sieht wirklich überzeugend aus, was ich da lese«, lautete sein Kommentar. »Leider ist es mir nicht gelungen, die erforderliche Summe zu besorgen«, fuhr er ansatzlos fort.

Schulz glaubte, seinen Ohren nicht zu trauen. Jahnke lockte ihn hierher, nur um ihm mitzuteilen, er hätte kein Geld. Was für eine Frechheit, dachte er.

»Dann sehe ich unsere Unterhaltung als beendet an«, stieß Schulz heftig hervor, langte über den Tisch und wollte Jahnke die zwei Seiten aus der Hand reißen. Dieser nahm den Arm mit den Unterlagen rasch zur Seite und Schulz griff ins Leere. Davon anscheinend unbeeindruckt hörte er ihn sagen:

»Nun mal langsam, werter Freund. Ich habe da einen anderen Vorschlag. Ich kann mir denken, dass Ihr Institut aus allen Wolken fallen würde, erführe sie von Ihrem Verrat.

Sie müssten sich vor Gericht verantworten, vielleicht sogar ins Gefängnis wandern und ihren Job wären Sie auf alle Fälle los. Sie werden einsehen, dass Ihre Lage nicht die Rosigste ist. Ich schlage Ihnen vor, mir die Unterlagen, sozusagen kostenlos hierzulassen, damit ich mich um die Anzahlung der einhunderttausend Euros kümmern kann.«

Sein unangenehmes Lachen begleitete die Worte.

Dann fasste Jahnke blitzschnell über den Tisch nach weiteren Blättern, die vor Schulz lagen. Schulz fühlte, wie sein Kreislauf kurz vor dem Zusammenbrechen war. Er schnappte nach Luft und bekam keinen Ton heraus. Vor den Augen begann alles zu verschwimmen. Mühsam stand er, sich an der Tischkante festhaltend, auf, und langte erneut über den Tisch, um Jahnke die Papiere zu entreißen. Jahnke sprang ebenfalls vom Stuhl auf und lachte Schulz ins Gesicht.

»So haben wir nicht gewettet«, höhnte Jahnke und ging um den Tisch herum.

»Im Gegenteil, Sie werden mir auf der Stelle die restlichen Blätter aushändigen. Andernfalls werde ich morgen früh Ihre Firma vom Geheimnisverrat informieren.«

Schulz fühlte, wie ihm gleich schwarz vor Augen wurde und stürzte sich mit einem Wutschrei auf Jahnke.

Jahnke riss den Arm mit den Unterlagen hoch über seinen Kopf, damit Schulz sie nicht bekam. Der Schwung war so groß, dass Jahnke ins Schwanken kam und einen Schritt nach hinten machte, um sich zu fangen. Er blieb dabei an einer Teppichkante mit dem rechten Fuß hängen und stürzte rücklings zu Boden. Das wäre nicht weiter dramatisch, aber der kleine Beistelltisch, den er vor zwei Tagen neben seinen Schreibtisch gestellt hatte, wurde ihm zum Verhängnis. Mit großer Wucht knallte er mit seinem Hinterkopf auf die Kante des Tischchens. Die Marmorplatte erwies sich härter als der Kopf von Schulz. Es knackte verdächtig. Schulz stand wie erstarrt da und schaute mit offenem Mund entsetzt auf die regungslose Gestalt neben dem Schreibtisch. Seine Gedanken drehten sich wirr im Kreis. Wie soll ich mich verhalten? Soll ich nachschauen, ob Jahnke nur bewusstlos ist, oder gar tot?

Auf den zweiten Blick bemerkte er eine kleine Blutlache, die seitlich vom Beistelltisch unter dem Kopf von Jahnke hervorsickerte und sich auf dem Parkettboden ausbreitete. Das war zu viel für seine Nerven.

Von Panik ergriffen, raffte er die Blätter zusammen, die über dem Boden verstreut umherlagen, zwei sogar neben dem Kopf von Jahnke, wo sich die Blutlache immer mehr ausbreitete. Er stopfte die Papiere in die Aktentasche und stürmte, ohne sich noch einmal umzusehen, aus der Wohnung.

Krachend schlug die Tür ins Schloss.

## ~ 8 ~

Janes Anruf aus den USA brachte die erste gute Nachricht. Das Magazin *Amerikan Scientific Journal* war äußerst interessiert an der Geschichte. Da jedoch die deutsche Erfindung so unglaublich bahnbrechend war, verlangten sie eindeutige Beweise. Jane übergab ihnen die fünf Seiten des Institutsberichts. Es dauerte nur einen Tag nach der Übersetzung und man zeigte sich bereit, eventuell fünfzigtausend Euros Anzahlung für den ganzen Forschungsbericht zu bezahlen. Die Modalitäten darüber sollten in den nächten Tagen besprochen werden. Jane informierte umgehend Tim über den erfreulichen Verlauf der Verhandlung.

Mit der nächsten Maschine flog sie zurück nach Berlin, während Dan Anderson am Abflugschalter des Flughafens Berlin

Brandenburg stand und auf das Boarding nach Amerika wartete.

Tim lief unruhig in der Wohnung auf und ab. Jetzt durfte nichts mehr dazwischenkommen, dachte er. Unbewusst tauchte der Name Schulz immer wieder bei ihm auf. Sicher hatte Schulz versprochen, Jahnke hinzuhalten, aber wenn es ums Überleben ging, konnte man sich nicht sicher sein. Wenn es Jahnke schaffte, die Anzahlung zu besorgen, dann bestünde die Gefahr, dass Jahnke von Schulz die geheimen Unterlagen bekäme und dann, skrupellos wie er war, diese an Joe Brandt weiterreichte. Dann gäbe es zwei Möglichkeiten. Entweder Brandt ließe sich das Geschäft mit dieser Sensation nicht entgehen und schrieb selber einen Artikel darüber, oder, wie versprochen, informierte Tim, damit er Jahnke stoppen könnte.

Tim war die ganze Sache zu unsicher.

Sobald Jane wieder bei ihm war, würden sie zu Jahnke fahren und ihm klarmachen, dass er sich aus dieser Story rauszuhalten hätte, sonst hieße der nächste Artikel von Tim:

*Wanzen schädigen den guten Ruf der Journalisten.* Das bräche Jahnke das Genick.

Zwei Tage, nachdem Jane wieder in Berlin war, fuhren sie am frühen Vormittag nach Kreuzberg. »Und hier wohnt der Jahnke?«, wunderte sich Jane, als sie durch den wenig einladenden Hinterhof liefen.

»Wenn du Jahnke siehst, dann verstehst du, warum er in dieser Umgebung haust.«

Sie standen vor Jahnkes Wohnungstür und Tim klingelte. Jane schnupperte und stellte fest, hier kochte jemand Kohl im Haus. Tim grinste, als sie ihm das mitteilte.

»Worauf Frauen so achten?«, wunderte er sich.

Sie läuteten erneut und länger. Tim hatte gemeint, es wäre besser, sich vorher nicht anzukündigen. Vielleicht erfände Jahnke Ausflüchte wegen des Treffens und die Sache würde sich verzögern. Nichts rührte sich. Tim klopfte mit der Faust an die Tür. Es dröhnte durchs Treppenhaus.

»Das muss er aber gehört haben, wenn er da ist«, war sich Jane sicher.

»Warte eine Minute«, schlug Jane vor. »Ich geh nach draußen und schau durch die Fenster. Vielleicht erkenne ich etwas.«

»Schaden kann es nicht«, stimmte Tim zu und wartete weiter vor der Tür, derweil Jane auf den Hof lief und versuchte, durch die blinden Scheiben in die Wohnung zu sehen.

Jane kam zurück in den Hausflur und rief:

»Tim, kannst du bitte herkommen? Warum hat er noch das Licht im Zimmer an, obgleich es heller Tag ist?«

Beide spähten angestrengt durch das schmutzige Fenster. Von Jahnke war keine Spur zu entdecken.

»Entweder er ist von gestern noch so voll und schläft seinen Rausch aus, oder er ist nicht da und hat vergessen, das Licht auszumachen«, stellte Tim fest.

»Schade, ich hätte gerne die Sache heute erledigt«, setzte er fort und ergänzte:

»Erinnere mich bitte daran, dass ich den Jahnke abends anrufe.«

Auf dem Weg zum Wagen, blieb Tim stehen und überlegte laut:

»Der zweite Unsicherheitsfaktor ist Schulz. Er muss jeden Tag damit rechnen, dass sein Verrat in der Firma bemerkt wird. Die Folgen wären für ihn katastrophal und das Wasser steht ihm bis zum Hals. Er braucht Geld, mehr als dringend. Erstens, weil ihm die Geldeintreiber seiner Spielschulden aufs Fell rücken und zweitens, die Gefahr der Entdeckung seines Verrats. Durch diese Zwangslage ist er für uns ein Risiko. Seine Rettung, so hat er mir erzählt, läge allein, darin, sich ins Ausland abzusetzen. Mit meinen fünftausend Euros, kommt er nicht weit. Wer weiß, was ihm einfällt, um schneller als vom Magazim *American Scientific Journal* an Geld zu kommen. Ich denke, wir sollten ihm einen Besuch abstatten.«

Jane fragte: »Jetzt gleich?«

»Klar, wir haben keine Zeit zu verlieren«, entschied Tim und überlegte:

»Er hat zwar verboten, ihn im Institut anzurufen, aber jede Minute zählt. Er soll uns sagen, wo wir uns treffen können.«

Die Dame von der Anmeldung im Institut teilte Tim mit, dass sich Herr Schulz gestern krankgemeldet hatte und ob sie etwas für ihn notieren sollte.

»Nein, aber es wäre nett von Ihnen, wenn Sie mir die Anschrift von Herrn Schulz durchgeben könnten. Einen Schulz im Adressbuch zu finden könnte dauern«, witzelte Tim.

Es dauerte nur eine Minute, dann hörte Tim die Frau sagen:

»Herr Schulz wohnt in Friedenau in der Hähnelstraße 14.«

Da sich Tim nicht meldete, fragte sie nach:

»Haben Sie verstanden?«

»Oh ja, recht vielen Dank, ich war nur etwas abgelenkt«, bedankte sich Tim.

»Tim beendete das Gespräch. Wo Schulz wohnt, hatte ihn bisher nicht interessiert, aber jetzt fiel er fast aus allen Wolken. Der Schulz wohnte doch tatsächlich, nur wenige Häuser von ihm entfernt, in derselben Straße.

»Nun gut, dann fahren wir jetzt zu ihm nach Hause, beziehungsweise wir fahren nach Hause und laufen dann zu Schulz«, beschloss Tim.

Tim schüttelte immer wieder den Kopf, als sie den Wagen in der Nähe seiner Wohnung parkten und die kurze Strecke zu Fuß zum Haus Nummer vierzehn liefen.

»Ich kann mich nicht entsinnen, Schulz bewusst jemals hier gesehen zu haben«, überlegte Tim.

»Eventuell liegt es daran, dass er so unauffällig daherkommt. Sozusagen eine graue Maus, die man leicht übersieht.«

Den Altbau, der unbeschadet den Krieg überstanden hatte, fand Jane sehenswert.

»Ich kann mir vorstellen, wie es früher in Berlin ausgesehen haben mag, wenn ich dieses und die anderen Häuser in der Straße sehe«, stellte sie bewundernd fest.

Jane läutete bei Schulz.

Nichts rührte sich, kein Türöffner schnarrte. Aus der Gegensprechanlage drang kein Laut.

Sie klingelte erneut und mehrmals hintereinander. Nichts.

»Mit uns will anscheinend niemand sprechen«, amüsierte sich Jane.

Sie entschlossen sich, zurück zu Tims Wohnung zu gehen. Während sie liefen, überlegte Tim halblaut:

»Jane, ich habe da irgendwie ein komisches Gefühl. Zuerst treffen wir Jahnke nicht an und jetzt hat sich Schulz krankgemeldet. Das kann alles Zufall sein, aber an Zufälle glaube ich in dieser Situation kaum. Wir werden versuchen, die beiden später zu erreichen.«

Den Rückzug der beiden beobachtete Schulz, versteckt hinter der Gardine, aus der zweiten Etage.

Er atmete für einen Moment erleichtert auf, weil
es keine Polizei war, die er, nervlich am Ende,
jede Sekunde erwartete. Er zuckte zusammen.
Hatte er falsch gehandelt, als er nicht öffnete?
Vielleicht wollte Tim Hansen ihm die
fünfzigtausend Euros der Anzahlung bringen.
Schulz überlegte, Hansen am Abend anzurufen.

~ 9 ~

Vor dem Haus Skalitzer Straße 98 erhellte
rotierendes Blaulicht der Streifenwagen den
Abend.
Der Autoverkehr quälte sich mühsam durch die
eingeengte Fahrbahn. Einige Fahrer gaben ihren
Unmut durch Hupen kund. Der Bürgersteig war
weiträumig abgesperrt. Trotzdem
versammelten sich Schaulustige und mussten
immer wieder zum Weitergehen aufgefordert
werden.
Kriminaloberkommissar Alfred Hempel hatte
heute Kriminaldauerdienst KDD.
Er schob seinen untersetzten, stämmigen
Körper durch die Mieter, die ihm im Hinterhof
im Wege standen.
»Kinder, geht nach Hause, et gibt nischt zu
sehen«, rief er ihnen zu. Sie machten keine
Anstalten, der Aufforderung Folge zu leisten.
Eine Leiche im eigenen Haus war doch

interessanter als der spannendste Krimi im Fernsehen.

Er betrat die Wohnung von Jahnke.

Bereits im Flur wehte ihm ein durchdringender Geruch von leichter Verwesung entgegen.

Hempels erste Frage richtete sich an einen der Polizisten:

»War das Licht im Wohnzimmer an, als Sie kamen?«

Der Beamte bestätigte das nach kurzem Nachdenken.

Jahnke lag schon vier Tage tot in der Wohnung. Die letzten Tage waren für April erstaunlich heiß gewesen. Das förderte den Zersetzungsprozess. Ein Polizist wollte, wegen des fast unerträglichen Geruchs, ein Fenster aufreißen.

»Det lassen se mal janz schnell sein«, fuhr ihn der Oberkommissar barsch an.

»Det is´n Tatort. Noch nischt von Spurensicherung jehört?«

Der Mann lief rot an und entschuldigte sich. Sobald Hempel sich mit einem Fall befasste, verfiel er in die Berliner Mundart, zum Ärger seines Vorgesetzten Johannes Brettschneider, der aus Hannover stammte.

Hempel drückte sich ein Taschentuch vor die Nase und beugte sich zum Toten hinunter. Konzentriert betrachtete er die inzwischen schwarz eingetrocknete Blutlache und die Lage des Körpers zum Beistelltisch. Seinen wasserhellen, blauen Augen entging kein Detail. Er richtete sich auf, fuhr sich durch seine wenigen, kurzgeschnittenen angegrauten Haare, nahm die beschlagene Brille ab und putzte sie umständlich. Auf dem Schreibtisch suchte er vergeblich nach einem Terminkalender. Er wies einen Kollegen an, Jahnkes PC und das Handy sicherzustellen.

»Schon alles fotografiert«, erkundigte er sich beim Polizeifotografen.

»Die Leiche hab´ ich im Kasten, aber ich muss noch Aufnahmen in der Küche und im Schlafzimmer machen.«

»Jut, machen se die Aufnahmen und sehen se zu, dass es nicht wieder so lange dauert, bis die bei mir landen.«

Der Mann versprach, sich dafür einzusetzen.

»Hat schon jemand die Spusi angefordert?«, fragte er die Kollegen.

»Ja, die Spurensicherung müsste gleich hier sein«, bestätigte einer der Polizisten.

Hempel entdeckte die Bierflasche, und den nach hinten gekippten Stuhl, auf der gegenüberliegenden Tischseite, der mit der Lehne gegen die Wand stieß.

Dann schaute sich Hempel im Schlafzimmer um und warf zum Schluss einen langen, forschenden Blick in die Küche.

In diesem Moment traf die Spusi ein und Hempel verabschiedete sich mit den Worten:

»So, jetzt seid Ihr dran. Den Bericht möglichst schnell und direkt zu meinen Händen. Ist das klar?«

»Jawohl Herr Oberkommissar«, antwortete der Angesprochne mit deutlichem Grinsen.

»Na dann ist ja allet jut«, freute sich Hempel und durchquerte den Hinterhof, um zu seinem Wagen zu kommen.

Joe Brandt von der Boulevardzeitung hatte Jahnke versprochen, ihm eine Anzahlung über fünftausend Euros von der Geschäftsleitung zu besorgen. Damit Jahnke nicht in Panik geriete und seine Geschichte, wo anders verkaufen würde, hatte er, nachdem er von der angeblichen Chinareise zurück war, zwei Tage lang versucht, Jahnke zu erreichen. Er wollte ihm weismachen, dass die Geschäftsleitung interessiert wäre und Jahnke bald das Geld erhalten könnte. Das hatte er mit Tim Hansen so abgesprochen. Er erreichte den Mann nicht. Er wunderte sich zwar ein wenig, denn er hatte sogar bis tief in die Nacht bei Jahnke angerufen, dachte aber, dass Jahnke für einige Tage verreist sein könnte.

Es war ein Zufall, dass die Leiche gefunden wurde. Beziehungsweise nur durch die Aufmerksamkeit einer Zeitungsausträgerin. Jahnke bezog zwei Tageszeitungen. Die Zustellerin stopfte jeweils die beiden Ausgaben in den recht großen Briefkasten des

Journalisten. Am zweiten Tag gelang es ihr, nur noch eine Zeitung hineinzudrücken, weil die beiden anderen Exemplare den Platz ausfüllten. Daraufhin legte sie die zweite Ausgabe oben auf den Deckel und hoffte, dass sie nicht gestohlen würde.

Am dritten Tag, staunte sie, dass die lose auf dem Deckel liegende Zeitung tatsächlich noch vorhanden war. Sie wusste sich keinen anderen Rat und legte die neuen Zeitungen Jahnke vor die Tür. Da sie sehr früh die Zeitungen austrug und es um diese Zeit dunkel war, hatte sie zwar das Licht in Jahnkes Wohnung bemerkt, aber sich keine weiteren Gedanken darüber gemacht. Sie wusste, dass er oft bis in die Morgenstunden an seinem Computer die Artikel schrieb. Erst am vierten Tag, als sie die immer noch vor seiner Wohnungstür liegenden Zeitungen entdeckte, wurde sie misstrauisch und rief am Abend die Polizei an.

Nach Rücksprache der Streifenbesatzung mit der Zentrale, entschloss man sich, einer Fachfirma für das Öffnen der Tür zu bedienen. Es dauerte nur Sekunden, denn die Tür war nur ins Schloss gezogen worden. Die Beamten entdeckten die Leiche und informierten den Kriminaldauerdienst.

Hempel konzentrierte sich auf die letzten Tage im Handy des Toten.

Erstaunlich, er fand keine Termineintragungen. Seltsam, grübelte er und vermutete, Jahnke hatte die Termine wo anders gespeichert.

Aufgrund des Berichtes des Gerichtsmediziners und der Aussage der Zeitungszustellerin ermittelte man, dass die Tat vor vier Tagen am Abend gegen achtzehn Uhr geschehen sein musste. Zeitpunkt plus - minus zwei Stunden.

Auf dem Kommissariat beabsichtigte Hempel am nächsten Morgen dem Vorgesetzten Brettschneider vom Einsatz in Kreuzberg zu berichten. Er holte sich eine große Tasse Kaffee von der Kaffeemaschine, um die letzte Müdigkeit der kurzen Nacht zu vertreiben. Mit der Tasse in der Hand betrat er das Büro des Kollegen.

»Guten Morgen Herr Brettschneider«, begrüßte Hempel den Vorgesetzten, der nicht gerne mit Kollege angesprochen werden wollte.

»Guten Morgen Herr Hempel. Haben wir schon etwas Greifbares«, wandte sich Brettschneider, sicher etwas verfrüht, an den Oberkommissar mit einem missbilligenden Blick auf die Tasse und der Meinung, er hätte sie draußen lassen können.

Die beiden mochten sich nicht. Vom ersten Tag an, war eine gegenseitige Aversion spürbar. Brettschneider ging die legere, unkonventionelle Art Hempels, mit seiner Neigung zum Berlinern, gegen den Strich. Hempel stieß sich an der staubtrockenen, ausschließlich an Vorschriften ausgerichteten Art Brettschneiders.

»Nein, bisher nicht. Zurzeit befragen Kollegen die Nachbarn, ob sie etwas gesehen oder gehört haben. Der PC und die Handys werden im Moment ausgewertet. Auf die Ergebnisse der Spusi warten wir noch. Die Bestätigung der genauen Todesursache wird uns der Gerichtsmediziner noch durchgeben. Nach meiner Erfahrung, hat sich das Opfer die tödliche Verletzung durch den Sturz auf die Marmorkante eines Beistelltisches zugezogen. Ob es gestoßen wurde oder gestolpert ist, kann uns nur der Täter verraten.«

»Das ist nicht viel«, stellte Brettschneider unnötigerweise fest und fuhr fort: »Es wäre gut, wenn die Presse nur vage informiert wird. Dass es sich um einen ihrer Berufskollegen handelt, sollte anfangs nicht in unserer Presseerklärung stehen. Ich könnte mir denken, dass sich sonst die Journalistenmeute mit besonderem Elan auf unsere Ermittlungsergebnisse stürzt.«

Mit den Worten: »Das wäre vorerst alles Herr Hempel«, entließ Brettschneider den Kollegen. Diesen, stets vorgebrachten, Schlusssatz hasste Hempel besonders, weil er so herablassend klang.

Am Nachmittag trafen die ersten Berichte der Befragungen ein.

Über die fragliche Tatzeit lagen keine verwertbaren Aussagen vor.

Ein Hausbewohner, dessen Fenster zum Innenhof gingen, hatte von seiner

Überwachungskamera berichtet. Er erzählte den Beamten, dass er mit ihr den Innenhof überwacht hatte, weil ihm zum zweiten Mal sein teures Fahrrad gestohlen worden war. Er gab zu, dass er sich keine Gedanken gemacht hatte, ob das Aufzeichnen von Personen gegen den Datenschutz verstieße.

Hempel hing sich augenblicklich ans Telefon und forderte die Videoaufzeichnung vom Tag des Mordes an.

Kurz vor Feierabend sah er sich das Video an. Hempel wiederholte die Aufnahmen immer wieder und stoppte schließlich bei einer Stelle, die den Tag nach der Tat betraf. Die Kollegen aus der Technik hatten mit dem Videoersteller die Stellen herausgeschnitten, an denen dieser versicherte, dass das Mieter des Hauses seien. Die Zeitungszustellerin hatte er auch erkannt und entfernen lassen. Es war nur die Aufzeichnung zu sehen, an der dem Mieter Fremde aufgefallen waren.

Am errechneten Tattag betrat eine kleine, männliche Gestalt gegen achtzehn Uhr den Hinterhof und verschwand im Eingang zu Jahnkes Wohnung. Nach genau vierzig Minuten, laut Zeitangabe auf dem Video, verließ der unscheinbare Mann wieder die Wohnung und eilte, nein, rannte fast mit gesenktem Kopf über den Hof. Sein Gesicht war nicht zu erkennen, aber man sah, dass er eine Aktentasche unter dem Arm trug.

»Wäre ja auch zu schön gewesen, den vermutlichen Täter anhand der Überwachungskamera zu identifizieren«, murmelte Hempel und ließ das Video weiterlaufen. Die nächste Szene war vom folgenden Tag. Der Mieter hatte diese Stelle ausgesucht, weil es wieder Fremde waren. Hempel sah einen Mann und eine Frau, die in den Hausflur von Jahnke gingen. Es dauerte einen Moment. Dann kam die Frau heraus und schaute in das Fenster von Jahnkes Wohnung. Sie holte ihren Begleiter und beide starrten in das Wohnzimmer. Da es im Hinterhof wenig Tageslicht gab, waren die Personen nur undeutlich zu erkennen. Zu sehen war, dass in der Wohnung des Opfers immer noch Licht brannte.

Beide standen einen Moment vor dem Fenster und liefen dann Richtung Ausgang. Hempel hielt den Atem an. Kurz bevor sie den Hinterhof verließen, schaute der Mann hoch. Hempel frohlockte. Ein schmaler Sonnenstrahl beleuchteten deutlich das Gesicht.

Hempel hielt das Video an und fuhr ein Stück zurück. Er ließ es langsam vorwärtslaufen, bis das Gesicht gut auf dem Monitor zu sehen war. »Verdammt, den Mann kenn´ ich«, rutschte es ihm aufgeregt durch die Zähne. Er kramte in seinem Gedächtnis. Mit Erfolg. Das war der Journalist, der mit ihm zusammen einen Artikel über einen ungewöhnlichen Fall geschrieben hatte. Es ging um ein technisch raffiniert geplantes Verbrechen an einem Millionär aus Dahlem.

Tim Hermann, so hieß er, blitzte es in seinem Kopf auf. Halt, das war nicht ganz richtig, er korrigierte sich und erinnerte sich, dass er nicht Hermann, sondern Hansen hieß.

Mit seiner rechten Hand schlug er aus Freude über diese Erkenntnis laut auf den Schreibtisch. Morgen würde seine erste Amtshandlung sein, den Tim Hansen auf das Kommissariat zu bitten. Zufrieden lächelnd, begab er sich in den Feierabend. Den kleinen Umweg über die Stammkneipe hielt er für vertretbar.


## ~ 10 ~


Zu früher Stunde hörte Tim sein Handy mit nervigem Piepton. Es lag in der Mitte des Bettes. »Soll ich mich melden?«, erkundigte sich Jane gähnend mit einem gewissen Lächeln.

»Nee, lass mal, das schaffe ich noch alleine«, grinste Tim zurück.

»Hansen«, hörte Hempel eine verschlafene Stimme.

»Guten Morgen Herr Hansen, verzeihen Sie, dass ich so früh störe, aber es ist leider eilig. Mein Name ist Hempel von der Kriminalpolizei.«

Auf der anderen Seite blieb es still, so dass Hempel nachfragte:

»Sind Sie noch da?«

»Ja, sorry, ich musste kurz nachdenken. Mir ist eingefallen, dass wir uns kennen. Das war doch ein Artikel, an dem Sie mitgewirkt haben.« Jetzt war es an Hempel mit einem Lachen zu bestätigen:

»Stimmt genau, gutes Gedächtnis. Wäre es Ihnen möglich, heute, sagen wir mal so gegen elf Uhr in das Kommissariat zu kommen? Sie wissen doch noch, wo das ist?«

»Ja, weiß ich und elf Uhr ist in Ordnung. Worum geht es überhaupt?«

»Das möchte ich Ihnen lieber unter vier Augen erzählen«, blockte Hempel ab.

Mit einem: »Okay, dann sehen wir uns um elf Uhr«, beendete Tim das Gespräch.

»Was hast du mit der Kripo zu tun?«, fragte Jane, die sich mit dem Ohr dicht neben dem Handy postiert hatte.

»Keine Ahnung. Der Hempel wird mir sicher sagen, warum er mich sprechen will.«

»Hast du etwas ausgefressen?«, bohrte Jane nach.

»Kann mich nicht erinnern«, lachte Tim.

»Lass uns jetzt erst einmal ausgiebig frühstücken, damit du das Verhör überstehst«, schlug sie vor und kroch langsam unter der Bettdecke hervor.

»Gute Idee«, stimmte Tim zu.

Mit wenigen Minuten Verspätung, die der Parkplatzsuche geschuldet war, betrat Tim das Landeskriminalamt 1 in der Keithstraße. Er fragte sich zum Zimmer von Alfred Hempel durch.

Nach dem »Herein«, stand er im Büro vor Hempel. Der sich in diesem Augenblick eine Tasse Kaffee zapfte. Hempel drehte sich halb zu Hansen um und fragte:

»Auch eine Tasse?«

»Nein danke, komme soeben vom Frühstückstisch«, erwiderte Tim.

Hempel begab sich mit der Tasse hinter den Schreibtisch und wies mit der linken Hand auf einen Stuhl, der davorstand.

»Bitte.«

Tim wartete ab, bis Hempel einen Schluck des Getränks zu sich genommen hatte.

»Darf ich fragen, warum ich die Ehre habe, hier erscheinen zu müssen?«, begann Tim mit einem Lächeln.

Ohne darauf einzugehen, schoss Hempel, wie es seine forsche Art war, die Frage ab:

»Waren Sie am fünfzehnten April in der Skalitzer Straße 98?«

Tim stutzte und überlegte blitzschnell, warum er das fragen könnte. Ihm fiel keine Antwort ein und so bestätigte er:

»Ja, das ist richtig. Ich war mit meiner Kollegin gegen zehn Uhr dort. Warum fragen Sie?«

»Zu wem wollten Sie dort?«, stellte Hempel die nächste Frage, ohne auf Tims Rückfrage einzugehen.

»Ich hatte etwas mit Herrn Jahnke zu besprechen.«

»Worum ging es dabei?«

»Ist das wichtig für Sie?«

»Sonst würde ich nicht danach fragen«, blaffte Hempel etwas ungehalten.

»Es ging um brisante Unterlagen, die ich für einen Artikel benötige.«

»Haben Sie Herrn Jahnke angetroffen?« erkundigte sich Hempel, obgleich er aus der Aufzeichnung der Überwachungskamera wusste, dass die beiden, unverrichteter Dinge, wieder das Haus verlassen hatten.

»Nein, leider nicht. Wir sind dann wieder gegangen.«

Hempel schwieg, hatte die Tasse wieder in die Hand genommen und schaute hinein.

Ohne den Kopf zu heben hörte Tim ihn fragen: »Sind das brisante Unterlagen, mit denen man viel Geld verdienen könnte?«

»Ja, denn der Artikel wäre eine Sensation für die wissenschaftliche Welt.«

Jetzt ruckte der Kopf des Oberkommissars hoch und seine blauen Augen schauten ihn prüfend und, so empfand es Tim, misstrauisch durch die Brillengläser an.

»Könnte es sein, dass andere Kollegen ihrer Zunft ebenfalls Interesse an diesen Unterlagen haben?«

Tim überlegte sofort, hier musste er jetzt ganz vorsichtig sein. Jede unbedachte Antwort könnte den Terrier, wie er Hempel heimlich nannte, veranlassen, sich intensiver mit der angeblichen Sensation zu befassen.

»Möglicherweise, aber es handelt sich hierbei um rein wissenschaftliche Forschungsergebnisse, die wahrscheinlich für die Allgemeinheit nicht relevant sind.«

Hempel ließ nicht locker. Er trank den letzten Schluck der braunen Brühe und wollte wissen:

»Wovon handeln diese Forschungsergebnisse?«

Herr des Himmels, dachte Tim, hört er denn nicht endlich auf, nachzugraben.

»Soweit ich informiert bin, geht es um eine sensationelle Verbesserung der Radartechnik«, erklärte Tim. Damit hatte er zwar nicht das Sichtbarmachen der UFOs verraten, aber immerhin auch nicht gelogen.

Hempel schwieg. Lange. Das lange Schweigen nervte Tim mehr als die Fragerei.

Das war Tim jetzt zu viel und er durchbrach die im Raum lastende Stille.

»Haben Sie weitere Fragen? Wenn nicht, dann möchte ich jetzt bitte gehen, denn ich habe einen Termin.«

Hempel schreckte aus dem Grübeln hoch, runzelte die Stirn über die Unterbrechung und knurrte:

»Nein, für heute ist das Alles. Halten Sie sich, wie es so schön heißt, für uns jederzeit zur Verfügung«, grinste Hempel.

In der geöffneten Tür stehend, ließ es Tim keine Ruhe und er fragte direkt:

»Was ist denn mit dem Jahnke? Was hat die Mordkommission damit zu tun?«

Hempel holte hörbar tief Luft, aber anstatt des erwarteten wütenden Ausbruchs, hörte Tim ihn sagen:

»Das können Sie morgen in den Boulevardblättern Ihrer Kollegen lesen. Jahnke ist tot. Und nun raus mit Ihnen.« Wobei die letzten Worte schon versöhnlicher klangen. Jahnke war tot. Tim zuckte zusammen. Jahnke war sozusagen bei dieser Sache aus dem Rennen. Er hatte sich bereits gedacht, dass Jahnke tot war, denn sonst würde sich nicht die Mordkommission damit befassen. Die Mitteilung klang in Tims Ohren nach, als er sich zu seinem Auto begab. Damit veränderte sich schlagartig die Ausgangslage für den Artikel. Schulz musste umgehend dazu gebracht werden, sämtliche Unterlagen aus dem *BIFEX* – Institut an ihn zu übergeben. Tim hatte eine Idee.

## 11

Am nächsten Morgen las Tim Hansen über den Tod Jahnkes in der Zeitung. Hempel hatte sogar durchblicken lassen, dass das Opfer in einer Blutlache liegend, vorgefunden wurde. Am Abend vorher, kaum vom Kommissariat zurück, rief Tim den Kollegen Joe Brandt an und berichtete von seiner Vernehmung und einigen Details zu Jahnkes Tod.

»Danke Tim für den Tipp. Ich setze meine Leute gleich darauf an, damit es morgen alle lesen können. Du hast etwas gut bei mir.«

»Dann habe ich sofort eine Bitte«, hörte Joe aus dem Hörer, »erwähne nichts über die Angelegenheit mit dem UFO, über die Jahnke versuchte, einen Artikel zu schreiben. Wenn ich mehr Beweise über diese UFO-Sache habe, werde ich dich daran teilhaben lassen, versprochen.«

»Gut, ich nehme dich beim Wort«, freute sich Joe.

Zurück in Friedenau, erwartete ihn Jane mit einer guten Nachricht. Dan hatte aus den USA angerufen und erfreut berichtet, dass das Magazin *American Scientific Journal* bereit war, eine größere Summe für die vollständigen Unterlagen zu zahlen und einen Artikel über das UFO-Radar zu schreiben.

»Was machst du für ein Gesicht? Ich dachte, du würdest vor Freude einen Luftsprung machen«, wunderte sich Jane.

»Ich bin überzeugt, dass die Sicherheit Amerikas an erster Stelle steht. Du weißt doch, alle werden leicht paranoid da drüben, wenn es um die *National Sicherheit* geht. Könnte doch sein, dass dem Magazin *American Scientific Journal* verboten wird, den Artikel zu schreiben. Außerdem sollte man nicht schlafende Hunde wecken.«

»Daran habe ich nicht gedacht«, gab Jane zu.

»Hoffentlich erscheint der Artikel, ehe irgendwelche Sicherheitsbehörden davon Kenntnis erhalten.«

Jane und Tim saßen bei einem Glas Barolo und ließen den Tag ausklingen.

»Es wird Zeit, dass ich mich um Schulz kümmere«, stellte Tim fest.

»Jetzt, da Jahnke ihn nicht mehr bezahlen kann, wird er umso mehr auf mich angewiesen sein. Das werde ich ihm jedenfalls einreden. Das heißt, wir dürfen keinen Tag länger warten. Morgen gehen wir noch einmal zu Schulz. Ich denke, es wäre sinnvoller, ihn abends zu besuchen. Sollten wir Licht in seiner Wohnung sehen, sollte er da sein.«

Friedenau ist mit seinen schmalen, alten Straßen und den Bäumen zwar für junge Leute mit Fahrrädern idyllisch, aber für Autofahrer eine

Herausforderung. Sie waren froh, keinen Parkplatz suchen zu müssen.

Sie standen vor dem Haus und suchten auf dem Klingeltableau, in welcher Etage Schulz wohnt.

»Aha, in der zweiten Etage müsste es sein,« stellte Jane fest.

Sie schauten nach oben und durch die Äste der großen Pappel, die vor dem Haus wuchs, sahen sie Licht in den Fenstern.

Tim klingelte. Keine Reaktion. Er klingelte mehrfach, hintereinander. Das hätte er hören müssen, selbst, wenn er geschlafen hätte. Nichts. Tim platzte der Kragen, wie es so heißt.

Er läutete im Souterrain, wo Hausmeister neben dem Namensschild zu lesen war. Eine mürrische Stimme fragte, worum es ginge. Tim erklärte:

»Wir machen uns Sorgen um Herrn Schulz. Wir haben für heute ein Treffen vereinbart. Herr Schulz öffnet jedoch nicht und geht nicht ans Handy.« Hier schwindelte Tim, ohne rot zu werden.

»Wären Sie bitte so nett, uns einzulassen, damit wir wenigstens den Brief, den wir ihn übergeben wollten, jetzt durch seinen Türschlitz werfen können.«

Jane bewunderte Tims Fantasie.

»Ja, ausnahmsweise Mal«, brummte der Mann zurück und betätigte den Türöffner.

Mit dem Aufzug fuhren sie in die zweite Etage. Ehe sie auf den Klingelknopf drückten, horchte Jane an der Tür.

Sie drehte sich zu Tim um und flüsterte:

»Ich bin mir sicher, Stimmen zu hören. Es ist möglich, dass Schulz den Fernseher anhat.

Jetzt läutete Tim Sturm.

Das müsste er gehört haben. Er will niemanden sehen, vermute ich.«

Mit Tims Geduld war es zu Ende. Er klingelte und schlug gleichzeitig mit der Faust gegen die alte Holztür. Es hallte laut durchs Haus. Er klopfte erneut. Der Krach war so laut, dass von einer der oberen Etagen eine weibliche Stimme rief:

»Was ist denn da unten los? Soll ich die Polizei rufen?«

»Nein, meine Dame, das ist nicht nötig. Herr Schulz hat wohl einen gesunden Schlaf, aber wir sind verabredet.« Oben knallte eine Tür ins Schloss.

Tim hob soeben wieder die Faust, als sich die Tür einen spaltbreit öffnete.

»Sind Sie verrückt geworden?«, herrschte Schulz die beiden barsch an. »Was wollen Sie um diese Zeit bei mir. Wir sind nicht verabredet.«

»Bitte entschuldigen Sie Herr Schulz, aber es ist äußerst wichtig, sonst würden wir Sie nicht um diese Zeit belästigen.«

»Wenn es nicht zu lange dauert«, gab Schulz nach und ließ die zwei eintreten. Er bat sie in sein Arbeitszimmer.

Tim musste Schulz aus der Reserve locken.

»Die fünf Seiten, die Sie mir freundlicherweise
auf dem Parkplatz übergeben haben, sind
meiner Zeitung zu wenig aussagekräftig. Der
Verlag ist entschlossen, den Artikel bald drucken
zu lassen. Wenn Sie mir noch heute einige Seiten
mehr geben könnten, werde ich zusehen, dass
eine weitere Summe an Sie gezahlt wird.«
Jane wurde es fast schwarz vor den Augen. Tim
versprach Dinge, die er nicht einhalten konnte.
Jane hatte während der Zeit Schulz beobachtet.
Sie stellte fest, er war hypernervös. Seine
Bewegungen waren fahrig und er fasste sich
immer wieder an die Nase oder an ein Ohr.

Schulz überlegte, was er tun sollte. Gäbe er
weitere Unterlagen nicht heraus, könnte er nicht
mit weiteren Zahlungen rechnen. Er wusste am
besten, dass Jahnke tot war. Er müsste sich
einen neuen Abnehmer für die Geschichte
suchen. Dafür hatte er keine Zeit, denn früher
oder später, würde die Polizei auf ihn kommen.
Vorher wäre es besser, aus Deutschland zu
verschwinden.
»Welche Sicherheiten können Sie mir geben,
dass ich umgehend Geld für die Unterlagen
bekomme? Außerdem müssen wir über die
Höhe der Zahlung reden.«
»Ehe wir jetzt Einzelheiten besprechen, bitte ich
Sie, mir erst einmal die Kopien der
Laborberichte zu zeigen«, verlangte Tim.

Schulz zögerte. Dann stand er auf und schlurfte mit müden Schritten zum Schreibtisch. Mit einem braunen Kuvert kam er zurück und gab es Tim.

Tim öffnete das Kuvert und zog mehrere Blätter heraus. Er blätterte sie durch und stutzte.

An zwei Kopien entdeckte er schmale, braunrötliche Flecken am Rand. Blitzschnell schoss ein Gedanke durch seinen Kopf. Könnte das Blut sein? Blut von Jahnke?

Ehe er dazu kam, einen Entschluss zu fassen, bemerkte er, wie Schulz bleich wie ein Tischtuch wurde. Schulz hatte in diesem Moment ebenfalls die Verfärbungen auf dem Papier gesehen. Nach dem Unfall, hatte er sich die Blätter nicht mehr angeschaut. Ihm war klar, Hansen würde kurz oder lang darauf kommen, dass es sich um Blut handeln könnte. Die Schlussfolgerung stände dann für Hansen fest: Schulz war der Mörder von Jahnke.

Tim und Schulz sahen sich in die Augen. Was geschähe in den nächsten Minuten?

Im Zimmer war nur das Ticken der großen alten Wanduhr zu vernehmen.

Tim blätterte die Seiten durch, sah über den Blätterstapel Schulz mit leichtem Grinsen an und steckte die Kopien, bewusst langsam, in das Kuvert zurück.

Schulz wusste jetzt, Hansen hatte bereits den Zusammenhang erkannt.

»Wie Sie sehen, werden die Karten ab jetzt neu gemischt«, begann Tim bedächtig.

»Wie meinen Sie das«, würgte Schulz kaum vernehmbar hervor.

»Das will ich Ihnen sagen. Sie müssen, nach Lage der Dinge einsehen«, hier wedelte Tim mit dem Kuvert, »dass Sie keine weiteren Zahlungen mehr erhalten können.«

Der Atem von Schulz wurde schneller, flacher, er griff sich an die Brust. Jane stieß unter dem Tisch unbemerkt Tim an und verdrehte die Augen. Sie befürchtete, Schulz würde kollabieren.

Tim sprang auf und erkundigte sich: »Soll ich Ihnen ein Glas Wasser holen?«

Schulz nickte schwach. Jane gab Tim ein Zeichen, dass sie sich darum kümmern würde und verschwand im Flur. Erstaunlich schnell war sie mit dem Glas Wasser zurück. Schulz trank hastig und hustete. Er lehnte sich zurück und sein Atem beruhigte sich. Sein Gesicht bekam wieder etwas Farbe.

»Sie haben mich in der Hand, wie ich feststellen muss«, hörten sie ihn leise sagen. »Ich hätte von Ihnen nicht erwartet, dass Sie so gemein sein könnten, um mich bei der Polizei zu verraten.«

»Stopp, Herr Schulz, wovon reden Sie? Ich wüsste keinen Grund, um Sie zu verraten. Sie haben mir heute nur die restlichen Kopien aus dem Institut übergeben, weiter nichts.

Sollten Sie in irgendeiner Weise in den Mord an Jahnke verwickelt sein, wird es Sache der Polizei sein, es herauszufinden. Ich sehe hiermit unsere geschäftlichen Verbindungen als beendet an.«

Mit diesen Worten erhob sich Tim und meinte zu Jane:

»Lass uns gehen, wie du siehst, geht es Herrn Schulz nicht gut.«

Tim stand in der Tür zum Flur und Schulz hörte ihn sagen:

»Herr Schulz, bleiben Sie bitte sitzen, wir finden den Weg alleine wieder raus.« Schulz vernahm das Klappen der Tür und sackte in sich zusammen.

Kaum standen sie auf der Straße und liefen in Richtung zu Tims Wohnung, konnte sich Jane nicht mehr zurückhalten.

»Ist dir klar, was du mit deiner unüberlegten Handlung ins Rollen bringen könntest?«

»Wieso«, fragte Tim, den Ahnungslosen spielend, zurück. Jane machte sich Sorgen, dass er in die Mordangelegenheit mit einbezogen werden könnte.

»Ich bin mir sicher, dass die Kripo kurz oder lang herausfinden wird, dass Schulz Kontakt mit Jahnke hatte. Sie werden nachgraben und entdecken, dass Schulz bei Jahnke zur fraglichen Zeit in der Wohnung war. Der Rest ist dann nur noch Routine.«

»Und was hat das mit mir zu tun? Ich hab' den Jahnke nicht erschlagen«, verteidigte sich Tim.

»Nein, das nicht, aber Schulz wird von den Unterlagen aus dem Institut berichten müssen, die die Ursache von der Geschichte waren und erzählen, dass du sie jetzt hast.«

»Du meinst, Hempel könnte sie sehen wollen?«, wunderte sich Tim.

»Genau das wird er tun. Er wird die Blutanhaftungen entdecken und dir schlussendlich Unterschlagung von Beweismaterial vorwerfen«, regte sich Jane auf.

»Ich werde behaupten, dass ich die Flecken meinetwegen für Kaffee- oder andere Flüssigkeitsverfärbungen gehalten habe. Er müsste mir das Gegenteil beweisen, was er nicht kann«, verteidigte sich Tim. Jane schüttelte über so viel Naivität den Kopf.

Sie waren vor Tims Wohnung angekommen und Jane entschuldigte sich bei Tim mit den Worten:

»Ich muss erst einmal ein paar Runden im Perelspark laufen, um mich wieder zu beruhigen«, sprachs und lief die Hähnelstraße weiter bis zur Grünanlage.

Tim sah ihr mit einem verstehenden Lächeln nach und war gerührt, dass sie sich Sorgen um ihn macht.

## 12

Auf dem Kommissariat herrschte dicke Luft.
Hempels Vorgesetzter hatte vom
Polizeirat einen Anruf erhalten, der ihn
umgehend in Hempels Büro stürmen ließ.
»Wie weit sind Sie mit den Ermittlungen? Haben
wir endlich etwas, um die Presse zu
beruhigen?«, ließ sich Brettschneider mit
erhobener Stimme vernehmen.
Hempel musste sich zusammenreißen, um nicht
grob zu reagieren. Deshalb antwortete er nicht
auf die provozierenden Fragen, sondern
begrüßte den ungeliebten Kollegen mit den
Worten:
»Guten Morgen Herr Brettschneider. Ich hoffe,
Sie haben ein erholsames Wochenende verlebt.«
Brettschneider war kurz vor dem Platzen nach
dieser Begrüßung.
»Ich erwarte Ihren Bericht bis heute Mittag«,
sprachs und knallte die Tür hinter sich zu.
Hempel grinste.
Hempel war selber unzufrieden mit den
bisherigen Ermittlungen. Die Todesursache
schien eindeutig. Jahnke war hintenübergestürzt
und hatte sich den Schädel am Marmortischchen
eingeschlagen. Fingerabdrücke, die mit der Tat
zusammenhängen könnten, hatten sie nicht
gefunden. Auf Jahnkes Handy fanden sich
erstaunlicherweise nur wenige Kontakte und
nicht eine einzige Terminvereinbarung. Hempel

glaubte, sich zu erinnern, dass er auf der Liste der Spurensicherung ein zweites Handy gesehen zu haben. Er las sich den Bericht durch und tatsächlich, ein zweites Handy wurde vermerkt. Dahinter stand, dass es verschlüsselt sei und die Kollegen dabei wären, das Passwort zu knacken. Umgehend rief er bei den Spezialisten an.

»Guten Morgen Kollege Werner, hier Hempel, habt Ihr schon das Handy von Jahnke geknackt?«

»Nee, noch nicht, wir mussten uns erst mit einem anderen Handy beschäftigen, dass, so hieß es, zu einem hochpolitischen Fall gehört. Du weißt ja, die Herren vom Verfassungsschutz sind da vorrangig zu bedienen.«

»Ja, ja, das sind eben die kleinen Unterschiede«, lachte Hempel und setzte hinzu, »bitte rufe mich sofort an, wenn ihr soweit seid.«

»Versprochen«, bestätigte der Kollege.

Der Oberkommissar überlegte, ob er nicht noch einmal zum Tatort fahren sollte. Vielleicht haben wir etwas übersehen, ging es ihm durch den Kopf. Er schaute aus dem Fenster, die Sonne schien und ein bisschen frische Luft könnte nicht schaden, dachte er und zog sich an.

In der Skalitzer Straße stand die warme Luft im Hinterhof und die Mülltonnen strömten wie stets, einen unangenehmen Geruch aus. Hempel eilte in den Flur, schlitzte das Dienstsiegel mit dem Schlüsselende auf und öffnete die Tür. Der Mief, der ihm entgegenwehte, war nicht besser,

als der vom Hof. Hempel tappte zuerst in die
Küche. Alles sah verdreckt und chaotisch aus.
Unter einer leeren Pizzaverpackung ragte ein
Stückchen Papier hervor. Hempel zog es heraus
und stellte nur fest, dass es ein Kaufbeleg von
Aldi war. Doch dann fiel ihm etwas auf. Am
unteren Ende des Zettels war mit dem
Kugelschreiber eine Notiz quer aufgeschrieben.
Bei dem dämmrigen Licht konnte er es nicht
entziffern und wandte sich zum Küchenfenster.
Er las die anscheinend flüchtig hingekritzelten
Worte: Joe Brandt anrufen.
Wer zum Teufel war Joe Brandt? Ging es ihm
durch den Kopf. Irgendwie war ihm der Name
schon einmal untergekommen. Dann klatschte
er sich mit der Hand vor die Stirn und freute
sich über sein Gedächtnis. Klar, das war doch
der Redakteur von dem bekannten
Boulevardblatt.
Was hatte Jahnke mit dem zu tun? Ob das
überhaupt einen Zusammenhang mit dem Fall
haben könnte? Er entschloss sich, vom Büro aus,
Brandt anzurufen.
Eine innere Stimme, oder sagen wir besser, sein
Instinkt ließ ihn im Büro umgehend die Nummer
der Boulevardzeitung wählen.
»Guten Tag, mein Name ist Hempel. Ich hätte
gerne mit Herrn Joe Brandt gesprochen.«
Die Frau an der Vermittlung war,
montagsbedingt, noch nicht sehr arbeitseifrig
und fragte zurück:

»In welcher Angelegenheit möchten Sie Herrn Brandt sprechen?«

»Das sage ich ihm dann schon selber«, erwiderte Hempel.

»Herr Brandt ist ein vielbeschäftigter Mann und deshalb sollten Sie mir schon etwas Näheres mitteilen«, hörte Hempel. Hempels Blutdruck begann zu steigen.

»Vielleicht geht es ein wenig schneller, wenn ich Ihnen verrate, dass ich von der Kriminalpolizei bin.«

»Oh, in diesem Fall werde ich selbstverständlich versuchen, Herrn Brandt zu erreichen. Bleiben Sie bitte in der Leitung.« Das funktioniert wie immer, grinste Hempel.

»Hier Brandt, worum geht es Herr Hempel?«, hörte er kurz danach die Stimme des Mannes aus dem Hörer.

»Erinnern Sie sich, ich hatte Ihnen für einen Ihrer Artikel Hintergrundinformationen geben können. Das betraf die Einbruchsserie am Ku-Damm.«

»Ja, jetzt erinnere ich mich Herr Oberkommissar, klang es aufgeräumt aus dem Hörer. Was kann ich für Sie tun?«

»Kennen Sie einen Herrn Sven Jahnke, einen Berufskollegen von Ihnen?«

»Das mit dem Berufskollegen möchte ich nicht so eng sehen, aber wir haben in unserem Blatt über seinen Tod berichtet«, hörte Hempel.

»Wir fanden eine Notiz bei Jahnke, aus der zu entnehmen war, er würde sich mit Ihnen in Verbindung setzen.«

»Das hat er tatsächlich«, antwortete Brandt, »er erzählte eine etwas dubiose Geschichte von einer wissenschaftlichen Sensation, die er von dem Journalisten Tim Hansen erfahren hätte. Mehr kann ich Ihnen leider nicht dazu sagen.«

»Damit haben Sie mir schon sehr geholfen. Ich danke Ihnen. Sie haben was gut bei mir.«

»Ich komme bei Gelegenheit gerne darauf zurück«, lachte Brandt und legt auf.

Beim Namen Tim Hansen zuckte es bei Hempel im Gehirn. Jetzt stieß er zum zweiten Mal auf den Namen. Hatte er ihn doch erst vor kurzer Zeit vor sich im Kommissariat sitzen. Er war mit seiner Begleiterin in der Skalitzer Straße auf einem Video festgehalten worden.

Jetzt war Hempel so richtig in Fahrt gekommen und ließ sich die Handynummer von Tim Hansen heraussuchen. Gespannt wählte er den Anschluss.

»Müller«, klang eine angenehme Frauenstimme aus dem Apparat. Hempel war verwirrt, hatte er sich verwählt?

»Entschuldigung, aber ich hatte die Nummer von einem Tim Hansen gewählt. Habe ich mich verwählt?«

»Nein, keineswegs, wen darf ich Herrn Hansen melden?«

»Mein Name ist Hempel und ich bin von der Kriminalpolizei. Wir kennen uns bereits.«

»Einen Moment bitte, ich hole Herrn Hansen.«

Jane lief auf den Balkon, auf dem Tim genüsslich bei einer Tasse Kaffee saß und den Blick in den nahen Park wandern ließ.

»Tim, Herr Hempel von der Kripo will dich sprechen!«

»Danke Jane, mal sehen, was er will.«

»Guten Tag Herr Hempel, Hansen. Was kann ich für Sie tun?«, meldete sich Tim.

»Um gleich auf den Punkt zu kommen«, begann der Oberkommissar, »Herr Brandt erzählte mir heute Morgen, dass Sie interessante Informationen für einen Artikel von einem Sven Jahnke bekommen hätten.«

»Nein, dass entspricht leider nicht den Tatsachen«, konterte Tim. Wir, meine Kollegin Jane Müller und ich, hatten herausgefunden, dass der Jahnke unsere Gespräche mit einer Wanze abgehört hatte. Wir wollten ihn an dem bewussten Tag zur Rede stellen und ihn dazu veranlassen, von diesen Informationen keinen Gebrauch zu machen. Sollte er sich weigern, wollten wir ihn mit einer Anzeige drohen.«

»Das ist ja hochinteressant«, wunderte sich Hempel, »aber woher hatten Sie Kenntnis von diesen so wichtigen Unterlagen, wenn nicht von Jahnke?«

Jetzt war es an Tim, kurzfristig die Fassung zu verlieren. Er brauchte ein paar Sekunden, ehe er antworten konnte:

»Die habe ich von einem wissenschaftlichen Mitarbeiter der Firma *BIFEX* erhalten. Sein Name ist Gernot Schulz. Er ist hochverschuldet und hatte mir Kopien der Forschungsergebnisse, die eine Weiterentwicklung der Radartechnik beinhalteten, angeboten. Sie erinnern sich, dass ich Ihnen von diesen Unterlagen bereits bei unserem ersten Zusammentreffen erzählt hatte.«

Tims Stimme klang hörbar belegt. Jane hatte, mit dem Ohr dicht daneben, die Unterhaltung mit angehört und wurde blass.

»Soso«, murmelte der Anrufer. Schweigen.

»Haben Sie noch weitere Fragen?«, erkundigte sich Tim etwas genervt.

»Ja, habe ich«, kam es aus dem Hörer. »Wann hatte Sie Kontakt zu Herrn Schulz?«

Tim und Jane schauten sich an und Jane nickte, was heißen sollte, jetzt nur nicht lügen.

»Wir haben Herrn Schulz erst vor drei Tagen zu Hause besucht. Wie vereinbart, hat er mir weitere Unterlagen übergeben.«

Hier log Tim doch noch, denn er hatte Schulz damals vor die Wahl gestellt, die Unterlagen herauszurücken, oder er würde auffliegen.

»Wissen Sie, ob Herr Schulz Herrn Jahnke kannte?«, bohrte Hempel nach.

»Das halte ich für möglich, denn die Geschichte mit den Institutskopien wäre sicher für Herrn Jahnke von Interesse gewesen.«

Zur Tims Erleichterung verabschiedete sich der Oberkommissar mit den Worten:

»Herr Hansen, das wäre im Moment alles. Ich danke Ihnen für das Gespräch. Vielleicht sehen wir uns noch ein weiteres Mal«, und legte auf.

»Ich kann darauf verzichten«, stöhnte Tim und brauchte jetzt dringend einen Whiskey.

## ~ 13 ~

Dan Anderson weckte Tim gegen Mitternacht. Verschlafen und möglichst leise, um Jane nicht zu stören, tastete er nach dem Handy.

»Hallo, wer am anderen Ende kann die Uhrzeit nicht lesen«, nuschelte er in den Hörer.

»Entschuldige, lieber Tim, ich bin es, Dan. Hier ist es fünfzehn Uhr und ich habe im Moment nicht an die Zeitverschiebung gedacht, weil meine Nachricht so wichtig ist.«

»Ich hoffe, dass sie es auch ist, schieß los, was gibt's?«

»Den Artikel, den du geschrieben hast und den Jane dem Magazin *American Scientific Journal* damals vorgelegt hat, kann veröffentlicht werden. Ich habe an den fünfzehnten August gedacht. Dann müsstest du deinen ebenfalls bei dem Wissenschaftsmagazin *EFI* herausbringen. Meinst du das klappt?«

»Geht klar, sie warten nur auf den Startschuss. Ich freu mich wie verrückt. Das wird eine Sensation, nicht nur bei den Weltraumforschern. Die Folgen sind zurzeit noch nicht abzusehen. Stell dir vor, wir könnten gezielt nach UFOs suchen und ihnen vielleicht sogar klarmachen, dass wir Kontakt aufnehmen wollen. Ich bin sicher, das ist der Beginn eines neuen Zeitalters, der die Welt verändern wird. So, jetzt drehe ich mich auf die andere Seite und träume von den grünen Männchen. Morgen früh, wird Jane vor Freude einen Luftsprung machen, wenn ich ihr alles berichte. Gute Nacht Dan und danke!«, mit einem tiefen, zufriedenen Seufzer, legte er das Handy weg und war kurz danach wieder im Land von Morpheus angekommen.

Es war Jane, die zuerst wach war. Sie beugte sich zu Tim und flüsterte in sein linkes Ohr:

»Aufstehen, du Faulpelz, die Sonne steht schon hoch am Himmel«, das entsprach nicht der Tatsache, da es regnete, aber hörte sich besser an.

»Muss das sein?«, hörte sie undeutlich durch das Kopfkissen gedämpft. Doch dann richtete sich ihr Bettnachbar mit einem Ruck auf, sodass Jane erschrocken zurückfuhr und stotterte:

»Na so sprunghaft habe ich es nicht gemeint.«

»Jane, heute in der Nacht hat mich Dan angerufen und unsere Artikel werden zum selben Termin am fünfzehnten August in Amerika und hier bei uns veröffentlicht.«

»Also habe ich doch nicht geträumt«, sinnierte Jane, »mir war so, als ob ich dich in der Nacht habe sprechen hören, aber gemeint, dass ich nur träume. Ich freu mich, dass es endlich soweit ist. Was haben wir alles dafür in Kauf nehmen müssen. Ich denke nur an den hartnäckigen Hempel, oder an den schmierigen Jahnke. Ehe wir uns ins Tagesgeschäft stürzen, muss ich etwas mit dir bereden.«

»Gerne, aber lass uns erst einmal frühstücken, dann bin ich mental ausgeglichener«, grinste Tim und schwang die Beine aus dem Bett. Noch während des Frühstücks, konnte sich Jane nicht zurückhalten und begann:

»Ich habe so ein unbestimmtes Gefühl, dass wir, nachdem dein Artikel veröffentlicht ist, Probleme bekommen werden.«

»Wieso?«, fragte am Brötchen kauend, Tim.

»Denk doch mal nach. Du veröffentlichst einen Text, der geheime Forschungsergebnisse vom *BIFEX* –Institut beinhaltet. Das Institut wird nichts Eiligeres zu tun haben, als dir ihre Rechtsanwälte auf den Hals zu hetzen.«

Jane schwieg und sah Tim fragend an, um seine Reaktion zu beobachten.

»Daran habe ich gleich am Anfang gedacht«, entgegnete Tim. Ich hätte es nicht gewagt, die Forschungsergebnisse zu veröffentlichen, wenn ich mich nicht abgesichert hätte.«

87

»Wie das?«

»Kannst du dich erinnern, als ich dir vor mehreren Monaten einen kurzen Artikel vorgelesen habe, in dem andeutungsweise von der Weiterentwicklung der Radartechnik berichtet wurde?«

»Nein muss ich zugeben, kann ich nicht«, gab sie zu.

Dieser kurze Artikel erschien in einer eher unbedeutenden Fachzeitschrift. In ihm war, und hier höre und staune, vom *BIFEX* selbst, von der Sichtbarkeitsmachung von getarnten Objekten im erdnahen- und im Weltraumbereich berichtet. Man hätte hier bedeutende Fortschritte erzielt. Der erste Gedanke lag nahe, dass hier die für das Radar unsichtbaren Militärflugzeuge, mit ihrem radarabsorbierenden Anstrich, gemeint sein könnten. An UFOs hat da bestimmt niemand gedacht. In meinem und in Dans Artikel habe wir nur ein wenig mehr Andeutungen in Richtung UFOs gemacht. Sicher haben wir die Chancen, ein UFO orten und sogar sichtbar machen zu können, ein wenig medienwirksam übertrieben. Die *BIFEX* kann uns aus diesem Text keinen Strick drehen. Eine ganz andere Sache ist, dass uns Schulz die geheimen Laborberichte zu verkaufen suchte. Da müssen wir uns einiges einfallen lassen, zumal wir dadurch sogar in die Mordsache Jahnke involviert wurden. Wir sollten nicht in Panik

verfallen und abwarten, wie sich die Dinge
weiterentwickeln.« Erschöpft schwieg ihr
Gegenüber.

»Du hast ja vielleicht Nerven«, wunderte sich
Jane laut und man sah es ihr an, dass sie nicht
sehr beruhigt aussah.

~~~

In diesen Minuten landete das UFO auf dem
Alex. Tim Hansens Artikel, über die neue
Radartechnik zur Sichtbarmachung von UFOs,
war kaum noch etwas wert.

Berlin stand kopf. Der zehnte August 2033 ginge
mit Sicherheit als einer der Denkwürdigsten in
die Geschichte ein. Die Welt wurde zum ersten
Mal von Außerirdischen besucht.

~~~

## ~ 14 ~

Tim und Jane saßen, vor der Hitze geschützt, in
seinem Arbeitszimmer. Tim bat Jane, seinen
Artikel über die Weiterentwicklung der
Radartechnik, unvoreingenommen noch einmal
durchzulesen.

»Eine Frau liest einen Text anders, als ein
Mann«, begründete er seine Bitte.

»Das trifft eher auf Belletristik zu und nicht auf
einen Fachaufsatz«, amüsierte sich seine
Partnerin.

»Ich bin ja nur froh, dass das lange Hin und Her mit den *BIFEX-* Unterlagen, jetzt endlich ein Ende gefunden hat«, seufzte Tim.

»Bestimmt tröstet es etwas, wenn du an das Honorar vom *EFI*-Verlag denkst und dann noch an das vom *Scientific Amercan Journal*«, argumentierte Jane.

»Hast ja Recht«, stimmte Tim zu und war im Begriff, sich einem anderen unfertigen Artikel zuzuwenden, als sich das Handy unüberhörbar meldete.

Ein befreundeter Journalist, namens Benjamin, schrie die Nachricht in Tims Ohr.

»Tim, hast du schon gehört, auf dem Alex ist vor ein paar Minuten ein UFO gelandet.«

»Lieber Freund«, erwiderte Tim, »du solltest dich nicht so lange in der Sonne aufhalten, da leidet der Verstand«, ein belustigtes Lachen begleitete seine Worte.

»Nein, bei meiner Seele, es ist genau so, wie ich sage. Mach das Fernsehen an, die sind bereits mit der Sensation auf Sendung«, forderte Benjamit ihn auf.

Immer noch zweifelnd, was Benjamin ihm da mitteilte, schaltete er den Fernseher an.

Jane hatte nicht mitbekommen, worum es ging und fragte:

»Warum schaltest du so hektisch den Fernseher an?«

»Schau bitte selber«, antwortete Tim und zeigte, mit fassungsloser Miene, auf die Übertragung vom Alex. Unübersehbar stand ein gewaltiges Raumschiff auf dem Platz.

»Das kann nicht wahr sein«, waren Janes erste Worte. »Unsere Mühe und Arbeit sind in diesem Moment, kaum noch etwas wert. Wer will einen langweiligen wissenschaftlichen Artikel über die Sichtbarmachung von UFOs lesen, wenn inzwischen ein UFO auf dem Alex zu sehen ist?«

Täuschte es, oder war bei Janes Worten, die Gesichtsfarbe Tims um einiges blasser geworden?

»Konnten die verdammten Aliens nicht ein paar Tage bis nach meinem Artikel warten? Wenigstens eine Woche«, fluchte Tim.

Erneut meldete sich das Handy.

»Hansen«, meldete sich Tim. Am anderen Ende hing der Verlagsleiter vom *EFI* - Verlag, hörbar schnaufend.

»Tim, ich überlege, ob wir den Artikel überhaupt veröffentlichen sollen. Die Boulevardblätter werden in der nächsten Zeit, das Sagen haben. Selbst unsere treuesten Leser werden sich die Berichte über das UFO nicht entgehen lassen und unseren Artikel überlesen. Ich werde notgedrungen mit auf den fahrenden Zug aufspringen und einen UFO-Artikel bringen müssen.

Ich meine, du solltest, als Äquivalent zu deinem, nun nicht mehr aktuellen Artikel, dich aufmachen und etwas Allgemeinverständliches über das UFO schreiben. Was meinst du?«

»Bisher habe ich mich als wissenschaftlich arbeitenden Journalist gesehen, aber in Anbetracht der Umstände, werde ich mich zähneknirschend unter die Kollegen der Boulevardpresse mischen,« antwortete Tim mit deutlichem Spott in der Stimme.

»Dann mach das bitte und lass mich nicht zu lange auf den Artikel warten«, forderte der Verlagsleiter und legte grußlos auf.

Tim saß eine Weile da und stierte vor sich hin. Jane stupste ihn an und versuchte, ihn mit den Worten: »Lass den Kopf nicht hängen. Wir haben schon andere Rückschläge überstanden«, aufzumuntern.

Tim reagierte nicht. Erst als sie ihn erneut leicht knuffte, schreckte er hoch und murmelte hörbar enttäuscht:

»Was haben wir nicht alles auf uns genommen, um diesen Artikel zu schreiben. Bei meinem Freund Fred habe ich mich mit fünftausend Euros verschuldet, habe Dan veranlasst, uns in den USA zu unterstützen, habe einen verzweifelten Wissenschaftler fast erpresst und wir wurden von Hempel durch Jahnkes Tod, fast als Verdächtige angesehen. Wofür das Alles? Ich wäre heilfroh, wenn das Honorar wenigstens die entstandenen Kosten für den Artikel deckte.«

Tim versank wieder in Schweigen. Jane musste die Initiative ergreifen.

Sie rief den Maileingang im PC auf und suchte nach einer Nachricht von Dan Anderson.

Ihr fiel in diesem Moment ein, dass der Zeitunterschied von neun Stunden daran schuld war, dass Dan von der Landung vermutlich noch nichts mitbekommen haben konnte. Er würde sich sicher bald melden.

»Tim, es hilft nichts, wir müssen uns auf den Weg zum Alex machen. Nur dort haben wir eine Chance, etwas Neues zu erfahren«, schlug Jane vor. Tim schien nur halb zugehört zu haben, worauf Jane fragte:

»Was meinst du?«

»Was hilft es, gehen wir«, stimmte Tim zu und zog sich die Jacke an.

## ~ 15 ~

Das gelandete UFO hatte selbst im Kommissariat den Tagesablauf durcheinandergebracht.

Da kein neuer Mord zur Diskussion stand, drehte sich alles um die Aliens. Nur Hempel ließ sich nicht ablenken. Er saß in seinem Büro und wälzte Akten, beziehungsweise, wenn er es für notwendig hielt, bediente er sich der modernen Technik und suchte nach Erklärungen im Internet. Irgendwie drehe ich mich im Kreis bei der Mordsache Jahnke, ging es ihm durch den Kopf. Der Hansen steckt ebenso mit drin wie der Schulz und der Brandt. Untätigkeit war nichts für Hempel. Er schaute auf die Uhr und überlegte, ob Schulz bereits Feierabend haben könnte. Er rief bei *BIFEX* an und erhielt die Auskunft, Herr Schulz hätte um Urlaub gebeten. Um so besser, dachte Hempel, dann werden wir ihm sogleich einen Besuch abstatten. Die Adresse hatte er sich geben lassen. Er rief den Kollegen Kommissar Wilsdorf zu sich und sie fuhren nach Friedenau zu Schulz. Er klingelte. Nichts rührte sich. Er läutete erneut. Es dauerte, ehe der Türöffner summte. Mit dem Aufzug kamen sie in die zweite Etage. In der Wohnungstür stand abwartend Schulz.

»Mit wem habe ich die Ehre«, kam die Frage leise und zurückhaltend von Schulz.

»Mein Name ist Hempel und mein Kollege heißt Wilsdorf. Wir sind die Kriminalpolizei.«, grinste der Oberkommissar in seiner geraden Art. Hempels geschultem Blick war nicht entgangen, dass Schulz bei dem Wort Kriminalpolizei leicht zusammenzuckte. Das hatte er selbst bei dem schwachen Licht im Treppenhaus erkannt.

»Bitte meine Herren, treten sie ein«, forderte Schulz sie auf.

Im Wohnzimmer bat Schulz sie auf, Platz zu nehmen. Hempel hatte den Mann gemustert und festgestellt, dass er klein und schmächtig war. Er könnte der Mann auf dem Video in der Skalitzer Straße gewesen sein, huschte es durch den Kopf.

»Kennen Sie einen Tim Hansen?«, begann Hempel. Schulz war jetzt voller innerer

Anspannung und es war ihm klar, dass es galt, jedes Wort sorgfältig zu überlegen.

»Ja, ich kenne Herrn Hansen. Wir haben geschäftlich miteinander zu tun«, bestätigte Schulz.

»Worum ging es bei diesen Geschäften?«, bohrte Hempel nach. Schulz zögerte sichtlich, ehe er antwortete:

»Es handelt sich um interne Forschungsergebnisse von *BIFEX*, wo ich arbeite.« Jetzt war die Katze aus dem Sack.

»Verstehe ich das richtig«, schnaubte Hempel, »Sie haben Hansen geheimes Material aus der Firma angeboten?«

Schulz wusste, hier musste er reinen Tisch machen, denn Hansen würde dem Kommissar das genauso berichten.

»Ja, das habe ich«, gab er kleinlaut zu. »Ich habe größere Geldschulden und durch den Verkauf, so dachte ich, würde ich sie zurückzahlen können«.

Hempel überlegte blitzschnell, ob er auf den Geheimnisverrat eingehen sollte oder nicht. Er entschied, dass sich die Kollegen vom Betrugsdezernat darum kümmern sollten. Ihn interessierte der Mord an Jahnke.

»Kennen Sie einen Sven Jahnke?«, schoss Hempel den nächsten Pfeil ab. Er bemerkte, wie Schulz die Farbe wechselte und unruhig von einem zum anderen schaute. Schulz hatte nicht die Absicht, Hempel sein damaliges Treffen im

Café mit Jahnke, zu offenbaren, geschweige seinen letzten Besuch, bei dem Jahnke starb.

»Nein, den Namen habe ich noch nie gehört. Wer soll das sein«, kam es zögerlich aus dem Mund von Schulz.

»Das tut im Moment nichts zur Sache«, erwiderte sein Gegenüber und, um Schulz nicht zur Ruhe kommen zu lassen, kam sofort die nächste Frage:

»Waren Sie in letzter Zeit in der Skalitzer Straße 98?«

»Wo bitte soll ich gewesen sein«, versuchte sich Schulz mit der Gegenfrage Luft zu verschaffen.

»Ja, oder nein, mehr will ich nicht wissen«, schnaubte Hempel.

»Nein, dort war ich noch nie«, beteuerte Schulz und Hempel sah, wie diese Frage Schulz bis ins Mark traf.

Hempel unterließ es, nachzuhaken. Allein das Nein zählte.

»Was sind das für Unterlagen von *BIFEX*? Kann ich die mal sehen?«, bat Hempel, um der Unterhaltung eine andere Wendung zu geben.

»Tut mir leid, die Unterlagen habe ich vor einigen Tagen Herrn Hansen übergeben. Er benötigt sie für einen Artikel«, gestand Schulz und schien, seine Fassung wieder langsam zurückgewonnen zu haben. Hempel überlegte und entschloss sich, die Befragung für heute nicht weiter fortzusetzen.

»Herr Schulz, für heute wäre das alles. Ich bitte Sie nur, sich für eventuelle weitere Auskünfte zur Verfügung zu halten.«

Schulz atmete erleichtert auf und begleitete die Beamten zur Tür.

Der Oberkommissar ging bedächtigen Schrittes zu dem recht weit entfernt geparkten Wagen. Diese Unterlagen standen im Mittelpunkt der ganzen Angelegenheit, dachte er und beschloss, sie sich anzusehen. Dass hätte ich viel früher machen sollen, rügte er sich. Urplötzlich blieb er stehen. Sein Kollege war ein paar Schritte voraus und drehte sich um, als er seinen Begleiter vermisste.

»Ich bin ein Hornochse«, rutschte es Hempel heraus. Wilsdorf verzog keine Miene. Hempel wandte sich an Wilsdorf und erklärte die Bemerkung:

»Ich hätte mir diese Institutsunterlagen früher von Hansen geben lassen sollen. Die sind durch mehrere Hände gegangen und wer weiß, ob wir nicht darauf auch die Fingerabdrücke von Jahnke finden. Wilsdorf, die Gelegenheit ist günstig, denn wie es der Zufall will, wohnt der Hansen hier in der Hähnelstraße. Welche Hausnummer war das sogleich?« Der letzte Satz galt als Aufforderung an Wilsdorf, die Hausnummer zu erfahren. Wilsdorf rief kurz im Kommissariat an und berichtete:

»Hansen wohnt in Nummer siebzehn. Das müsste dort drüben auf der anderen Seite das weiße Eckhaus sein«, vermutete Wilsdorf.

Es war jetzt zwar reichlich spät, aber Hempel wollte die Sache zu Ende bringen. Er rief Tim Hansen an.

»Guten Abend Herr Hansen, hier Hempel, ich bitte um Entschuldigung, aber ich möchte Sie dringend sprechen.«

Tim war zuerst verwundert, dann aber stieg Verärgerung in ihm hoch. Was dachte sich der Herr Kommissar, ihn so spät am Abend zu belästigen?

»Kann das nicht bis morgen warten?«, hörte Hempel Hansen sichtlich unwillig fragen.

»Wenn es geht, nein. Wir waren soeben bei Herrn Schulz und stehen jetzt vor Ihrem Haus. Es würde nur ein bis zwei Minuten dauern, dann wären Sie uns wieder los.«

»Wenn Sie mir das versprechen, dann kommen Sie bitte rauf«, Tim Antwort klang bereits versöhnlicher.

Hempel stellte Wilsdorf vor und sie traten in Tims Arbeitszimmer.

»Herr Schulz hat Ihnen kürzlich die geheimen Kopien der Institusberichte übergeben«, begann Hempel. »Wären Sie so nett, sie mir für kurze Zeit zu überlassen?«

Tim überlegte kurz, ob dies für ihn Nachteile brächte und da er meinte, keine, nickte er und erklärte sich bereit, dem Beamten die Papiere zu geben.

»Wenn Sie mir versprechen, die Unterlagen möglichst schnell zurückzugeben, werde ich sie Ihnen geben. Ich habe mir zwar einen Satz davon kopiert, aber es sind die Originalunterlagen, die mir Schulz gegeben hat.«

»Ich verspreche hoch und heilig, dass Sie den Forschungsbericht, sagen wir mal, spätestens in einer Woche wieder zurückerhalten. Geht das in Ordnung?«

»Einverstanden«, meinte Tim, holte die gewünschten Unterlagen aus einer Schreibtischschublade und übergab sie Hempel, der das Kuvert an Wilsdorf weiterreichte. Hempel bedankte sich und Tim brachte die Kriminalbeamten zur Tür. Jane kam kurz danach von einer Freundin zurück und Tim berichtete ihr, dass er die Unterlagen an den Oberkommissar geben musste. Jane kräuselte nachdenklich die Stirn und dachte an die Verfärbungen auf den Blättern, die Jahnkes Blut sein könnten.

Im Wagen, den Wilsdorf fuhr, ließ sich Hempel die Papiere geben.

»Wilsdorf, es ist längst Feierabend, also Kurs zu mir nach Hause«, wies er ihn an.

Während der Fahrt, er hatte die Leselampe auf seiner Seite angeknipst, blätterte er den Stapel durch. An zwei Seiten fielen ihm sogleich die

Verfärbungen am Blattrand auf. Er hielt ein Blatt gegen die Lampe und murmelte: »Für Kaffee ist es zu rot. Könnte aber auch ein Fruchtsaft gewesen sein. Soll sich das Labor darum kümmern.«

Sie waren bei dem Haus von Hempel angekommen und mit einem Dankeschön entließ er seinen Kollegen, der mit dem Wagen endlich auf seinem Feierabend zusteuerte.


## ~ 16 ~


Im Kommissariat hieb Hempel mit der flachen Hand auf den Tisch. Sein Kollege erschrak und verschluckte sich am Kaffee. Einige Tropfen landeten auf seinem Hemd.

»Kannst du deine Gefühlsausbrüche demnächst nicht etwas leiser äußern?«, schlug Wilsdorf vor.

Hempel ging auf den leisen Vorwurf nicht ein und rief Wilsdorf zu:

»Das Labor hat angerufen und bestätigt, dass die Flecken auf den *BIFEX*-Papieren Blut sind.

Die Jungs sind echt prima, denn sie haben nicht nur das festgestellt, sondern sogar, wessen Blut es ist. Die DNA passt auf Sven Jahnke. Darauf habe ich gewartet. Endlich ein greifbares Indiz für die Verbindung von Gernot Schulz zu Jahnke. Ich hätte nur früher an diese Papiere denken sollen. Schulz wird mir einiges erklären müssen.

Bestellen Sie ihn bitte für Donnerstag um zehn Uhr zu uns.«

»Wird gemacht«, bestätigte sein Kollege und hing sich ans Telefon. Er wusste, dass Schulz Urlaub hat und hoffte, ihn zu Hause zu erreichen.

Diesen Anruf entgegengenommen zu haben, verfluchte Schulz sein Leben lang.

»Schulz, wer möchte mich sprechen«, hörte Wilsdorf die leise Stimme des kleinen Mannes.

»Guten Tag Herr Schulz, mein Name ist Wilsdorf. Wir kennen uns, ich war mit Herrn Hempel kürzlich bei Ihnen.«

»Ach ja, ich erinnere mich. Wollen Sie mir meine Papiere wiederbringen?«

»Nein, das nicht. Ich bitte Sie, am Donnerstag um zehn Uhr aufs Kommissariat zu kommen.«

»Weshalb soll ich zu Ihnen kommen, ich habe Ihnen bei Ihrem Besuch alles gesagt, was ich weiß«, versuchte Schulz die Vorladung abzuwehren.

Wilsdorf hörte, wie die Stimme von Schulz vibrierte, der Mann hatte hörbar Angst.

»Es haben sich einige neue Aspekte ergeben, die Herr Hempel mit Ihnen klären will. Die schriftliche Begründung für die Befragung wird Ihnen noch heute zugestellt.«

Auf der anderen Seite war es sekundenlang still, dann hörte Wilsdorf ein schwaches:

»Ja, ich werde um zehn Uhr da sein.« Klick, die Leitung war tot.

Hempel hatte das Gespräch von seinem Zimmer aus hören können und als Wilsdorf den Daumen hob, wusste er, Schulz wird in drei Tagen vor ihm auf dem Stuhl sitzen. Er grinste zufrieden.

Der Donnerstag war da und ein kleiner, schmächtiger Mann mit zu großer Brille, fragte bei der Anmeldung auf dem Kommissariat nach dem Zimmer von Oberkommissar Hempel.
»Erster Stock, Zimmer vierundzwanzig«, erhielt er die Antwort.
Die Schritte von Schulz wurden immer langsamer, je näher er dem Raum kam.
Es half nichts. Er klopfte und die stets so barsch klingende Stimme von Hempel rief:
»Herein.«
Schulz trat ein und begrüßte den Oberkommissar.
»Ah, Herr Schulz in voller Lebensgröße«, wagte Hempel, den Mann zu begrüßen. »Guten Tag Herr Schulz, setzen Sie sich bitte.«
Wie abgesprochen, kam Wilsdorf mit einem Aufnahmegerät aus dem Nebenzimmer und begrüßte den Besucher ebenfalls.
»Wir werden unser Gespräch aufzeichnen Herr Schulz.« begann Hempel. Wilsdorf hatte das Gerät angeschlossen und auf Aufnahme gedrückt. Nachdem Hempel die üblichen

einleitenden Sätze wie das Datum und den Namen des Besuchers ins Mikro gesprochen hatte, begann er: »Es haben sich neue Tatsachen ergeben, die uns veranlassten, Sie heute zu befragen. Nach Paragraph einhundertsechunddreißig haben Sie das Recht, zu schweigen und können einen Rechtsanwalt hinzuziehen. Haben Sie das verstanden?« Schulz stierte Hempel an, als hätte er soeben das Erschießungskommando angefordert.

»Ja, ja«, stotterte Schulz, »das habe ich verstanden.«

»Ich frage Sie jetzt noch einmal, ob Sie am vierzehnten April bei Herrn Jahnke in der Skalitzer Straße 98 waren.« Es war sehr still im Raum, nur der Verkehrslärm drang, kaum wahrnehmbar, durch die geschlossenen Fenster. Schulz überlegte krampfhaft, ob das eine Falle war, oder ob sie Beweise hätten. So wie es aussah, würden sie ihn nicht erneut befragen, wenn sie nichts aufzuweisen hätten. Er entschloss sich, reinen Tisch zu machen. Seine Nerven hielten die Belastung nicht länger aus.

»Ja, ich war am besagten Tag bei Herrn Jahnke.« Mehr sagte er nicht.

»Herr Schulz, erzählen Sie uns doch bitte, möglichst genau, was bei dem Besuch geschehen ist«, knurrte Hempel.

»Es war so«, begann Schulz und rückte sich ein wenig auf dem Stuhl zurecht.

»Ich hatte Herrn Jahnke die Unterlagen für eine gewisse Summe angeboten, damit er darüber einen sicher sensationellen Artikel schreiben könnte. Wie ich Ihnen gesagt habe, drücken mich Spielschulden und ich hoffte, durch den Verkauf der Forschungsergebnisse ausreichend Mittel zu deren Begleichung zu erhalten. Herr Jahnke hatte mich mit einer größeren Anzahlungssumme gelockt. Das war der Grund, ihn zu besuchen. Erst als ich bei ihm war, ließ er die Maske fallen und lachte mir ins Gesicht. Er höhnte, dass ich keinen Pfennig von ihm bekäme. Ich sollte ihm die Unterlagen umsonst überlassen, andernfalls würde er mich bei *BIFEX* anzeigen. Das hätte wegen der Unterschlagung sicher einen Prozess gegeben und meine Stelle hätte ich auch verloren. Ich hatte ihm die Kopien zu lesen gegeben. Er stand nach seiner Drohung auf, wedelte mit den Papieren vor meiner Nase herum und lachte. Ich wollte nur meine Unterlagen wiederhaben und versuchte, sie ihm aus der Hand zu reißen. Er hielt sie hoch über seinen Kopf und wich mir einen Schritt nach hinten aus, wobei er stolperte und rücklings umfiel. Es gab einen dumpfen Knall, als er auf so ein kleines Tischchen fiel. Die Papiere lagen überall verstreut umher. Ich wollte nur meine Kopien retten und sammelte sie ganz schnell ein. Dann schaute ich nochmal zu Jahnke hin und entdeckte zu meinem Entsetzen, dass Blut aus seinen Haaren auf das Parkett lief. Dann habe ich fluchtartig das Haus verlassen.

Das ist die Geschichte, wie sie sich zugetragen hat.«

Schulz hielt erschöpft inne und bat um ein Glas Wasser. Wilsdorf holte es ihm. Schulz trank den Inhalt in einem Zug und wischte sich einige Schweißtropfen mit dem Handrücken von der Stirn.

»Und Sie haben nicht nachgesehen, ob Sie Herrn Jahnke noch helfen könnten?«, polterte Hempel.

»Zum Tatbestand des Unfalls mit Todesfolge kommt weiterhin die Anklage wegen unterlassener Hilfeleistung.«, ergänzte er.

Schulz sank immer mehr auf dem Stuhl in sich zusammen. Dann straffte er sich ein wenig und stammelte: »Welche Beweise hätten Sie denn gehabt, wenn ich nicht gestanden hätte«, erkundigte sich Schulz.

»Es waren die Blutspuren an den Institutskopien, die Sie mir übergeben hatten«, erläuterte Hempel.

Schulz stöhnte auf und beichtete fast kaum vernehmbar: »Ich habe sie mir, nachdem ich bei Jahnke war, nicht wieder angesehen, sie steckten bis ich sie Ihnen gab, in dem Kuvert. Hätte ich sie mir angeschaut, hätte ich die Flecken sicher bemerkt und Ihnen neue Kopien übergeben.«

»Glück für uns, Pech für Sie«, lautete Hempels zufriedener Kommentar.

Er beorderte per Anruf einen Kollegen ins
Zimmer und entließ Schulz mit den Worten:
»Sie können wieder gehen, aber halten Sie sich
zu unserer Verfügung. Sollte Ihnen etwas zu
Ihrer Entlastung einfallen, können Sie uns
jederzeit erreichen.«
Fast vergnügt, meldete er sich bei seinem
Vorgesetzten Brettschneider und berichtete
vom erfolgreichen Ausgang der Ermittlungen.
Nachdem er ausnahmsweise ein mühsam von
Brettschneider herausgequetschtes Lob
eingeheimst hatte, beschloss Hempel, seiner
Stammkneipe einen Besuch abzustatten. Für ihn
war der Fall erledigt.


~ 17 ~


Seit drei Wochen schwebte das UFO
bewegungslos, lautlos und für manche
bedrohlich wirkend, über dem Alex. Kämen die
Aliens bald heraus, oder war es nur ein
Raumschiff ohne Besatzung und ferngesteuert?
Die Unruhe wuchs.
Ein nahender Weltuntergang hätte nicht mehr
Aufregung auslösen können. Die internationalen
Nachrichtenverbindungen brachen ein ums
andere Mal durch Überlastung zusammen.
Schockiert, ungläubig, euphorisch, angsterfüllt
reagierten die Menschen. Die UFO –Gläubigen
jubelten. Sie hatten Recht behalten.

Weltuntergangspropheten hatten ungeahnten Zulauf und die dubiosesten Sekten freuten sich ebenfalls über neue Mitglieder.

Eine Lawine von Journalisten und Sensationshungrigen war auf Berlin zugerollt. Die Stadt erstickte nicht allein durch die seit Jahren üblichen Hitze Anfang September, sondern auch unter diesen Menschenmassen. Hotels und Pensionen waren ausgebucht. Privatleute boten zu horrenden Preisen freie Zimmer an. Aus den umliegenden Ländern strömten Wohnwagenkolonnen in die Hauptstadt. Das Tempelhofer Feld war zum internationalen Campingplatz geworden. Die Rasenflächen im Tiergarten füllten sich mit schnell errichteten Zelten. Parkplätze wurden, ohne Rücksicht auf die Benutzungsbestimmungen, besetzt.

Wie stets, zögerten die zuständigen Behörden zu lange, dem Treiben Einhalt zu gebieten. Erst als das Chaos, das Leben lahmzulegen drohte, griff man ein. Jedoch nur halbherzig, um niemanden zu verärgern.

Der Alexanderplatz war inzwischen weiträumig abgesperrt und durch Polizei gesichert. U-und S-Bahnen, Straßenbahnen und Fernzüge durften nicht mehr am Alex halten. Die Gefahrenstufe bei der Bundeswehr blieb vorerst auf Alpha. Die Büros rund um den Platz waren verwaist, Geschäfte geschlossen. Eine unwirkliche Stille lastete über dem Ort. Selbst die Tauben hielten sich fern.

Die Berliner hatten die Blockade durch die Sowjets und den Mauerbau überstanden. Sollten sie sich jetzt über ein UFO aufregen? Garantiert nicht! Nachdem sie sich das Ding aus dem Weltall angeschaut hatten, gingen sie ihren normalen Tätigkeiten nach. Kämen die grünen Männchen heraus, würde man sie sich schon ansehen.

Die Reaktionen aus anderen Ländern gestalteten sich höchst unterschiedlich. Aus der EU trafen überwiegend positive Stellungnahmen ein. Sie boten jegliche Hilfe an. Russland und China ließen durchblicken, dass sie an Ergebnissen der wissenschaftlichen Untersuchung, interessiert wären. Allein die USA schienen enttäuscht zu sein, dass der erste Kontakt mit Außerirdischen nicht auf ihrem Territorium stattgefunden hatte. Die amerikanische Presse forderte ihre Regierung auf, dass sie Druck auf Deutschland ausüben sollte, damit alle Untersuchungsergebnisse zuerst Ihnen vorgelegt werden müssten, ehe sie veröffentlicht wurden. Die deutsche Regierung schwieg zu dieser Forderung. Man wartete ab, wie immer.

Morgens, gegen acht Uhr, zum Beginn der vierten Woche, geschah es.

Zwei Polizisten, die sich über ihre Wochenenderlebnisse unterhielten, wurden mit einem Mal auf eine Bewegung unterhalb des UFOs aufmerksam.

»Hast du das gesehen?«, fragte der eine. »Mir war so, als ob sich unten in der Mitte etwas bewegt hätte.«

»Du spinnst, ich habe nichts gesehen,« widersprach sein Kollege.

»Doch, schau mal genau hin, da ist doch eine kreisrunde Öffnung.«

»Jetzt, ja, jetzt sehe ich es auch. Wir müssen sofort Meldung machen, sonst gibt's Ärger«, stimmte der andere zu.

Ihre Entdeckung ließ die Befehlskette anlaufen. In kurzer Zeit wuchs die Unruhe rund um den Platz. Erstaunlich schnell richteten sich Fernsehkameras und Handys auf das Raumschiff.

Die internationale Presse lauerte auf die Sensation. Endlich bekäme man die Aliens zu Gesicht.

Die Öffnung an der Unterseite des UFOs hatte einen Durchmesser von gut zwei Meter, schätzten sie. Ein rosafarbener Lichtkranz senkte sich langsam aus der Öffnung und formte eine leuchtende Röhre, die nach wenigen Sekunden den Boden unterhalb des Raumschiffs berührte. Die helle Morgensonne verhinderte eine genauere Sicht. Es dauerte, ehe sich etwas ereignete.

Dann schwebte eine Gestalt, umhüllt von einem strahlenden Schutzmantel, langsam zur Erde.

Durch das um sie herumwabernde Licht war nicht viel zu entdecken. Einige meinten eine menschenähnliche Figur zu erkennen. Die Gestalt lag jetzt ausgestreckt auf dem Pflaster. Die Aufnahmegeräte der internationalen Presse begannen sich, auf das Geschehen zu richten. Das rosarote Leuchten der Röhre fing an, schwächer zu werden, bis es nach einigen Minuten erlosch.

Teleobjektive zogen das Bild der langhingestreckten Figur möglichst nahe heran. Die Erwartung in diesem Moment den ersten Alien zu sehen, erfüllte sich nicht.

Sie trauten ihren Augen nicht. Auf den Bildschirmen war einwandfrei eine menschliche Gestalt zu erkennen. Anscheinend kein Außerirdischer.

Die Kameras tasteten sich am Körper entlang. Die Betrachter sahen eine etwa dreißig Jahre alte Frau mit knöchellangem, braunen Rock, einer grauweißen, grob gewebten Bluse, die am Ausschnitt mit Bändern verschnürt war und einem blauen Schultertuch. Die blonden Haare fielen lang über die Schultern. Sie war barfuß.

Die Öffnung am UFO schloss sich.

Die Welt starrte auf die Szene und Verwunderung breitete sich aus. Was hatte das zu bedeuten? Aliens hatte man sich anders vorgestellt, oder konnten sie sich in menschliche Körper verwandeln? Das Rätselraten begann.

Ein Raunen lief durch die Zuschauer. Hatte sich die Frau bewegt? Sie täuschten sich nicht. Langsam hob sie den rechten Arm, um ihn nach einigen Sekunden wieder fallen zu lassen. Sollte man sich ihr nähern? Selbst aus dem Ausland und hier besonders aus Amerika wurden Vorschläge, die sich eher wie Anweisungen anhörten, geäußert. So wie es aussah, konnte man sich, wie so oft, nicht einigen.

Eine Stunde war vergangen und die Frau hatte ab und zu den Arm bewegt.

»Det reicht mir jetzt«, knurrte ein Sanitäter eines Rettungsfahrzeuges. »Sieht doch aus, als ob sie Hilfe braucht.«

»Bennie, du willst doch nicht etwa zur Frau gehen?«

Der Angesprochene entgegnete: »Klar will ick det. Dafür sind wir doch hier, oder nich?!«

»Mensch Bennie, det gibt garantiert Ärger. Wenn das eine Falle von diesen Aliens ist?«

»Det werd' ick dann schon sehen.«

Bennie schnappte sich seine Notfallausrüstung und eilte mit großen Schritten in Richtung UFO. Mehrere Polizisten, die dafür zu sorgen hatten, dass sich niemand dem UFO nähert, sprinteten los, um den Mann zurückzuhalten. Doch er war schon zu weit, um ihn vor der Frau zu erreichen. Man wollte nicht noch mehr Menschen in Gefahr bringen.

»Halt, den Mann laufen lassen. Alle Mann zurück«, blökte ein Megaphon durch die Stille.

Sie gaben die Verfolgung auf und zogen sich zurück.

Der Gedanke, dass die Aliens den Männern damit eventuell eine Falle gestellt haben könnten, war bei vielen Zuschauern in den Köpfen. Für ein gewisses Gruselgefühl hatten einschlägige Filme über Jahrzehnte hin gesorgt. Fleischfressende Scheusale in groteskesten Gestalten, oder heimlich in menschliche Körper eindringende Schadinsekten, die sich des Gehirns bemächtigten, hatte man genügend vorgesetzt bekommen. Vorsicht könnte somit nicht schaden.

Bennie war bei der Frau angekommen. Die Kameras zoomten so nah wie möglich an das Geschehen. Mit professionellen Handgriffen untersuchte der Sanitäter die Liegende.

Er sprach sie an. Sie versuchte, sich aufzurichten. Er kniete sich hinter ihren Rücken und half ihr, sich aufzusetzen. Der Oberkörper schwankte hin und her. Bennie redete weiter auf sie ein.

Jetzt öffnete sie mühsam die Augen. Es gelang ihr nicht, sie länger aufzuhalten. Bennie zuckte zusammen, als sie mit kaum vernehmbarer Stimme fragte:

»Was ist passiert? Wo bin ich? Wer bist du?

Mit aufgerissenen Augen schaute die Frau umher. Sie schüttelte den Kopf, als ob sie ein Trugbild verscheuchen wollte.

Bennie fragte: »Wie heißen Sie?«

Ihre Augen irrten hilfesuchend umher. Alles schien sie zu ängstigen. Dann flüsterte sie kaum vernehmbar: »Agnes. Ich heiße Agnes. Agnes Schäfer.«

Bennie hatte inzwischen seinen kurzen Gesundheitscheck beendet. Körperlich schien sie keine Probleme zu haben.

Die Stille auf dem Alex war unheimlich. Nichts unterbrach das Gespräch der beiden.

»Woher kommen Sie und warum waren Sie im UFO?«

Jetzt schaute sie ihm direkt in die Augen und dann brach es aus ihr heraus: »Ich bin aus Beeskow. Mein Mann hat im Schloss Ragow gearbeitet und ich habe mich um unsere Kuh und das andere Vieh gekümmert. Bis die Schweden kamen, war alles gut, aber dann haben sie alles niedergebrannt, meinen Mann getötet und unser Vieh mitgenommen. Ich war froh, dass ich keine Kinder hatte.«

Bennie klappte seinen Mund wieder zu, atmete tief durch und stellte noch eine Frage:

»In welchem Jahr war denn das?«

»Warte einen Moment«, bat Agnes, »ich muss erst überlegen. Ja, jetzt weiß ich es wieder. Es war das Jahr sechszehnhundertsechsunddreißig.«

Der Mann war verwirrt. Er überschlug, wie alt sie heute wäre und brach in ein Lachen aus.

»Gratuliere,«, japste er, »dann wären Sie heute vierhundertsieben Jahre alt. Dafür haben Sie sich aber gut gehalten.« Mit dem Ärmel wischte er sich die Lachtränen aus den Augen.

Erschrocken sah er, wie die Frau anfing zu weinen.

Das Megaphon bellte durch die Stille: »Benötigen Sie Hilfe?«

»Bennie zuckte durch diese unerwartete Unterbrechung zusammen und brüllte zurück: »Nein, ick sage Ihnen schon, wenn ick Hilfe brauche.«

Er musterte aufmerksam ihre Kleidung, schaute sich ihre verarbeiteten Hände an und wusste trotzdem nicht, was er glauben sollte.

Dann reichte er Agnes ein Taschentuch für die nassen Augen und erklärte mit beruhigender Stimme: »Keine Sorge, es wird sich alles klären. Zuerst werden wir Sie ins Krankenhaus bringen und gründlich untersuchen. Das Weitere wird sich finden.«

Bennie gab seinem Kollegen ein Zeichen, eine Trage zu bringen. Als der auf das Fahrzeug zeigte, schüttelte er den Kopf. Das könnte von anderer Seite her nicht gewünscht sein, mit einem Auto an das UFO heranzufahren.

Zwei Kollegen eilten mit der Trage herbei. Behutsam legten sie die recht magere Frau darauf und brachten sie zum Rettungswagen. Sie erhielten die Anweisung, Agnes Schäfer in die Charité zu fahren.

Ein Pulk von Journalisten folgte dem Rettungsfahrzeug zur Uni-Klinik.

Auf staatliche Anordnung hin, wurde den
Mitarbeitern der Charité auferlegt, keine
Einzelheiten, weder zum Gesundheitszustand
noch zu Äußerungen der Frau, weiterzugeben.
Wer sich nicht darin hielte, müsste mit ernsten
Konsequenzen rechnen.
Die Welt war verwirrt. Ein UFO mit einer Frau
aus dem siebzehnten Jahrhundert? Was würde
sie von den Aliens berichten? Besonders
Historiker warteten enthusiastisch darauf, eine
Zeitzeugin aus dem Dreißigjährigen Krieg
befragen zu dürfen.
Die Spekulationen trieben die seltsamsten
Blüten.

## ~ 18 ~

Das Personal der Charité verfügte über
ausreichende Erfahrungen, um sogar mit der
Einlieferung einer Frau aus dem siebzehnten
Jahrhundert klarzukommen.
Für hochansteckende Krankheiten vorgehaltene
Räume wurden für die Frau vorbereitet.
Diese Vorsichtsmaßnahmen schienen angeraten.
Nicht nur wegen der im Dreißigjährigen Krieg
immer wieder aufflackernden Pest, sondern
auch in Hinblick auf unbekannte Krankheiten,
die von den Aliens stammen könnten. Auf
Anweisung der Klinikleitung wurde von Agnes
alles aufgezeichnet. Akustisch und optisch. Die
junge Frau war zum Forschungsobjekt

geworden. So wollte man sich gegen spätere eventuelle Fehlervorwürfe absichern.

Agnes hatte bisher wenig gesprochen und alles apathisch über sich ergehen lassen.

Die Mediziner standen um ihr Bett herum und diskutierten leise, wie die weitere Vorgehensweise sein sollte. Die Köpfe ruckten herum, als sich Agnes, nach mehrmaligem Räuspern, heiser erkundigte:

»Was ist geschehen? Wer seid ihr und wo sind die Kleinen geblieben? Wo bin ich? Sagt es mir bitte! Welches Jahr haben wir?

Die Fragen kamen erst stockend, dann immer aufgeregter und flüssiger über ihre trockenen Lippen.

Oberarzt Doktor Djamal Dahir beugte sich über die Fragende:

»Sie sind in Berlin, der Hauptstadt von Deutschland und Sie sind in Sicherheit.«

Er ergänzte mit der Jahresangabe zweitausenddreiunddreißig.

»Ach ja, verzeiht, ich vergaß, das hat mir schon der Mann gesagt, der mich gefunden hat.«

Der Name Berlin zauberte ein angedeutetes Lächeln auf ihr Gesicht. Ja, Berlin kannte sie vom Hörensagen, war aber damals von Beeskow nicht bis in die Hauptstadt gekommen. Das jetzt das Jahr zweitausenddreiunddreißig sein sollte, nahm sie nur kopfschüttelnd wahr.

Die Frage nach den *Kleinen,* ließ die Umstehenden sofort aufhorchen. Meinte sie etwas die Aliens damit? Doktor Dahir fragte: »Sie sprachen von den *Kleinen*. Wen meinten Sie damit?«

Agnes Augen füllten sich augenblicklich mit Tränen und sie drehte den Kopf zur Seite. Dahir wollte weiterfragen, aber die Kollegen schüttelten die Köpfe. Die Befragung müsste warten. Noch war die Patientin nicht stabil genug.

Ihre apathische Gelassenheit änderte sich schlagartig, als sie in die Untersuchungsräume gebracht wurde. Der Anblick der vielen blitzenden Geräte, das grelle Licht und der typische Geruch von Desinfektionsmitteln ließen sie panisch reagieren. Sie schrie, wehrte sich mit Händen und Füßen und versuchte, von der Trage zu springen. Mit beruhigenden Worten und der Beteuerung, niemand würde ihr Schmerzen zufügen, gab sie nur etwas nach. Die Ärzte sahen trotzdem nur eine Möglichkeit, die weiteren Untersuchungen ohne Störung vorzunehmen, und zwar die, die Patientin ruhigzustellen. Es bedurfte einiger Anstrengungen, ihr die Spritze zu geben. Während der Untersuchung stellten sie viele kleine Narben fest, die über den ganzen Körper verteilt waren. Daher war es kein Wunder, dass sich die Frau wehrte. Die von allen Seiten herangetragenen Wünsche, nein es waren eher

Forderungen, die Frau über ihre Erlebnisse bei den Aliens auszufragen, wurden, in Hinblick auf den gesundheitlichen Zustand von Agnes, kurz und bündig abgelehnt. Außerdem hatte man eine Schweigeverpflichtung abgegeben. Selbst der Druck von staatlichen Stellen aus dem In- und Ausland führte nicht dazu, dass die Patientin befragt werden durfte. Die Charité war bereit, den Forderungen nach einer Befragung stattzugeben, sobald sich Frau Agnes Schäfer ausreichend erholt hätte.

Die ersten Untersuchungen ergaben einen zurückgebildeten Magen und Darm. Sie war nicht nur mager, sonders die Bezeichnung abgezehrt, traf es genauer. Man vermutete, dass die Nahrung über lange Zeit anderweitig zugeführt wurde. Die Frage in dieser Hinsicht beantwortete Agnes, sie hätte von Anfang an keine feste Nahrung erhalten. Zuerst musste sie eine dickliche, grünschimmernde Flüssigkeit, die leicht salzig schmeckte, trinken.

Als sie irgendwann aus der Betäubung erwachte, lag sie in einer Art Glasvitrine. Arme und Beine waren an Schläuchen angeschlossen. Danach bekam sie keine Flüssignahrung mehr. Nach ihrem Zeitgefühl lag sie einige Tage in diesem Zustand. Danach, so erinnerte sie sich, hörte und roch sie, wie Gas in ihren Glassarg geleitet wurde und verlor erneut das Bewusstsein. Sie erwachte erst auf dem Pflaster des Alexanderplatzes.

Die Ärzte waren fassungslos. Wie konnte es gelingen, die Frau durch intravenöse Infusionen und einer Schutzatmosphäre über Jahrhunderte am Leben zu erhalten?

Hatten die Aliens eine Methode gefunden, einen so komplexen Organismus, wie den eines Menschen, über Jahrhunderte zu erhalten? War das der erste Schritt zum *ewigen Leben*?

Die Charité blieb eisern und gestattete keine Journalisten den Zutritt zu Agnes. Selbst die Hinweise auf sogenanntes öffentliches Interesse an der Frau, ließen die Mediziner nicht gelten. Mit ihrem Alter war sie wissenschaftlich eine Sensation, die erst gründlich ausgewertet werden musste, ehe man die Frau durch Blitzlicht und endlosen Fragen gefährdete.

## ~ 19 ~

Am Alex blieb die Lage unverändert. Das UFO stand weiterhin an seinem Platz. Erstaunlich blieb die Tatsache, dass das Raumschiff, ohne feste Verbindung zum Boden, unbeweglich und millimetergenau an der Stelle verharrte. Versuche, mit Lautsprecherdurchsagen und mit Lichtsignalen eine Reaktion vom UFO zu erhalten, waren ergebnislos geblieben.

Die Ferien gingen langsam zu Ende. Leon hatte gehofft, ein paar aufregende Fotos vom UFO schießen zu können. Dann bekäme er noch mehr

*Likes* und besonders die Mädchen würden ihn auf seinem Social Media-Account bewundern.

»Was meinst du Flocke,« fragte er seinen Hund, »sollen wir es wagen, uns näher an das UFO heranzuschleichen?«

Flocke fühlte sich angesprochen und wedelte freudig mit dem Schwanz.

»Aha, du bist damit einverstanden«, deutete Leon dieses Zeichen und lachte.

»Flocke, soll ich eine Taschenlampe mitnehmen?« Flocke wedelte erneut. Leon packte die Lampe ein und kontrollierte das Handy, ob es voll aufgeladen war.

Von den Eltern verabschiedete sich Leon mit den Worten:

»Es kann heute etwas später werden. Vielleicht treffe ich mich mit meinen Freunden. Bin aber zum Mittagessen wieder zurück.«

Mit den üblichen Ermahnungen versehen, brach Leon gegen acht Uhr mit Flocke auf. Der Weg führte ihn zu dem Abrisshaus. Er kletterte durch ein Fenster im Hinterhof hinunter in den stockdunklen Keller. Flocke hatte er vorher durch die Fensteröffnung gehoben. Flocke bellte und Leon mahnte:

»Sei bitte still, du willst doch nicht, dass wir entdeckt werden.« Flocke verstand jedes Wort und schwieg.

Leon war oft mit seinen Schulfreunden hier im Untergrund und so wusste er gut, in welcher Richtung der Alex lag. Flocke war nicht begeistert, hier unten an der Leine gehen zu müssen. Das Haus lag mit dem Keller an der Wand zu einem ehemals für den weiteren Ausbau der U-Bahn gebauten Tunnelabschnitt. An einer Stelle gab es einen kleinen etwa sechzig mal sechzig Zentimeter großen Durchbruch zum Tunnel. Der Durchbruch stammte vermutlich noch aus den Kriegstagen fünfundvierzig. Zuerst schob er Flocke hindurch, dann sich. Ein scharfes Stück Eisen, welches aus dem Beton ragte schnitt in Leons rechten Unterarm. Leon nahm es mit einem leisen Wehlaut in Kauf. Weiter ging es über Schuttberge, vorbei an teilweise eingestürzten Betonwänden und Löchern im Boden, auf die er besonders achten musste. Ab und zu blieb Flocke stehen, schnupperte am Boden und ließ sich auch durch gutes Zureden nicht zum Weitergehen animieren. Ich möchte nur wissen, was Hunde riechen, dass sie nicht von der Stelle zu bewegen sind. Ratten oder Artgenossen? Letztere kaum hier unten. Es half nichts, Leon zerrte seinen Hund energisch weiter. Flocke schaute sein Herrchen vorwurfsvoll an.

Er hatte sich jetzt bis in den Bereich des in Betrieb befindlichen U-Bahnhofs Alexanderplatz vorgearbeitet. Flocke schien nicht begeistert von diesem Ausflug und suchte einen anderen Weg als Leon zu nehmen. Immer wieder verheddterte er sich mit der Leine an hervorstehenden

Eisenteilen und lief anders um eine Säule herum als Leon. Das nervte, beide.

»Komm, ich mach dich von der Leine los, aber nur, wenn du mir versprichst, nicht hinter der nächsten Katze herzurennen.« Flockes Wedeln deutete Leon als Zustimmung.

Die Jungs hatten früher eine schmale, rostige Revisionstür entdeckt, die von dem nicht mehr benutzten Tunnel in den Bereich, der in Betrieb befindlichen U-Bahn führte. Hier wurde es gefährlich. Leon musste abwarten, bis kein Zug in den folgenden Minuten vorbeikäme.

Leon öffnete mit einiger Anstrengung einen spaltweit die quietschende Tür. Er lauschte. Alles blieb ruhig. Beide schlüpften jetzt durch die Tür und schauten sich um. Da die Züge wegen des UFOs am Alex nicht mehr halten durften, war die Gefahr, entdeckt zu werden gering.

Jetzt hieß es, möglichst von den Überwachungskameras ungesehen, bis auf den Platz zu gelangen, Fotos zu schießen und wieder zu verschwinden. Die Steppkes hatten bereits früher herausgefunden, dass es einige Bereiche gab, die von den Kameras nicht erfasst wurden. Vorsichtig, jede Deckung ausnutzend, schlichen die beiden die stillgelegte Rolltreppe nach oben. Dieser Weg schien Leon am Sichersten.

In der Vorhalle schob sich Leon bis an den Ausgang heran und schaute auf den Platz. Da stand das UFU und glänzte in der Morgensonne.

Er trat einen kleinen Schritt in den Ausgang und schoss die ersten Fotos. Mit dem Zoom hatte er sich das UFO näher herangeholt.

Wie gerne würde er ein paar Bilder von der Unterseite der Silberkugel knipsen. Alles lief bisher wie geplant.

Nicht geplant war die Ratte, die durch etwas aufgescheucht, hinter einer verlassenen Imbissbude hervorgeschossen kam und verwirrt über den Platz raste.

Flocke hatte bis zu diesem Moment brav neben seinem Herrchen gesessen und neugierig auf den Platz geschaut. Unvermittelt sprang er auf und rannte auf die freie Fläche. Darauf war Leon nicht gefasst. Die Leute, die den Platz bewachten, würden sich fragen, wo der Hund herkäme und zu wem er gehörte. Es half nichts, er musste Flocke lauthals zurückrufen.

»Flock, hierher. Komm sofort zu Herrchen«, und weitere Aufforderungen.

Flocke hatte die Chance, endlich wieder eine Ratte zu jagen. Davon würde ihn niemand zurückhalten. Selbst Leon nicht.

Der Platz lag im hellen Sonnenschein. Nur unter dem UFO war Schatten. Dahin zog es den fliehenden Nager.

Jetzt war Leon alles egal, er musste seinen Hund sofort wiederhaben. Alle Vorsicht und Konsequenzen außer acht lassend, stürzte Leon, laut rufend, hinter Flocke her.

Die Platzbewacher trauten ihren Augen nicht. Ein Hund, gefolgt von einem Jungen und vorneweg eine Ratte, eilten Richtung UFO.

Die Kameras begannen zu arbeiten. »Halt stehenbleiben«- Rufe hallten durch die Morgenstille und einige Bewacher spurteten in Richtung der drei.

Zuerst kaum wahrnehmbar, aber schnell schob sich eine schwach rosa leuchtende Röhre aus der Unterseite des UFOs bis auf den Platz.

Ein unüberhörbares Raunen erscholl von den Umstehenden. Was lief hier ab?

Leon hatte nur Augen für seinen Hund. Die Ratte rannte in den Lichtkreis der Röhre und verharrte eine Sekunde. Das genügte Flocke, sie zu erreichen. Er wollte sich gerade auf seine Beute stürzen, als etwas Seltsames geschah. Flocke schien zu erstarren. Wie in einem Aufzug schwebten Flocke langsam hoch in Richtung zur Öffnung im UFO. Die Ratte schaffte es, in letzter Sekunde den Lichtkreis der Röhre zu verlassen und zu verschwinden.

Nichts auf dieser Welt hätte Leon daran hindern können, um Flocke zu retten. Er schlüpfte in die Röhre und versuchte, Flocke zu erwischen, um ihn wieder hinunterzuziehen. Es war zu spät.

Ein lähmendes Gefühl erfasste Leon und wehrlos bemerkte er, wie ihn eine Kraft unwiderstehlich nach oben schweben ließ.

In diesem Moment erreichten die ersten Verfolger die leuchtende Säule. Sie zögerten etwas zu lange. Der Hund und der Junge waren im Raumschiff verschwunden. Die Röhre verlosch und die Öffnung schloss sich augenblicklich.

Entsetzte Mienen starrten auf das, was sich vor ihren Augen abgespielt hatte.

Die für die Sicherheit des Platzes zuständigen Kräfte ahnten, sie würden gefragt werden, warum sie den Jungen nicht rechtzeitig retten konnten. Die nächsten Fragen würden lauten: Wer war der Junge und befände er sich in Gefahr?

Die Medien waren aufgewacht und hatten endlich wieder etwas zu berichten. Ein Kind im UFO verschwunden. Das gäbe endlich neue Schlagzeilen.

Die Bilder, wie die zwei im Raumschiff verschwanden, gingen um die Welt. Nähme der Junge Schaden im UFO? Sähen sie ihn je wieder? Was könnte er erzählen, wenn er heil aus dem Ufo entlassen würde? Fragen üben Fragen.

Leons Eltern wurden langsam unruhig. Ihr Sohn war nicht, wie vereinbart, zum Mittagessen zurück. Am Nachmittag rief die Mutter die Freunde von Leon an. Nein, keiner hatte eine Ahnung, wo Leon sein könnte. Um sich abzulenken, beschäftigte sich Leons Mutter in der Küche. Das Küchenradio plärrte leise vor sich hin.

Sie stellte etwas lauter, um die Nachrichten nicht zu verpassen.

»Wie soeben gemeldet wird, hat sich eine seltsame Geschichte auf dem Alexanderplatz zugetragen. Nach Augenzeugenberichten rannte ein Junge mit einem kleinen Hund auf das UFO zu und wurde hineingezogen. Bisher ist nicht bekannt, wer der Junge ist und wie es zu diesem Zwischenfall kam. Wer den Jungen auf der Fernsehaufzeichnung erkennt, möchte sich bitte mit der nächsten Polizeidienststelle in Verbindung setzen.«

Der Teller zerbarst klirrend auf dem Küchenboden.  Sie stürzte ins Wohnzimmer und schaltete den Fernseher an. Es dauerte nur Minuten, als sie die Bilder vom Alex zu sehen bekam. Entsetzt schlug sie die Hand vor den Mund. Zweifelsfrei war es ihr Sohn Leon, der mit Flocke ins Raumschiff gezogen wurde. Mit Tränen in den Augen wählte sie die Handynummer ihres Mannes, der auf Arbeit war, und teilte ihm, durch Schluchzen unterbrochener Stimme mit, was sie gerade gesehen hatte.

Leons Papa verließ sofort den Arbeitsplatz und eilte nach Hause. Von dort rief er die Polizei an und meldete Leon als im UFO vermisst.

Doktor Dahir stand am Fußende von Agnes Bett. Um ihn herum hatte er die fähigsten Spezialisten der Charité versammelt.

»Kollegen, es gibt Probleme mit unserer Patientin. Darüber werden wir im Anschluss beraten«, waren seine ersten Worte, ehe er zu einer längeren Erklärung ansetzte.

»Agnes Schäfer ist heute vierzehn Tage bei uns. Anfangs waren wir optimistisch, sie mit intravenöser Ernährung am Leben erhalten zu können. In den folgenden Tagen schien sie sich augenscheinlich sogar zu erholen. Das war der Zeitraum, in dem sie über ihr früheres Leben und besonders über ihre Zeit im Raumschiff befragt wurde.

Es stellte sich heraus, dass Agnes nicht aus Beeskow stammte, sondern aus dem kleinen Ort Krügersdorf, der östlich davon liegt. Ein Kollege war dorthingefahren und hatte über das Pfarramt herausfinden lassen, dass Agnes, laut Eintragung im Taufregister, als einzige Tochter des Kossäten Konrad Schäfer am einunddreißigsten August sechszehnhundertvierzehn geboren wurde. Sie hatte als Tochter eines Kleinbauern, die Schrecken des Dreißigjährigen Krieges am eigenen Leibe erfahren.

Ehe ich auf ihr aktuelles gesundheitliches Problem eingehe, einige Informationen über ihre Erinnerungen aus dem UFO.

Unser Interesse galt zuerst dem Zeitpunkt, an dem sie Kontakt mit den Außerirdischen bekam. Vorweg muss ich erwähnen, dass, sobald die Befragung in Richtung der Aliens kam, Agnes jede weitere Beantwortung verweigerte. Es dauerte, ehe sie uns, immer wieder von Weinkrämpfen geschüttelt, berichtete, was geschehen war.

An einem strahlenden Sommertag, das Korn stand kurz davor gemäht zu werden, drangen Wallensteins Truppen ins Dorf ein. Ihr Vater weigerte sich, die einzige Kuh, den Eindringlingen zu überlassen und wurde kurzerhand erstochen. Agnes weilte zu dieser Zeit auf einem Feld unweit des Dorfes. Sie versteckte sich, bis die Soldateska weitergezogen war. Vor dem Abzug hatten die Marodeure mehrere Häuser in Brand gesetzt. Ihre Kate war verschont geblieben. Agnes fand den ermordeten Vater und lief zum Nachbarn, um ihn zu bitten, den Vater zu begraben. Dazu kam es nicht mehr, weil andere plündernde Söldnerhaufen ins Dorf einfielen und Agnes um ihre Leben laufen musste. An diesem späten Hochsommernachmittag hastete Agnes über ein abgeerntetes Feld, als über ihr ein gewaltiger Schatten auftauchte. Sie blickte nur kurz nach oben und fiel halb bewusstlos zu Boden. Sie wagte es nicht, ein zweites Mal hinzusehen. Dann, so konnte sie sich noch erinnern, wurde sie von einer unbekannten Kraft in die Luft gehoben und lag kurz danach in einer kleinen Kammer, wie sie es nannte. Um sie herum war rosafarbenes Licht. Es roch seltsam und ein Luftstrom wirbelte ihre Haare durcheinander. Sie meinte, nur einige Minuten so dagelegen zu haben. Die Kammer öffnete sich und sie erhob sich vorsichtig.

Sie stand in einem so großen Raum, wie sie ihn vorher noch nie gesehen hatte. Ein blendend weißes Licht erfüllte ihn.«

Doktor Dahir machte eine Pause, ließ sich ein Glas Wasser reichen und fuhr fort:

»Bis zu diesem Zeitpunkt hatte Agnes das Erlebte, zwar stockend und immer wieder durch Hustenanfälle unterbrochen, berichtet. Sobald an dieser Stelle weiter gefragt wurde, veränderte sich die Frau erschreckend. Sie schüttelte sich wie in Krämpfen, schrie und streckte, wie gegen einen Feind, die Arme abwehrend aus. Wir mussten aus Sorge um die Patientin, die Befragung sofort abbrechen. Ein Zufall half, an diesem Punkt weiterzukommen.  Alles wurde rund um die Uhr mit Kameras und Audiogeräten aufgezeichnet. So kam es, dass eines Abends, die Nachtschwester war bei Agnes, diese sich wie in Trance aufrichtete, mit der rechten Hand nach vorne wie auf jemanden zeigte und mit entsetztem Gesicht stammelte:

»Da sind sie wieder, *die Kleinen*«, und nach diesen Worten wieder zurück in die Kissen fiel. Diese Worte sind die Einzigen, die wir von ihr bisher gehört haben, die auf die Lebewesen im UFO hinwiesen. Sobald die Befragung in diese Richtung ging, veränderte sich ihr Zustand, sodass wir jedes mal abbrechen mussten. Dass, was sie wohl erlebt hatte, muss grauenhaft gewesen sein. Anders können wir uns ihre Abwehrhaltung nicht erklären. Aus aller Welt kommen Anfragen, wie die Aliens aussehen. Wir müssen leider antworten, dass wir bisher keine Möglichkeit hatten, die Information durch die Patientin zu erhalten. Vermutlich glaubt uns das niemand.«

Ein Weißkittel hob die Hand, um etwas zu sagen und Doktor Dahir ermunterte ihn:

»Bitte Kollege, was ist Ihre Frage?«

»Nein, ich habe keine Frage, sondern eine Idee, wie wir an die so wichtige Information über die Außerirdischen kommen könnten.«

»Das brächte uns ein gewaltiges Stück weiter«, freute sich Dahir.

Ersterer erläuterte seinen Vorschlag:

»Ich denke, um die Blockade bei Frau Schäfer zu durchbrechen, sollte wir es mit Hypnose versuchen.«

Zustimmendes Gemurmel aber auch Kopfschütteln der Umstehenden.

»Danke Kollege. Die Idee finde ich gut. Das könnte eine Möglichkeit sein, endlich etwas über das Aussehen der Aliens zu erfahren. Ich werde mich umgehend darum kümmern. Mit dieser erfreulichen Aussicht beenden wir die Visite meine Herren.«

Doktor Dahir nahm umgehend Kontakt mit einem im Haus arbeitenden Psychotherapeuten auf. Die erste Hypnosesitzung fand am darauffolgenden Tag statt. Außer dem Therapeuten Doktor Hans Werner war nur Doktor Dahir und eine Krankenschwester anwesend. Doktor Werner versuchte Agnes klarzumachen, worum es ginge. Sie nickte, aber vermutlich hatte sie nicht verstanden, was er meinte. Doktor Werner begann sie mit beruhigenden Worten und Gesten in Trance zu versetzen. Anfangs fragte er allgemeine Dinge, wie Name, Geburtsort und Alter. Dann konzentrierten sich die Fragen auf den ersten Kontakt mit dem Raumschiff. Bereits bei den ersten Fragen in dieser Richtung wurde Agnes unruhig. Ihre Hände irrten ziellos über der Bettdecke hin und her und sie begann stosshaft zu atmen.

»Das sieht nicht gut aus«, flüsterte Doktor Dahir und schlug vor:

Ich befürchte, sie wird sich innerlich so stark gegen das Gesehene wehren, dass ich vorschlage, Agnes direkt nur nach dem Aussehen der Außerirdischen zu befragen.«

»Das befürchte ich auch«, stimmte der Psychotherapeut zu und wandte sich wieder an die Patientin.

»Agnes, du hast im Schlaf von den *Kleinen* gesprochen. Hast du damit die Personen im Raumschiff gemeint? Wie groß waren diese Wesen?«

Agnes wurde zusehends ängstlicher, murmelte aber verständlich:

»Wie Kinder.«

»Kinder in welchem Alter?«, setzte Doktor Werner nach.

Agnes schien sich an das Aussehen der Gestalten zu erinnern und flüsterte:

»Wie die Kinder mit zehn Jahren, und die anderen, wie Kinder mit vierzehn.«

»Und wie sahen sie aus?«

Nach diesen Worten geschah etwas Erschreckendes. Die Frau wand sich wie in Krämpfen, sie schlug mit den Armen um sich, wie um sich gegen etwas oder jemanden zu wehren und ihre schrillen Schreie klangen unerträglich in den Ohren der Anwesenden.

»Abbrechen, sofort abbrechen«, rief Doktor Dahir erregt aus Sorge um die Gesundheit der Patientin.

Der augenblickliche Aufwachbefehl hatte Erfolg. Agnes fiel zurück in die Kissen und beruhigte sich. Sie öffnete die Augen und blickte verwirrt um sich.

»Frau Schäfer«, begann Doktor Dahir, es ist alles in Ordnung. »Mein Kollege Doktor Werner wollte nur etwas über die Personen im Raumschiff wissen.«

Agnes krauste die Stirn und sie schien angestrengt nachzudenken, ehe sie antwortete: »Ihr müsst verzeihen, aber es war alles so schrecklich. Bitte fragt nicht mehr danach.«

Nach diesen Worten drehte sie den Kopf zur Seite, als Zeichen, dass sie nicht mehr angesprochen werden wollte.

Die Kollegen sahen sich an und wussten, dass dieser Versuch misslungen war, mehr über das Aussehen der Aliens zu erfahren. Allein die Größe der Aliens, anhand der Altersangaben der Kinder, war ein Teilerfolg. In einer Tabelle fanden sie heraus, dass die Außerirdischen zwischen einsfünfunddreißig und einsfünfundsechszig groß sein mussten.

Wieso sprach sie von den anderen? Gab es zwei Gruppen mit diesen unterschiedlichen Größen?

Vor dem Untersuchungsraum verabredeten die beiden Ärzte, bald einen neuen Versuch zu wagen.

Hierzu kam es jedoch nicht mehr.

Zwei Tage danach, begann sich der Gesundheitszustand von Agnes rapide zu verschlechtern.

Lapidar ausgedrückt, sie verfiel zusehends.

Fast über Nacht wurden ihre Haare weiß, die Augen sanken tief in die Höhlen, das Gesicht sah bald wie das einer Siebzigjährigen aus. Es gelang nur sporadisch Kontakt mit ihr, aufzunehmen, wobei eine zunehmende Verwirrtheit festgestellt wurde. Diese Vorgänge liefen erschreckend schnell ab. Alle Maßnahmen diese aufzuhalten, scheiterten. Zum Schluß ähnelte Agnes Körper dem einer Mumie. Die Ärzte mussten der Tatsache ins Auge sehen, dass sie ihre Patientin aus dem Dreißigjährigen Krieg verlieren würden.

Sie kämpften eine Woche verbissen um Agnes Leben. Am dreißigsten September 2033 schloss Agnes Schäfer aus dem kleinen Ort Krügersdorf in Brandenburg ihre Augen für immer.

Ein tragischer Verlust für die Wissenschaft. Jetzt war sie nicht mehr der Mensch Agnes Schäfer, sondern ein Gegenstand, der darauf wartete, weiter weltweit untersucht zu werden. Das UFO stand wie zuvor unbeweglich, glänzend und für viele Menschen bedrohlich wirkend, über dem Alex.


~ 21 ~


Leon schloss vor Angst die Augen. Abrupt stoppte das Schweben. Er hörte Flocke winseln. Er riss die Augen auf, um nach dem Hund zu sehen. Er lag in einer kleinen, Kammer in der ein starker Luftzug wehte. Um ihn herum leuchtete alles in rosa Licht getaucht. Flocke lag an seine

Seite gepresst und zitterte. Der Wind hörte auf zu wehen, das rosa Licht verlosch und die Wände der Kammer verschwanden. Er und Flocke befanden sich auf dem Boden eines großen Raumes.

»Ich werd' verrückt«, rutschte es Leon heraus. Leicht erschrocken, doch nicht verängstigt, musterte er den runden Raum, der dämmrig von den leuchtenden Wänden erhellt wurde. Leon stand langsam auf und schaute sich um. An der gegenüberliegenden Wandseite erblickte er abwartend und bewegungslos stehende Gestalten. Ein leises Zirpen war zu hören. Kam es von der Gruppe? Leon und die fremden Wesen schauten sich aufmerksam, eher neugierig, an. Leon versuchte herauszufinden, was sie für Augen hatten. Er zuckte zusammen. In den Fantasiedarstellungen der Medien hatten die Aliens große, ovale, schwarze Augen. Was er sah, erschreckte ihn umso mehr. Ihn blickten wabenartige, halbkugelförmige Augen, wie die von Fliegen oder anderen Insekten an. Sie waren rubinrot und schienen schwach zu leuchten. Ohne jegliche Regung. Unheimlich, dachte er. Waren das die Außerirdischen, über die seit ewigen Zeiten gerätselt wurde?

Er betrachtete sie genauer. Ja, in manchen Zeitungen und Schriften wurden sie oft ähnlich beschrieben. Erstaunlich, was die Menschen für eine Fantasie hatten. Sie waren verschieden groß. Die Großen hatten etwa seine Größe, während die Kleineren, Schmächtigeren, sicher einen Kopf kleiner waren. Gemeinsam waren die dünnen Arme und Beine, und die, wie umgedrehte Birnen aussehende, für die Körper viel zu großen Köpfe mit zwei kurzen, dünnen Antennen. Dort wo bei uns ein Mund sitzt, entdeckte er nur eine schmale Linie, die sich beim Sprechen nur wenig öffnete, bemerkte er. Das reichte normalerweise fürs Zirpen, grinste Leon. Anstelle der Nase und der Ohren, sah er jeweils nur zwei kleine kreisrunde Löcher. Ihre Körper waren in Taillenhöhe stark eingeschnürt. Im Brustbereich, ein Stück unter den Armen, bemerkte er zwei kleine etwa faustgroße Erhebungen. Es sah aus, als steckten sie in einem Taucheranzug, ohne jegliche Knöpfe oder Reißverschlüsse. Diese Außenhaut, die hellblaugrau aussah, umschloss den gesamten Körper, einschließlich der Hände und Füße. Sie hatten vier Finger und an jedem Finger sah er, anstelle von Fingernägeln, zwei kurze Krallen. Leons Herzschläge begannen sich zu normalisieren. Sie waren nur so groß wie er und sahen nicht besonders kräftig aus. Einige waren einen Kopf kleiner. Warum sollte ich Angst haben, dachte er.

Die Aliengruppe bestand aus fünf größeren Lebewesen und zwei kleineren. Leon überlegte, ob die kleinen Aliens die Weibchen waren und die großen die Männchen.

Im nächsten Moment riss etwas Leon aus seinen Gedanken. Ein nervtötendes lautes Zirpen erhob sich aus Richtung der Aliens. Flocke versteckte sich mit eingekniffenen Schwanz hinter seinem Herrchen. Das schrille Geräusch veranlasste Leon zu murmeln:

»Hört sich an wie das Zirpen von Zikaden an einem lauen Sommerabend in Italien«. Das Geräusch kannte er von seinem Ferienaufenthalt in der Toscana. Tatsächlich, diese Töne ähnelten sehr dem der südlichen Insekten. Einer der großen Aliens hob die vierfingrige Hand und sofort setzte Stille ein. Wenn Leon bisher alles ohne größeren Schock verkraftet hat, so zuckte er in der nächsten Sekunde zusammen.

»Wir begrüßen das Wesen der blauen Welt«, hörten sie den Alien mit unangenehm hoher, sirrender Stimme, aber deutlich verständlich sagen.

»Mein Name ist Conbayta. Wir nennen uns Luzianer. Unser Heimatplanet heißt Manatura und ist viele Lichtjahre entfernt. Ich spreche die Sprache der Wesen von der blauen Welt. Wir haben sie seit großer Zeit gelernt, viele ihrer Sprachen. Wir kommen in friedlicher Absicht. Wird das Tier hinter deinen Beinen Hund genannt?«

Leon stotterte: »Ja, das ist mein Hund«, und setzte, warum auch immer, hinzu »Er heißt Flocke.«

»Heißen alle Hunde auf der Welt Flocke?«

Jetzt muss Leon lachen und erklären, dass die Menschen ihren Hunden verschiedene Namen geben.

Die nächste Frage von Conbayta verstand Leon nicht, als sich das Wesen erkundigte:

»Warum?«

»Na, weil jeder Hund eine eigene Persönlichkeit ist und einen anderen Charakter hat.«

Conbayta rührte sich nicht. Das Geschöpf schien nachzudenken. Die Antennen auf dem Kopf bewegen sich wie suchend hin und her. Dann drehte sich Conbayta zu den anderen Aliens um und ein erneutes, heftiges Zirpen drang an Leon Ohren. Sie unterhalten sich, vermutete er. Conbayta wandte sich wieder Leon zu und ging ein paar Schritte in seine Richtung. Kurz vor Leon hob der Alien den rechten Arm. Flocke deutet das als Angriff auf sein Herrchen und kam heftig bellend hinter Leons Beinen hervorgeschossen und stellte sich, zähnefletschend und knurrend, vor Leon. Jetzt geschahen merere Dinge zur selben Zeit. Conbayta trat erschrocken einen Schritt zurück, aus den wartenden Aliens zuckte ein oranger Leuchtstrahl durch den Raum und Flocke lag regungslos vor Leon Füßen.

»Was habt Ihr mit meinem Hund gemacht«, schrie Leon und bückte sich zu Flocke. »Er hätte Euch nichts getan, er wollte mich nur verteidigen. Warum habt Ihr ihn getötet?«

Das Alienwesen hob beschwichtigend die Hände und Leon hörte es beruhigend sagen:

»Er ist nicht tot, nur betäubt.«

»Dann lasst ihn wieder aufstehen!«, forderte Leon.

»Nur, wenn du versprichst, dass er uns nicht angreift«, war die Antwort.

»Ja, das verspreche ich«, bestätigte Flockes Herrchen. Ein erneuter Strahl, aber in blau, traf, auf Conbaytas Befehl hin, den Hund. Der begann sich zu bewegen, kam etwas wackelig auf die Pfoten und schüttelte sich. Sofort begann er wieder zu knurren, aber als Leon ihn zurechtwies, verstummte das Knurren und Flocke blieb friedlich neben Leon sitzen. Conbayta erklärte dem erschrockenen Jungen:

»Mit dem orangen Strahl können wir Lebewesen, wie euch, kampfunfähig machen. Mit dem blauen Licht wieder normalisieren und mit einem roten Strahl sofort töten.«

Leon nickte zaghaft, dass er verstanden hatte. Conbayta, der anscheinend der Wortführer der Gruppe ist, fragte:

»Wie nenn man dich?«

»Ich heiße Leon.«

»Wie alt ist Leon?«, wollte das Wesen wissen.

»Ich bin dreizehn Jahre alt«

Aus der Aliensschar hörte Leon ein lauteres Zirpen. Jetzt wollte er wissen, wie alt sein Gegenüber war und fragte: »Und wie alt sind Sie?«

Conbayta zögerte ehe die Antwort kam:
»Vierhundertzweiundvierzig Jahre, nach eurer Zeitrechnung.«
Leon starrte ihn mit offenem Mund an, ehe er in ein lautes Gelächter ausbrach.
»Das glaube ich nicht, das ist doch nur ein Scherz, oder?«
Conbayta bleibt emotionslos und erklärte:
»Unser Planet Manatura ist Hunderte von Lichtjahren entfernt. Nur durch unser Alter, welches bis fast tausend Jahre betragen kann, ist es uns möglich, diese Entfernungen zu überbrücken.«
Jetzt war die Neugier Leons geweckt.
»Woher kommen Eure Namen?«
Conbayta schüttelte den Kopf, zum Zeichen, dass er nicht antworten möchte. Dann schaute er genauer auf Leon, zirpte leiser und er hörte die Erklärung.
»In den Jahrhunderten, in denen wir die Menschen beobachten, haben wir festgestellt, dass sie sich Namen geben, um sich zu unterscheiden. Aus diesem Grund haben wir aus verschiedenen Epochen Namen zusammengetragen, damit ihr uns ansprechen könnt. Wir kennzeichnen uns selber mit Zahlenreihen.«
»Wie sieht es auf Eurem Planeten aus? Gibt es Seen, Bäume Berge? Gibt es Tiere auf dem, wie hieß er doch nochmal, auf Manatura?«

Das Wesen aus Manatura hob abwehrend die Hand und zirpte:

»Darüber werde ich nicht sprechen.«

Leon hatte erstaunlicherweise keine Angst mehr vor den fremden Wesen. Conbayta trat zurück in die Gruppe und das nervige Zirpen begann erneut. Das Geschöpf kam zurück und verkündete:

»Es war ein Versehen, dich hier hereinzuholen. Da du ein kleiner Mensch bist, ich weiß, ihr werdet in diesem Alter, Kinder genannt, darfst du wieder gehen. Der Verantwortliche wird jetzt sofort bestraft werden.«

Leon war gespannt, was passieren würde. Aus der Gruppe wurde einer der kleineren Aliens nach vorne geschoben. In diesem Moment erinnerte sich Leon an sein Handy, zog es langsam und von den Aliens unbemerkt aus der Hosentasche und schoss, ohne genau aufs Display zu sehen ein Foto.

Conbayta erklärte:

»Sein Name ist Agilos. Er wird mit dir nach draußen geschickt. Dort wird er innerhalb von wenigen Stunden sterben. Das ist seine Strafe für seinen Fehler«, hörte er Conbayta sagen. Die quäkige Stimme war emotionslos leise. In den Facettenaugen war keine Regung zu erkennen. Die Antennen waren jetzt, wie Hörner eines Stieres, drohend nach vorne gerichtet. Leon kroch ein leichter Schauder über den Rücken.

Dafür getötet zu werden? Er wagte zu fragen, obgleich jetzt ein wenig Angst in der Stimme mitschwang:

»Warum wird Agilos sterben? Wir können ihn doch bei uns aufnehmen und er wird Euch nie wieder begegnen.«

»Agilos wird ersticken. Auf unserem Planeten ist der Sauerstoffgehalt viel höher als hier. Er wird nur wenige Stunden eure Luft überstehen. Die Strafe ist unabänderlich.«

Leon war entsetzt. Haben die Außerirdischen kein Mitleid, keine Gefühle?

Er, Flocke und Agilos wurden zu der Stelle im Raumschiff geführt, an der sie vorher in der rosabeleuchteten Kammer, die eine Art Schleuse darstellte, ankamen. Agilos ließ alles teilnahmslos über sich ergehen. Anscheinend hatte er sich mit seinem Schicksal abgefunden. Flocke schnupperte an den Beinen von Agilos und wendete sich desinteressiert ab.

Unbemerkt baute sich die rosa Lichtröhre um sie auf. Ehe sie sich darauf einstellten, schwebten sie bereits, wie im Lift, hinab auf den Alex.

Sie lagen am Boden. Flocke lief zu Leon und leckte ihm über das Gesicht.

»Flocke, lass das, aus, alles ist gut, ich lebe ja noch«, wehrte der sich.

Agilos lag gekrümmt daneben.

Die Pressevertreter schreckten auf. Die Kameras begannen zu laufen. Endlich geschah wieder etwas. War das der Jungen, der heute am Morgen vom UFO eingesogen wurde?

»Sieht danach aus und der kleine Hund ist ebenfalls dabei«, bestätigte ein Kameramann durchs Teleobjektiv schauend.

»Kannst du erkennen, was oder wer neben den beiden liegt?«, drängte sein Kollege.

»Nicht genau. Sieht aus wie ein Kind im Taucheranzug.«

»Könnte das ein Alien sein?«, erkundigte sich aufgeregt der andere.

»Warte ab, wir werden gleich mehr erfahren«, beruhigte ihn Ersterer.


Leon sah Agilos bewegungslos daliegen und erinnerte sich schlagartig an die Worte von Conbayta. Agilos würde schnell an Sauerstoffmangel sterben. Mit Sauerstoff könnte sein Leben gerettet werden, wusste er in diesem Moment und schrie den ersten Sanitätern, die über den Platz auf die drei zugelaufen kamen, zu:

»Der Kleine braucht sofort Sauerstoff, sonst stirbt er.«

Der Ersthelfer beruhigte Leon: »Haben wir immer dabei.«

Der Sanitäter schaute auf die kleine seltsame Gestalt und zögerte. Ist das etwa ein Außerirdischer? Könnte ich jetzt etwas falsch machen. Würde man mich dafür zur

Rechenschaft ziehen? Diese Gedanken zuckten kurz durch das Gehirn.

Dann drehte der Mann Agilos auf den Rücken und setzte ihm die Sauerstoffmaske auf. Sie passte nicht ganz, aber es reichte, um den Kleinen mit dem notwendigen Sauerstoff zu versorgen.

Agilos und starrte verwundert den Mann an, wobei seine Facettenaugen zu glimmen schienen.

»Warum machst du das?«, fragte er mit dieser zirpenden, quäkigen Stimme.

»Haste jehört, der redet mit mir«, rief er seinen Kollegen zu, ehe er die Frage beantwortete.

»Es ist meine Aufgabe, jeden zu helfen.«

Agilos atmete tief den lebensspendenden Sauerstoff ein und die Leuchtkraft der Augen wurde intensiver.

Der Kollege hatte inzwischen herausgefunden, dass es Leon gut ging.

»Können Sie mich nach Hause bringen?«, bat Leon.

»Das wird einen Moment warten müssen«, vertröstete dieser den Jungen.

»Die Polizei wird umgehend deine Eltern informieren, wird dir aber sicher einige Fragen stellen.«

In den nächsten Minuten wurde entschieden, Leon doch sofort nach Hause zu bringen, den Außerirdischen in die Charité zu transportieren und vorerst alle Journalisten von den beiden fernzuhalten.

## ~ 22 ~

Selten gab es in der Charité eine so große Aufregung. Sie hatten einen außerirdischen Patienten.

Die Telefonzentrale brach zusammen, die Charité war nicht mehr zu erreichen und vor dem Gelände stauten sich die Medienvertreter, die sich bisher auf den Alex konzentriert hatten. Die umliegenden Straßen wurden abgesperrt. Es gelang einigen Personen in das Gebäude einzudringen und bis fast zu der Abteilung vorzudringen, in der Agilos lag. Die Wachmannschaft wurde daraufhin durch Polizeikräfte verstärkt.

Die Welt lechzte nach Information über den Kleinen aus dem UFO.

Es war ein Glücksfall für die Charité, dass sich Agilos verständlich machen konnte. Oft mit leicht verdrehten Sätzen informierte er die Ärzte. Er berichtete, dass der Sauerstoffgehalt auf Manatura knapp vierzig Prozent beträgt. Er würde bei den einundzwanzig Prozent Sauerstoff hier auf der Erde, nicht lange überleben.

Die ersten Maßnahmen bestanden aus einer allgemeinen Untersuchung und der Sorge, wie man Agilos ernähren sollte. Sie stellten erstaunt fest, dass Agilos Blut eine wasserhelle, leicht grünlich schimmernde Flüssigkeit war. Die Versorgung mit Sauerstoff war das kleinste Problem. Die Techniker entwickelten, ähnlich einer Sauerstoffversorgung für Taucher, ein kleines tragbares Gerät mit entsprechender Maske. Agilos konnte frei sprechen, denn ein Minimikrofon übertrug das Gesagte laut und deutlich nach draußen auf einen eingebauten Lautsprecher.

Schwieriger war die Lebensmittelfrage. Agilos konnte nur berichten, dass ihre Nahrung flüssig war. Die ersten Versuche mit normalen Nährflüssigkeiten scheiterten. Kaum hatte er die Flüssignahrung geschluckt, dauerte es nur Minuten und er spuckte sie wieder aus. Auf Röntgenaufnahmen hatten sie weder einen Magen, noch einen Darm bei ihm entdecken können. Vom Mund führte ein sehr, sehr langer dünner Schlauch durch einen verdickten Teil und endete in einem Hohlraum, dort, wo bei uns der Nabel sitzt. Agilos erklärte, dass sie keine Organe zur Flüssigkeitsabscheidung hätten. Nach längerer Zeit wurde der Hohlraum am Bauch geöffnet und eine Handvoll, pulvrige Masse entfernt. Das war der Rest von der langen Flüssigkeitsaufnahme. Bei CT - Untersuchungen fanden sie im unteren Brustbereich auf jeder Seite einen Knochen, der sich rechts und links außerhalb des Körpers als faustgroße Erhebung abzeichnete. Sie entdeckten, dass anstelle der Rippen, nur zwei Schalen im Brustbereich vorhanden waren. Diese Platten waren von unzähligen feinen Kanälen durchzogen und dienten vermutlich der Sauerstoffversorgung. Die bisher festgestellten Untersuchungsergebnisse veranlassten einen der Ärzte zu dem Ausruf:

»Ich glaube, die Aliens stammen von Insekten ab.«

Ein Kollege ergänzte grinsend: »Dazu passen die Fühler auf seinem Kopf.«

Die Sorge um den Patienten, spornte alle zu Höchstleistungen an. Jeder Fehlversuch trieb ihnen den Schweiß auf die Stirn. Agilos zeigte erste Anzeichen von Erschöpfung. Er sprach weniger und hielt die Augen über lange Zeit geschlossen. Ratschläge zur Lösung des Problems trafen aus aller Welt ein. Die Flüssigkeitszusammensetzung, die ihnen vom russischen Weltraumlabor vorgeschlagen wurde, brachte rechtzeitig die Rettung. Agilos vertrug die Mischung und erholte sich allmählich. Tage waren vergangen.

Die Klinikleitung entschloss sich, um Agilos zu schonen, der Medienwelt zu erklären, dass sein gesundheitlicher Zustand so labil sei, dass äußerste Ruhe angesagt sei. Man müsse verstehen, dass das bisher einzige Lebewesen aus dem Weltraum nicht gefährdet werden dürfe. Die Menschheit hätte so viele Jahre auf dieses Ereignis gewartet. Dessen ungeachtet, bescherte der Kleine aus dem All dem Personal genügend große Aufregung, weil niemand einen Fehler machen wollte. Als die Fragen der Medienvertreter immer heftiger wurden, entschloss sich die Klinikleitung, ihnen ein Foto von Agilos zu übergeben. Damit war die Neugier der Menschen für eine Weile gestillt. So also sahen die Aliens aus. Man war entweder enttäuscht, entsetzt oder begeistert.

Fast ebenso unruhig, gestaltete sich das Leben der Familie Kotowski.

Leon war der Held der Stunde und alle Kinder wollten so einen UFO-Hund wie Flocke haben. Verrückt!
Mit den Medienvertretern vereinbarten die Eltern mehrere öffentliche Termine, bei denen Leon befragt werden durfte. Da es sich um einen Minderjährigen handelte, nahmen Vertreter vom Jugendamt daran teil, um die gesundheitliche Belastung des Jungen in Grenzen zu halten. Mit den Eltern hatte Leon abgesprochen, immer nur wenige Einzelheiten aus dem UFO zu berichten. Er musste die Erlebnisse möglichst lange über die Zeit dehnen. So beschloss er, über das angebliche Alter der Weltraumreisenden zu schweigen, weil er sich fast sicher war, sie würden es für seine Fantasie

halten. Womöglich glaubte sie danach die anderen Details ebenfalls nicht.

Am zweiten Tag nach seiner Rückkehr fiel Leon ein, dass er seinem besten Kumpel Matteo eine Nachricht schreiben wollte. Er hatte sich in sein Zimmer zurückgezogen, um für eine Weile dem Medienrummel zu entgehen. Er öffnete das Handy und … befand sich wieder im UFO. Nein, nicht körperlich, nur optisch. Die Aliengruppe schaute ihn mit starren Facettenaugen aus dem Foto an. »Hab ich glatt bei der Aufregung vergessen«, murmelte der Junge. Auf dem Bild standen die Aliens zwar etwas schräg, weil Leon, ohne groß hinzusehen, abgedrückt hatte, aber sie waren recht gut zu erkennen. Leon war sich nicht sicher, was er damit machen sollte. Er überlegte kurz und entschloss sich, zuerst Matteo zu schreiben, dass sie sich unbedingt bald treffen müssten. Matteo war zwei Jahre älter und ging auf eine andere Schule als Leon. Matteo schrieb sofort zurück und schlug ein Treffen in der nächsten Woche vor. Leon schrieb: Super, ich komme!

Plötzlich erinnerte er sich an den kleinen Außerirdischen. Wie nannte der sich doch gleich?

Agi …, Agil …, Agilos, ja, so hieß er, glaube ich. In der Charité werden sie ihn sicher so gründlich untersuchen und ausfragen. Kann mir nicht vorstellen, dass er sich dort wohlfühlt. Ob ich einfach mal hingehe, um zu sehen, wie es ihm geht?

Anschließend zeigte er der Mutter das Foto. Sie schaute mit leichtem Unbehagen auf die Alien-gruppe. Sie entschied, zuerst Papa zu fragen, wenn er von der Arbeit käme, was sie damit machen sollten. Sie war der Ansicht, dieses Foto sei besonders wertvoll, weil es zum ersten Mal das Innere eines UFOs und mehrere Aliens zeigte.

Sie meinte, es wäre in diesem Fall angebracht, das Foto vom Handy auf dem PC und zusätzlich auf einem Stick zu sichern. Leon nickte und verschwand in seinem Zimmer. Er hätte das Foto viel lieber sofort auf seinem Social-Media-Kanal gepostet. Die Mädchen würden ausrasten vor Bewunderung. Er wäre der King der Klasse, ganz sicher!

Für die Exklusivrechte an seiner Geschichte überboten sich die Medien. Der Aufenthalt Leons im UFO brachte die Möglichkeit, für die Familie, Geld zu verdienen. Sie waren jedoch vernünftig und überstürzten nichts. Das Foto, welches zwar etwas schief und sicher von keiner überragenden Qualität war, erkaufte sich das US-Magazin National Geographic für eine beachtliche Summe. Leon lieferte Einzelheiten, wie und unter welchen Umständen er das Foto aufgenommen hatte. Ein Exemplar des Magazins war später der Renner unter den Klassenkameraden.

Schulbeginn war vor einer Woche. Nach
Rücksprache mit der Schulleitung gestattete
man, aufgrund der so außergewöhnlichen
Umstände, dass Leon erst am nächsten Montag
kommen müsse.

~ 23 ~

In der Charité hatte sich die Pflege und der
Umgang mit Agilos eingespielt.
Die Sprache von Agilos war anfangs teilweise
unverständlich, weil er Worte benutzte, die
nicht im Zusammenhang mit dem Gesprochenen
standen. Er lernte erstaunlich schnell, sich die
Umgangssprache anzueignen.
Wie vorher bei Agnes Schäfer, wurde alles im
Zimmer in Bild und Ton aufgezeichnet.

An einem Abend, hatte es sich die
Nachtschwester im Aufenthaltsraum bequem
gemacht. In diesem Raum standen die
Kontrollmonitore aus dem Patientenzimmer. Es
kam oft vor, dass Agilos, unabhängig von Tag-
oder Nachtzeit vor sich hinredete. Sie hatte ihr
Handy und tippte eine Nachricht an eine
Freundin, als sie gewahr wurde, dass Agilos
immer wieder ein Wort wiederholte. Sie hörte
genauer hin und verstand anfangs nicht, was er
meinte. Das lag in diesem Moment an dieser
hohen, oft über die Hörgrenze des Menschen
hinausgehende Stimmlage. Sie legte das Handy

zur Seite und konzentrierte sich. Jetzt meinte sie das Wort *Kind* verstanden zu haben. Agilos wurde immer unruhiger und das Wort *Kind* kam immer heftiger und fordernder. Die Schwester wollte keinen Fehler machen und begab sich zu Agilos ins Zimmer. Sie kam noch rechtzeitig, um Agilos daran zu hindern, aus dem Bett zu klettern.

»Was willst du? Was meinst du mit Kind?«, fragte sie.

»Wo ist das Kind mit dem ...«, hier stoppte er und schien zu überlegen. Dann fuhr er bedächtig fort und meinte: »Dem Tier.«

Ehe sie nachfragen konnte, setzte Agilos erneut an und ergänzte: »Die bei uns im Mutterschiff waren.«

Jetzt dämmerte es der Schwester und sie ahnte, er meinte den kleinen Jungen mit dem Hund, die im UFO waren. Sie vermutete, dass Agilos den Jungen sehen wollte und fragte:

»Willst du das Kind sehen?«

»Ja, ich will das Kind und das Tier sehen«, kam es sichtlich befreit aus Agilos schmaler Mundöffnung.

»Ich werde mich darum kümmern«, versprach sie und im Hinausgehen rief ihr Agilos nach: »Es ist sehr wichtig und wir haben keine Zeit mehr.«

Sie überlegte, was er mit diesem Nachsatz gemeint haben könnte und schüttelte den Kopf. Sollten sich andere darum kümmern. Sie diktierte das Vorgefallenen und nahm sich vor, morgen sofort Doktor Dahir über das Gespräch zu informieren.

Am nächsten Tag, sie hatte Doktor Dahir von Agilos Wunsch berichtet, befragte dieser Agilos bei der Visite.

»Agilos, du willst das Kind sehen? Warum willst du ihn und den Hund sehen?«

»Er hat mich gerettet. Ohne ihn wäre ich bei dem wenigen Sauerstoff auf dem blauen Planeten bald tot gewesen.«

»Da hast du Recht, aber warum ist das denn so eilig?«

»Ich weiß etwas und das ist für den blauen Planeten wichtig.«

»So, so, für unsere Erde wichtig«, amüsierte sich Doktor Dahir. »dann werde ich zusehen, dass Leon dich besuchen kommt, aber der Hund darf hier in diesen Bereich aus hygienischen Gründen nicht rein.«

»Leon, ja Leon soll kommen«, wiederholte Agilos und es hatte den Anschein, dass er erleichtert wirkte.

Doktor Dahir beriet sich mit den Kollegen, ob sie das Risiko eingehen sollten, den Jungen zu Agilos zu zu lassen. Immerhin war das Zinmmer ein steriler Bereich und es wäre eine internationale Katastrophe, wenn Agilos etwas zustieße. Vielleicht würde ihn selbst die leichteste Erkältung, die eventuell von Leon eingechleppt würde, töten. Andererseits hatten sie mitbekommen, dass der Wusch Agilos den Jungen zu sehen, ernst gemeint war. Nach gründlicher Abwägung, beschloss man, Leon vorher sorgfältig zu untersuchen und ihn dann für eine kurze Zeit nicht in das Patientenzimmer von Agilos, sondern in einem anderen geeigneten Raum zu Agilos zu lassen.

Ein Kollege nahm Kontakt zu Leons Eltern auf und berichtete von Agilos Wunsch.
Die Eltern berieten sich nur kurz und meinten, wenn Leon es möchte, stünde dem Besuch nichts entgegen.
Als Leon von Agilos Bitte hörte, war er sofort Feuer und Flamme. Er hatte oft an den Kleinen gedacht, aber sich nicht getraut, bei der Klinik anzurufen und um Besuchserlaubnis nachzufragen. Zwei Tage danach, stand er in der großen Eingangshalle der Uniklinik und erkundigte sich nach Agilos.
Die Anmeldung wusste von nichts und telefonierte eine Zeitlang herum. Dann bestätigte die Frau von der Anmeldung, er möchte einen Moment warten. Er würde abgeholt. Mit hochgezogenen Augenbrauen wies sie auf Flocke und stellte fest:
»Der Hund bleibt hier. Er darf nicht mit nach oben. Außerdem muss er außerhalb des Hauses angebunden werden, weil selbst hier im Empfang keine Hunde sein dürfen.«

»Flocke, sei ein braver Hund«, redete Leon auf
ihn ein. »Ich verspreche dir, mich zu beeilen,
aber belle bitte nicht das ganze Haus
zusammen.«
Flocke hatte mit schiefgelegtem Kopf und
gespitzten Ohren den Worten gelauscht und
schien zu verstehen, dass er artig sein sollte.
Leon lief mit ihm nach draußen und band ihn, da
wo die Fahrräder stehen, an. Er hatte den Platz
gewählt, weil eine große Platane an dieser Stelle
Schatten spendete.
Mit einem letzten Blick auf den Hund, eilte Leon
in die Vorhalle. Eine junge Frau im weißen Kittel
näherte sich Leon und fragte:
»Bist du Leon?« Als Leon das bejahte, fuhr sie
fort:
»Na dann komm mal mit, ich bringe dich zu
Agilos.«
Mit dem Aufzug fuhren sie in die zwölfte Etage,
liefen durch endlos lange Gänge und standen
schließlich vor Agilos Besuchszimmer. Bevor er
eintreten durfte, kam ein Arzt zu Leon und
befragte ihn, ob er erkältet wäre oder an
irgendeiner Krankheit litte. Leon bestätigte, dass
er absolut gesund wäre.

Kaum war sein Herrchen außer Sichtweite,
gebärdete sich Flocke wie verrückt.
Er bellte und bellte und zerrte an der Leine. Er
war nicht zu beruhigen.

Eine übergewichtige Besucherin, deren massige Beine in erstaunlich dehnfähigen Leggings steckten, beschwerte sich, mit der Hand auf Flocke weisend, bei der Anmeldung mit den Worten:

»Is det hier een Tierheim oda een Krankenhaus.«

Die Frau von der Anmeldung zuckte nur die Schultern. Was sollte sie darauf antworten. Einige Zeit später war es auf einem Mal still vor dem Eingang, was sie aufatmend zur Kenntnis nahm.


Leon und die Schwester betraten das Zimmer und Agilos, der in einem Sessel saß, kam etwas umständlich auf die Beine. Das Sauerstoffgerät war die Ursache dafür.

Leon stand da und wusste nicht, wie er sich verhalten sollte. Doch Agilos war es, der das Schweigen unterbrach:

»Wo ist der Hund?«, klang seine leicht quäkige Stimme aus dem kleinen Lautsprecher der Kopfhaube.

»Der darf hier nicht rein«, entgegnete Leon. Die Stimme der Schwester unterbrach das sich anbahnende Gespräch mit der Frage:

»Leon, kann ich dich jetzt mit Agilos alleine lassen? Wenn du Hilfe brauchst, vielleicht, weil es Agilos schlechter gehen könnte, dann ist neben der Tür ein Rufknopf. Dann bin ich sofort da.«

»Ja, ist gut. Ich melde mich dann, wenn ich wieder gehen will.«

Kaum war die Schwester verschwunden, richtete Leon sogleich die erste Frage an den Kleinen:

»Warum sind einige von euch groß und andere, wie du, klein?«

Agilos schien im ersten Augenblick nicht auf so eine Frage gefasst zu sein. Es dauerte einen Moment, ehe er erklärte:

»Wir haben euch über Jahrhunderte beobachtet und wir wissen, dass es bei euch zwei Arten gibt. Die eine Art ist weiblich und die andere ist männlich.«

»Und bei euch?«, unterbricht Leon gespannt.

»Ja, die gibt es auch bei uns. Du hast sie gesehen. Die Großen im Raumschiff sind bei uns die Weiblichen und die Kleinen, wie ich, sind die Männlichen.«

»Dann ist Conbayta eine Frau und nicht ein Mann, oder?«, wollte er wissen.

»Ja, so ist es.«, bestätigte der Außerirdische. Leon dachte kurz nach und fragte weiter: »Ich hatte den Eindruck, dass die Weiblichen sagen, was gemacht wird und die Kleinen es ohne Widerrede tun.«

»Selbstverständlich, das ist seit Jahrtausenden bei uns so. Die Weiblichen regieren den Staat und wir, die Männlichen, habe zu gehorchen.«

157

Leon schloss die Augen und kramte in seinem Gedächtnis nach einem Wort, welches er im Unterricht gehört hatte. Dann platzte es aus ihm heraus:

»Dann herrscht bei euch das Matriarchat, also haben die Frauen die Macht im Staat. Das heißt, die Männer haben nicht zu sagen.«

»Ja, so ist das schon immer gewesen und bisher hat es funktioniert.«

Jetzt fiel Leon eine Frage ein und ehe er sich versah, stieg ihm die Röte ins Gesicht, weil er sich für seine nächste Frage ein wenig schämte.

»Waren deine Eltern lange zusammen, ehe du auf die Welt gekommen bist? Hast du Geschwister? Wie war das, als ihr klein wart? Habt ihr zusammen gespielt und seid ihr auf eine Schule gegangen?«

Die Fragen verwirrten Agilos sichtlich. Es dauerte. Es zuckte um seine Mundöffnung herum und dann versuchte der Kleine, die Fragen zu beantworten:

»Leon, wir wissen, wie bei euch die Kinder entstehen. Bei uns ist das ganz anders.

Es ist schwer, das zu erklären. Bei uns gibt es nicht eine weibliche Person und eine männliche Person, die zusammenbleiben. Bei uns gibt es eine Stelle, in der bei Bedarf festgelegt wird, wie viele Frauen oder Männer gebraucht werden. Im Staat gibt es ein großes Haus, wo für diesen Zweck von den speziell herangezüchteten großen Weiblichen einige ausgesucht werden.

Soweit ich weiß, werden ihnen kleine Teile von besonders kräftigen Männchen eingepflanzt. Daraus entstehen viele Neue von uns in den Weibchen. Diese werden entnommen und im Labor weitergezüchtet. Je nachdem, ob man weibliche Personen braucht, oder männliche Personen, wird die Zucht entsprechend gesteuert. Die Neuen werden dann in einem anderen Haus weiter aufgezogen, bis sie alt genug sind, sich selber zu versorgen.«

Leon dachte, er hätte sich verhört. In seinem Kopf schoss das Wort Tierzucht hindurch.

Ehe er weitere Fragen stellen konnte, berichtete Agilos weiter.

»Wir, die Männlichen werden für körperliche Arbeiten gezüchtet. Die Weiblichen sind für alles andere verantwortlich.«

»Und warum wehrt ihr euch denn nicht. Vielleicht gibt es bei euch einige, die klug sind und mehr Verantwortung haben wollen.«

»Ich weiß, was du meinst«, nickte Agilos, »aber alle, die es versucht hatten, wurden sofort getötet.«

»Wie, getötet?«

»Zuerst werden sie in einer unterirdischen Höhle eingesperrt, bis eine genügende Anzahl von ihnen zusammengekommen ist. Dann steckt man sie in eine Kapsel und schießt sie in den Weltraum. Es dauerte oft nur ein paar Stunden, dann ist der Sauerstoff alle.«

Leon grauste es, als er das hörte. Hatten diese Wesen denn keine Gefühle? Leon fällt der Zwischenfall mit Flocke ein und Agilos erlärt: »Von Anfang an, dürfen nur die weiblichen Mitglieder von uns Waffen tragen. Wir sind bisher nicht auf den Gedanken gekommen, dass das falsch ist. Sie würden die Waffen brauchen, um uns vor Feinden zu beschützen. Hast du bemerkt, wo sie die Waffe tragen? Sie tragen sie in ihrer Bauchtasche, die sie blitzschnell öffnen können. Übrigens hast du Glück gehabt. Wäre der Energiestrahl rot gewesen, wäre dein Hund jetzt tot.«

Leon bemerkte, dass Agilos schwer atmete. Das Reden hatte ihn angestrengt.

»Ich habe dir das alles nur erzählt, weil du mir das Leben gerettet hast. Bitte behalte es für dich. Jetzt muss ich mich hinlegen. Wenn du möchtest, so kannst du mich besuchen, wann immer es bei dir geht«, flüsterte Agilos und strebte zum Ausgang des Zimmers. Er wollte wieder in sein Bett.

»Oh ja, ich habe viele Fragen,« antwortete Leon.

Agilos drehte den Kopf zu seinem Besucher und fragte:

»Was ist mit unserem Raumschiff? Habt ihr Kontakt mit meinen Wesen?«

Das Wort *Raumschiff* hatte er erst kürzlich bei einem Gespräch mit Doktor Dahir gelernt.

»Nein, bisher hat sich niemand von euch gezeigt.
Die Welt wartet darauf, Kontakt mit der
Besatzung zu bekommen.«
Der Kleine drehte den Kopf wieder auf die
andere Seite und Leon verstand das als Zeichen,
zu gehen.
»Tschüs Agilos«, rief er und drückte auf den
Knopf neben der Tür. Die Schwester war sofort
zur Stelle und der Junge verabschiedete sich.
Von dem Gehörten völlig durcheinander, fuhr er
nach unten und trat ins Freie.
Ein Schock traf ihn. Dort, wo er den Hund
angebunden hatte, war kein Flocke mehr.

## ~ 24 ~

Fassungslos starrte Leon auf die Stelle, wo er
Flocke angebunden hatte.
Augenblicklich schossen ihm Tränen in die
Augen. Mein Flocke, geklaut!
Er rannte zurück ins Haus zur Anmeldung:
»Entschuldigung«, stammelte Leon schluchzend,
»haben Sie vielleicht gesehen, wer meinen Hund
mitgenommen hat?«
»Tut mir leid, mein Junge. Von meinem Platz aus
konnte ich deinen Hund nicht sehen, nur hören«,
bedauerte die Frau. »Er hat ja fast die ganze Zeit
Lärm gemacht, aber etwa vor einer Stunde, war
es plötzlich still. Das war sicher der Zeitpunkt,
wo ihn jemand mitgenommen hat.«

Leon stand da und tupfte sich mit einem Taschentuch die Augen trocken. Die Stimme der Frau riss ihn aus seinem Grübeln:

»Weiß du«, begann sie, »mir fällt ein, dass der Eingangsbereich videoüberwacht wird.

Ich habe einen guten Draht zu den Kollegen von der Haustechnik. Vielleicht lassen sie dich in den Überwachungsraum und du schaust dir die Aufzeichnungen an.«

Auf Leons Gesicht breitete sich ein hoffnungsvolles leichtes Lächeln aus.

»Oh, wenn das ginge, würde ich mich freuen.«

Die Frau telefonierte und meinte dann:

»Du hast Glück, mein Kollege, er hat auch einen Hund, wird dich abholen und dann schaut ihr euch das Bildmaterial an.«

»Vielen Dank,« erwiderte Leon und wartete auf den Mann.

Es dauerte nur ein paar Minuten, da näherte sich ein kleiner, dicker Mann mit Glatze und steuerte direkt auf Leon zu.

»Du bist sicher der Junge, dem man den Hund geklaut hat«, vermutete er.

»Ja, das ist richtig«, bestätigte Leon.

»Na dann komm mal mit«, forderte der Dicke Leon auf und lief los. Unterwegs meinte er:

»Ich mag mir nicht vorstellen, wenn jemand mir meine Peggy wegnehmen würde. Meine Frau und ich würden durchdrehen, zumal wir Peggy schon über zwölf Jahre haben.«

Im Überwachungsraum angekommen, suchte er, nach Angaben der Frau von der Anmeldung, den Zeitraum heraus, an dem die Tat vermutlich geschehen war.

Gespannt und sichtlich nervös, schaute Leon auf den Monitor.

Alle Personen verließen das Gebäude, ohne sich in Richtung zu den Bäumen zu wenden.

Wieder öffnete sich die Aufzugstür und vier Jungen etwa im Alter von Leon, verließen die Kabine und eilten zum Ausgang. Sie blieben vor der Tür stehen und einer von ihnen wies in Richtung des Baumes, wo Flocke angebunden war. Sie schienen, so wie man es aus ihren Gesten entnehmen konnte, zu diskutieren. Der Größte von ihnen, anscheinend ihr Wortführer, winkte wegwerfend mit der Hand und lief zum Hund.

Leon stierte auf das Bild und brachte keinen Ton heraus.

»Jetzt bin ich aber gespannt, wie es weitergeht«, murmelte Leons Nebenmann.

Leon glaubte, seinen Augen nicht zu trauen. Der Junge beugte sich zu Flocke, sprach mit ihm und löste dann, wie selbstverständlich, die Hundeleine. Flocke wedelte mit dem Schwanz. Der Große zog an der Leine und Flocke lief brav neben dem Dieb her, als würde er ihn kennen.

»Das kann doch nicht wahr sein?«, stöhnte Leon. »Mein Flocke geht freiwillig mit einem Fremden mit!«

Leon riss sich zusammen und schaute angespannt und prüfend auf die Jungen.

Von seiner Schule waren sie nicht. Er hatte den Eindruck, den Großen irgendwo schon gesehen zu haben.

»Ich hab´ne Idee«, rief der Dicke aus. »Die Jungs werden sicher einen Klassenkameraden besucht haben, kann ich mir vorstellen. Wir gehen jetzt einfach zur Kinderabteilung und fragen uns durch, wen die vier Jungen besucht haben. Dann erfahren wir wie sie heißen und von welcher Schule sie sind.«

»Das ist eine Superidee«, freute sich Leon und ein erleichtertes Lächeln begleitete seine Worte. In der dritten Etage standen sie bald darauf im Schwesternzimmer und erkundigten sich nach dem Patienten, den die Jungen besucht hatten. Den Grund für ihren Besuch nannten sie nicht.

»Sie haben Peter Persson besucht. Er liegt in Zimmer dreihundertzehn«, informierte sie die Schwester und ergänzte:

»Der Besuch seiner Klassenkameraden hat ihn angestrengt, er ist etwas schwach. Halten sie ihre Anwesenheit möglichst kurz.«

»Keine Sorge, das wird nicht lange dauern«, versprach der Haustechniker und beide verließen den Raum.

In Zimmer dreihundertzehn lagen drei Jungen. Spontan erkundigte sich Leon:

»Wer von euch ist Peter Persson?«

Ein schwaches »Ich«, kam aus dem Bett am Fenster.

Leon war nicht mehr zu halten:

»Mein Name ist Leon und ich habe nur eine Frage. Von welcher Schule bist du?«

»Wieso willst du das wissen«, kam es abwehrend von Persson.

Leon überlegte, ob er den wahren Grund des Besuchs nennen sollte oder nicht und entschied sich, alles zu sagen.

»Wir haben gesehen«, bei diesen Worten zeigte er auf seinen dicken Begleiter, »wie der große Junge meinen Hund Flocke geklaut hat. Ich will wissen, wie er heißt und wo er wohnt.«

»Das kann nicht sein«, glaubte, Persson widersprechen zu müssen.

»Doch ist aber so. Wenn du mir den Namen und die Anschrift gibst, werde ich ihm die Chance einräumen, mir den Hund zurückzugeben. Sollte er sich weigern, würde ich es der Polizei melden.«

»Nee, mach das bitte nicht. Der Harry, hat schon genug Stress zu Hause. Ich bin sicher, er wird dir den Hund sofort herausgeben. Er wohnt in der Crellestraße drei in Schöneberg. Sein Nachname ist Krause.«

»Danke und ich wünsche dir, dass du bald hier rauskommst«, grinste Leon. Die Möglichkeit, bald wieder Flocke in die Arme schließen zu können, verlieh ihm neuen Auftrieb.

Unten in der Halle verabschiedete sich Leon herzlich von dem hilfsbereiten Haustechniker und beeilte sich, nach Hause zu kommen. Seine Mutter wollte unbedingt zu dem Hundedieb mitkommen, aber Leon wehrte ab, dass sähe zu einschüchternd aus. Sollte er keinen Erfolg haben, könnten er immer noch mit den Eltern anrücken.

Nach diesem Gespräch eilte er die Treppen zur U-Bahn hinunter und fuhr bis zur Station Kleistpark. Kurz danach stand er vor dem Haus, einem in den fünfziger Jahren renovierten Altbau, in dem der Junge wohnen sollte. Leon klingelte. Das Ergebnis ließ ihn zusammenzucken und fast hätte er wieder angefangen zu weinen, aber nun aus Freude. Ein aufgeregtes Bellen war die Antwort. Ja, hurra, das war sein Hund Flocke, der da lärmte.

Der Türöffner summte und Leon trat in das düstere Treppenhaus. Von weiter oben rief eine Frauenstimme:

»Wer is´n da?«

»Mein Name ist Leon Kotowski und ich möchte gerne Harry sprechen.«

»Der is nicht da. Komm aba liba ruff, im Treppenhaus unterhält et sich nich so jut.«

Peter stieg hoch bis zum dritten Stock. Vor der Wohnung empfing ihn eine klapperdürre, hochaufgeschossene Frau im geblümten Sommerkleid.

»Worum jeht et denn, wenn ick fragen darf?«

Flocke, der in einem der Zimmer eingesperrt war, hatte Leons Stimme erkannt und gebärdete sich wie verrückt.

»Hör uff zu randalieren, du verdammter Köter«, schrie die Magere mit heiserer Stimme. Leon zuckte zusammen. Doch ihre Worte blieben ohne Wirkung.

»Entschuldigung«, wagte sich Leon bemerkbar zu machen. »Der da bellt, ist mein Hund und ich hätte ihn gerne wiedergehabt.«

»Ick versteh imma Bahnhof«, wunderte sich sein Gegenüber. »Harry hat jesacht, er hat ihn jeschenkt bekommen. Selbst für jeschenkt, ham wir keene Verwendung für so´n Vieh. Der Junge macht nur Unsinn und seine Abreibung hatta schon bekommen«, grinste die Mutter von Harry und zeigte eine Reihe wenig gepflegter Zähne.

»Ick bin echt froh, dass ick den Hund wieda los bin.« Sprachs, ging zu der Zimmertür weiter hinten und öffnete sie.

Ein weißer Blitz sauste durch den Korridor und sprang Leon in die Arme. Flockes Zunge wischte nass über Leons Gesicht, ehe er ihn wieder auf den Boden setzte.

»Ja, ist ja gut«, beruhigte er ihn und streichelte seinen Hund ohne Unterlass.

»Wie ick sehe, scheint es wirklich dein Hund zu sein«, lachte die Frau aus vollem Hals und setzte hinzu:

»Jeht in Ordnung. Verschwindet ihr beeden. Du pass demnächst besser auf den Kläffer auf und dem Harry werde ick noch een paar Takte erzählen.«

Leon bedankte sich und stürmte mit Flocke die Treppe hinunter. Vor der Haustür nahm er Flocke an die Leine und schimpfte ein wenig mit ihm, weil er mit dem fremden Jungen mitgegangen war. Flocke legte den Kopf etwas schräg und schaute mit seinen braunen Hundeaugen aufmerksam sein Herrchen an. Am Tonfall merkte er sofort, dass er etwas falsch gemacht hatte. Er wedelte artig mit dem Schwanz und leckte über Leon Hand, als er ihn streichelte.

Leon lächelte erleichtert über den glücklichen Ausgang der Geschichte und sie begaben sich, einträchtig nebeneinander herlaufend, auf den Rückweg.

~ 25 ~

In der Charité sorgten sich die Mediziner um Agilos. Seit einigen Tagen nahm er weniger Nahrung zu sich. Stundenweise lag er apathisch da und war nicht ansprechbar. Er verließ das Bett nur kurzzeitig, stand oft am Fenster und schaute in Richtung zum Alex.

Auf Nachfragen reagierte er nicht. Man beobachtete ihn genauer.

Die allgemeine Kontaktsperre zu den Medienvertretern war weiter in Kraft. Die internationale Presse und insbesondere

Forschungseinrichtungen aus aller Welt drangen darauf, mit Agilos sprechen zu dürfen, oder ihn zu untersuchen. In seinem jetzigen Zustand war das auf keinen Fall vertretbar.

Es war an einem Dienstagmorgen, als etwas Unerklärliches geschah.

Zur Visite hatten Doktor Djamal Dahir, ein Kollege, eine Medizinstudentin im Praktischen Jahr und eine Krankenschwester das Zimmer betreten. Agilos war nicht im Bett, sondern stand, wie so oft, am Fenster und schaute in Richtung zum Raumschiff.

Da sich zwischen Doktor Dahir und Agilos im Laufe der Zeit ein vertrauensvolles Verhältnis entwickelt hat, sprach dieser Agilos an.

»Guten Tag Agilos, du schaust so oft aus dem Fenster zum Raumschiff hinüber. Möchtest du wieder dorthin zurück?«

»Nein, das will ich nicht mehr. Du weißt, sie wollten mich töten.«

»Vielleicht haben sie ihre Meinung geändert«, versucht Dahir das Gespräch in Gang zu halten. Ohne Vorwarnung schlug Agilos mit seinen kleinen Fäusten gegen die Fensterscheibe und begann laut zu zirpen. Das Geräusch war durchdringend und unangenehm. Durch die im Helm eingebauten Lautsprecher klang das Geräusch noch verzerrter. Dann schlug er sogar mit dem Kopf an die Scheibe. Der Assistenzarzt sprang hinzu und wollte Agilos vom Fenster wegziehen. Er taumelte zurück und rief entsetzt:

»Ich habe einen elektrischen Schlag bekommen.«

Ehe sie begriffen, was vor sich ging, begann die Außenhaut von Agilos zu fluoreszieren. Regenbogenfarbige Lichtreflexe huschten über den Körper. Erschrocken traten sie zurück. Sie verstanden nicht, was da geschah.

»Bitte nicht eingreifen«, ordnete Dahir an. »Wir warten, wie es weitergeht«.

Agilos griff sich immer wieder an den Kopf, als hätte er große Schmerzen. Sie sahen das mit wachsender Besorgnis. Über die Fensterscheibe flackerten jetzt ebenfalls goldfarbene Lichtstreifen. Sie waren sich sicher, Agilos hatte Kontakt mit dem Raumschiff aufgenommen. Sie hofften, dass die telepathische Übertragung keine gesundheitlichen Schäden bei ihrem Patienten hervorrufen würde. Die Studentin flüsterte dem Assistenzarzt zu:

»Stellen Sie sich unsere Situation vor, wenn der bisher einzige Alien in der Charité zu Schaden kommt.«

Das will ich mir lieber nicht vorstellen«, flüsterte dieser zurück.

Die hektischen Bewegungen von Agilos wurden weniger. Das Leuchten auf seiner Körperoberfläche wurde schwächer. Dann brach er zusammen.

Doktor Dahir und die Krankenschwester sprangen hinzu und hoben den kleinen, schmächtigen Körper ins Bett. Agilos atmete schwer unter seiner Sauerstoffmaske. Deutlich hörte sie ihn aus den Lautsprechern röcheln. Ratlos standen sie um das Bett herum. Nach einigen Minuten wurde der Atem von Agilos gleichmäßiger. Sie zuckten zusammen, als sie seine Stimme hören:

»Ich will etwas sagen.«

»Ja, wir hören«, forderte der Assistenzarzt Agilos auf.

»Nein, ich will es nur dem Jungen sagen«, erwiderte der Alien.

»Meinst du den Jungen mit dem Hund?«, erkundigte sich Doktor Dahir.

»Ja, nur den Leon will ich sehen«, darauf beharrte Agilos.

»Ist das sehr wichtig?«, wollte der Assistenzarzt wissen.

»Die Menschen werden alle sterben«, hörten sie voller Entsetzen.

»Warum werden die Menschen sterben?«, fragte Doktor Dahir.

»Das darf ich nur dem Jungen erzählen«, wich Agilos aus, drehte den Kopf zur Seite und schloss die Augen. Ein Zeichen, dass er nicht mehr gewillt war, zu reden.

»Ich bin mir zwar nicht sicher, wie wichtig ich seine Aussage nehmen soll, aber wir dürfen nichts unversucht lassen, um mehr zu erfahren. Der Assistenzarzt erklärte sich bereit, Leon zu informieren, dass ihn Agilos dringend sehen will.

Er rief am selben Tag bei Leons Eltern an und erklärte den Wunsch von Agilos, Leon sprechen zu wollen.

Nach kurzem Zögern, weil sie sich nicht sicher waren, ob Leon etwas zustoßen könnte, willigten sie ein. Sie vereinbarten, dass ihr Sohn am nächsten Tag, nach der Schule, so um sechzehn Uhr, Agilos besuchen käme.

Immerhin hatten sie sich unterhalten und kannten sich ein wenig. Pünktlich um sechzehn Uhr stand er mit Doktor Dahir vor dem Krankenzimmer. Sie gingen hinein und Agilos wies sofort auf Dahir und quäkte:

»Nur der Leon.«

Doktor Dahir nickte und verließ den Raum. Leon war sichtlich erfreut, den Kleinen zu sehen.

Vorher hatte er Leon eingeschärft, sollte irgend etwas Ungewöhnliches geschehen, sollte Leon sofort das Zimmer verlassen und ihn informieren. Er würde im Aufenthaltsraum der Schwestern warten.

Agilos rückte im Bett etwas zur Seite, sodass sich Leon neben ihn setzen konnte. Als Leon laut fragte:

»Du willst mir etwas erzählen?«, zeigte Agilos auf die Monitore und die Mikrofone, die ihn überwachten, beugte sich zu dem Jungen und flüsterte.

»Sie hören alles. Wir müssen leise sprechen«

»Ist das so wichtig, was du mir erzählen willst?«,
flüsterte Leon ebenso leise zurück.

»Ja, das ist es. Ich habe gestern mit Conbayta
gesprochen und sie hat gedroht, mich zu töten,
wenn ich nur die kleinste Andeutung über ihre
Pläne über das weitere Schicksal der Menschen
berichten würde. Ich werde es dir jetzt trotzdem
erzählen, obgleich es für mich den Tod bedeutet.
Da ich aber von Conbayta zum Ersticken aus
dem Raumschiff geworfen wurde, ist das nicht
mehr so wichtig für mich. Ich habe nichts mehr
zu verlieren. Wir von Manatura, werden in
einigen hundert Jahren unseren Planeten
verlassen müssen. Der Grund ist, dass unsere,
immer heißer werdende, Sonne die Pflanzen
vertrocknen lässt und dadurch der
Sauerstoffgehalt immer geringer wird. Deshalb
suchen unsere Raumschiffe, ihr nennt sie UFOs,
seit Tausenden von Jahren nach einem
Erdsatzplaneten. Die Erde bietet sich bisher
dafür am besten an.«

»Wenn ihr nicht so viele seid, dann könnten wir
doch hier zusammen leben?«,
warf Leon recht naiv ein. Etwas, das wie ein
Kichern klang, kam aus Agilos Lautsprecher.

»Nein, so einfach ist das nicht. Wie du bei mir
siehst, brauchen wir einen höheren
Sauerstoffgehalt in der Luft als ihr zum Leben.
Auf Manatura beträgt der Sauerstoffgehalt fast
vierzig Prozent, so weit ich weiß. Wenn wir hier
leben müssen, wollen wir doch ohne

Sauerstoffmasken auskommen. Ich kann dir nur so viel verraten, wie ich zufällig von den Großen, also unseren weiblichen Führerinnen, gehört habe. Ihnen ist das Problem bewusst und sie haben einen Plan, wie sie den Sauerstoffgehalt der Erde wieder, wie er vor Millionen von Jahren war, auf etwa vierzig Prozent steigern können. Ihr Plan sieht vor, dass die Menschen vorher auszurotten sind.

Mehr kann ich dir dazu nicht sagen.«

Agilos schwieg erschöpft und sank zurück in das Kopfkissen.

Leon glaubte, sich verhört zu haben. Kamen die Aliens nicht in friedlicher Absicht? Wollten Sie nur Informationen sammeln? Waren sie eine Gefahr für die Weltbevölkerung? Es schwindelte Leon im Kopf. Er überlegte, was er tun sollte. Erzählte er es seinen Eltern, so war er sich sicher, würden sie es nicht glauben. Bei den Ärzten, seinem Lehrer, seinen Freunden, überall würde er auf Kopfschütteln und mitleidiges Grinsen stoßen. Niemand nähme die Warnung ernst. Da war er sich sicher. Die Information, nein die Warnung von Agilos konnte und wollte er jedoch nicht auf sich beruhen lassen.

Irgendjemanden, der ihn nicht auslachte, musste er die Sache erzählen.

»Danke, Agilos, dass du mir das erzählt hast«, wandte er sich nach einer Weile an den kleinen Freund. »Ich werde darüber nachdenken und wenn du möchtest, dann komme ich gerne wieder.«

Agilos schien geschwächt, nickte nur und flüsterte:

»Ja, ich werde dich wieder rufen.« Er schloss die Augen und Leon schlich leise aus dem Zimmer. Den Ärzten, die im Schwesternzimmer gewartet hatten, erzählte er nichts von dem brisanten Gesprächsinhalt. Selbst als Doktor Dahir nachfragte, was Agilos mit dem Satz, dass die Menschen sterben werden, gemeint hatte, schwieg Leon. Er bedankte sich, dass er kommen durfte und verließ das Gebäude.

## ~ 26 ~

Tim und Jane hatten sich die Jacken übergezogen und waren im Begriff, zum Alex, beziehungsweise bis in dessen Nähe zu fahren. Sie hofften, auf Informationen zu stoßen, die sie, nach der Pleite, die sie mit ihrem UFO - Radarbericht erlitten hatten, für einen neuen Artikel verwenden könnten.

Noch auf der Fahrt stieß Jane Tim an, sodass er zusammenzuckte.

»Erschrick mich nicht so«, kam seine Reaktion.

»Fahr bitte rechts ran, ich habe eine Idee«, befahl Jane mit einem Lächeln.

»Bin gespannt«, antwortetet Tim und tat wie geheißen. »Ich hoffe, du stellst mir deine Idee möglichst kurzgefasst vor, denn wir stehen im Parkverbot.«

»Du erinnerst dich sicher an den kleinen Jungen, der neulich mit seinem Hund unfreiwillig im UFO war«, begann Jane.

»Ja, ich erinnere mich.«

»Was hälst du davon, wenn wir ihn ein wenig befragen. Ich weiß, dass er untersagt bekommen hat, Interviews zu geben, aber versuchen sollten wir es. Die Eltern halten es für wichtiger, dass er zurzeit lieber ordentlich in der Schule lernen soll. Ich habe mir überlegt, wie wir Leon, dazu bringen könnten, uns ein Interview zu geben.«

»Wie willst du die Eltern und Leon überreden, frage ich mich«, zweifelte Tim den Vorschlag an.

»Immerhin hast du einen erfolgreichen Artikel über UFOs geschrieben. Nicht direkt über sie, aber über die Möglichkeit, sie jetzt mit dem verbesserten Radar sichtbar zu machen. Das bringt uns sicher Vorteile gegenüber anderen Journalisten. Wenn es uns gelingt, mit Leon zu sprechen, so solltest du geschickt das Gespräch auf seinen Hund bringen. Du könntes sagen, du möchtes mehr darüber erfahren, wie der Hund, ich glaube er heißt Flocke, die Betäubung im Raumschiff überstanden hat und ob er sich dadurch verändert hat. Leon wird sicher auf das Thema eingehen, denn, wie die Presse geschrieben hat, ist Flocke sein Ein und Alles.«

»Ganz schön listig, liebe Jane«, lacht Tim, »aber das könnte ein möglicher Weg sein, um an

Information über das Innere des Raumschiffs heranzukommen, über die Leon bisher nicht berichtet hat.«

»Dann lass uns umgehend Kontakt mit den Eltern aufnehmen. Sie müssen wir zuerst überzeugen.«

Sie brachen ihre Fahrt zum Alex ab und fuhren nach Hause.

Die Adresse von Leons Eltern stand so oft im Internet, dass sie sie sofort fanden.

Jane meinte, es könnte mehr Eindruck machen, wenn sie anriefe und um ein Interview mit Leon für Herrn Hansen nachsuchen würde. Herr Tim Hansen, der bekannte und erfolgreiche Journalist, hätte nur eine oder zwei kurze Fragen zum Raumschiff. Sagte man zu, so würde sie Herrn Hansen darüber informieren und er riefe möglichst umgehend zurück.

»Du machst das ganz schön spannend mit mir«, amüsierte sich Tim.

»Ein bisschen dick auftragen, hat noch nie geschadet«, meinte Jane.

Am Nachmittag rief Jane bei den Kotowskis an. Leons Mutter war am Apparat und schien wenig erbaut zu sein, dass Leon von seinen schulischen Aufgaben abgehalten werden sollte.

Jane zog alle Register. Leon Mutter unterbrach kurz und sprach mit ihrem Mann, was er dazu meinte. Sie kam zum Telefon zurück und war mit einem kurzen Interview einverstanden. Sie schlug ein Treffen in ihrer Wohnung am kommenden Sonntag um zehn Uhr vor.

Jane sagte nicht sogleich zu, sondern erwiderte, sie würde den Terminvorschlag Herrn Hansen unterbreiten.

Tim hatte zugehört und Jane über ihre Vorgehensweise bewundert.

»Du wartest jetzt zwei Stunden und rufst dann selber an, um den Termin zu bestätigen«, schlug sie vor.

»Zu Befehl, meine Dame, wie könnte ich mich weigern, ihrer Anordnung zu widersetzen«, antwortete Tim und schüttelte lachend den Kopf.

Zwei Stunden später, Tim hatte angerufen und kurz erklärt, worüber er mit Leon sprechen möchte, war der Termin perfekt.

Am Sonntag standen Tim und Jane vor der Tür und Tim stellte Jane als seine Mitarbeiterin vor. Jane grinste verstohlen. Nach einer kurzen Begrüßung, saßen sie mit Leon im Wohnzimmer. Flocke musste erst beruhigt werden und lag danach brav neben dem Stuhl von Leon. Die Eltern hatten sich kurz mit den beiden unterhalten und ließen sie jetzt mit Leon allein. Nach einer Weile, in der Tim allgemeine Fragen zu Leon, der Schule, zu Flocke und zu Agilos gestellt hatte, wollte er mehr Details aus dem UFO erfahren.

»Du hast berichtet, dass es zwei verschieden
große Wesen gibt. Weißt du, warum sie so
unterschiedlich groß sind?«

Leon berichtete von seinem Gespräch mit Agilos
im Krankenhaus und dass die Großen die Frauen
sind und die Kleinen die Männer. Er ergänzte,
stolz über sein Wissen, die Frauen hätten das
Sagen auf dem Planeten Manatura und das wäre
ein Matriarchat. Tim lobte ihn.

»Sind dir am Körper der Aliens irgend welche
Besonderheiten aufgefallen«, wollte Tim wissen.

Leon überlegte minutenlang und meinte dann:
»Vielleicht irre ich mich, aber in der Mitte ihrer
Körper sind so faustgroße Knubbel und sie
haben keine Lider, um die Augen zu schließen.
Ehe ich wieder aus dem Raumschiff zur Erde
geschickt wurde, ist einer der Kleinen gestolpert
und umgefallen. Er ist nicht gleich aufgestanden,
sondern auf allen vieren über den Boden
gelaufen. Sah fast wie ein Käfer aus. Agilos hat so
nebenbei erwähnt, dass sein Volk überwiegend
unter der Erde lebt. Da gäbe es unendlich lange
Tunnelanlagen und richtig große Städte.«

Tim war fasziniert und bat, Leon um weitere
Einzelheiten. Leon fand die beiden Journalisten
nett und freute sich, ihnen noch mehr berichten
zu können. So erzählte er von der Art der
Fortpflanzung und nebenbei, dass Agilos
erwähnt hatte, die Menschen wären durch sie,
die Aliens, in Lebensgefahr. Jane und Tim

horchten auf. Drohte etwa Gefahr von den Außerirdischen?

»Hat Agilos erwähnt, was er damit meinte, die Menschen wären in Gefahr?«

»Ich habe nicht alles verstanden, aber es ging um den Sauerstoffgehalt auf ihren Planeten, der immer weniger wird. Ihre Sonne soll daran schuld sein.«

»Leon, hast du über den letzten Punkt, mit der eventuell drohenden Gefahr, bereits mit anderen Journalisten gesprochen?«, mischte sich Jane ein.

»Nein, nach meinem letzten Besuch bei Agilos habe ich niemand etwas davon erzählt, nicht einmal meiner Mutter. Sie hat nicht mal nachgefragt und nur gesagt, dass ich alles für mich behalten sollte.«

Tim hatte das Gespür, hinter Leons Andeutung, über die Gefahr für die Menschheit, steckte eventuell eine höchst brisante Geschichte. Wie sich später herausstellte, hatte ihn seine Ahnung nicht getrogen, aber die entsetzliche Wahrheit, die sich dahinter verbarg, kam erst stückchenweise ans Licht. Tim musste sich unbedingt, sozusagen, die Exklusivrechte an dieser Story sichern und wandte sich an Leon:

»Wie du weißt, bin ich Wissenschaftsjournalist und recherchiere erst alles sorgfältig. Aus diesem Grund, würde ich mich freuen, wenn du und ich mehr über die angebliche Gefahr erfahren sollten. Es könnte vielleicht eine Panik unter den Menschen geben, wenn andere Kollegen leichtfertig über eine drohende Gefahr für die Weltbevölkerung berichteten. Siehst du das ein?«

Leon überlegte eine Weile und versicherte Tim, er würde ihn zuerst informieren, wenn er mehr von Agilos erführe. Tim und Jane sahen sich an und waren erleichtert.

Ehe sie gingen, brachte Tim die Sprache auf Leons Hund und wollte wissen:

»Du hast damals erzählt, man hätte Flocke mit einem Lichtstrahl betäubt und mit einem andersfarbigen Lichtstrahl wieder aufgeweckt. Hat sich Flocke dadurch verändert?«

»Nein, vielleicht nur, dass er im Moment nicht mehr dazu zu bewegen ist, auf den Alex zu laufen. Sobald er das UFO sieht, beginnt er zu zittern und versteckt sich hinter mich.«

»Das würde mir genauso so gehen«, lachte Tim. Jane hatte sich während des Interviews mit Flocke befasst, ihn gestreichelt und mit ihm gesprochen. Könnte ja nicht schaden, sich mit dem Hund anzufreunden, dachte sie.

Sie verabschiedeten sich und Tim erklärte Leons Mutter, sie würden von ihm ein Teil des Honorars erhalten, falls sein Artikel gedruckt würde. Einschränkend fügte er hinzu, dass er aber noch nicht alle Fakten kenne und es sicher eine Weile dauere, bis es soweit wäre.

Flocke bekam eine letzte Streicheleinheit und dann gingen Tim und Jane, zufrieden mit dem Gespräch, die Treppe hinunter zum Wagen.

## ~ 27 ~

Das UFO parkte bereits mehrere Monate am Alex.
An die Sperrungen der umliegenden Straßen hatten sich die Berliner gewöhnt. So, wie sie von der einstigen Mauer nach einer Weile kaum noch Notiz genommen hatten. In den umliegenden Häusern, besonders in den Büroetagen, wurde, sofern die Zugänge vom Alex aus zu erreichen waren, wieder gearbeitet. Die Weltzeituhr zeigte unerschütterlich die Zeit an und die öffentlichen Verkehrsmittel hielten wieder am Alex. Nur die Zugänge, die direkt zum Platz führten, blieben verschlossen. Eines war jedoch auffällig – keine Taube war auf den Platz zurückgekehrt.

Der anfänglichen Verwirrung beim Senat und bei den Sicherheitskräften, hatte einer apathischen Ratlosigkeit Platz gemacht. Die damaligen, hitzigen Diskussionen, wie man mit dem Raumschiff umgehen sollte, hatten zu keiner umsetzbaren Lösung geführt. Schlussendlich beschloss man, abzuwarten, um keine Fehler zu begehen.

Ganz anders schaute die Welt auf das UFO.
Die Neugier der Wissenschaftler, die
Sensationslust der Menschen und ganz
besonders die umsatzhungrigen Medien
lauerten auf Neuigkeiten.

Wielange wollten man tatenlos in Berlin dem
stillen Koloss zusehen? Warum versuchten sie
nicht, Kontakt aufzunehmen? Wieso erhielt man
keine Auskünfte über den einzigen Alien, der in
der Charité lag?

Diese und ähnliche Fragen beantworteten die
Berliner Behörden mit dem Hinweis, man hätte
einen Ausschuss ins Leben gerufen, der zurzeit
etwaige Lösungen und Maßnahmen sorgfältig
prüfen würde. Kurzgesagt, man wusste nicht
weiter.

Der Vorschlag der amerikanischen
Weltraumbehörde NASA, den kleinen Alien aus
der Charité zu veranlassen, Kontakt mit den
Außerirdischen im UFO aufzunehmen, lehnte
man ab, da er durch diese zum Tode verurteilt
worden war. Durch erneuten Kontakt könnte er
in Gefahr gebracht werden.

Einige Vorschläge gipfelten sogar darin, mit
technischen Mitteln zu versuchen, die Luke am
Boden des Raumschiffs zu öffnen. Dieses
Ansinnen barg nicht voraussehbare Gefahren
und wurde umgehend verworfen. Vorsichtige
Untersuchungen von der Außenhaut des
Raumschiffs erstaunten die Techniker. Sie

vermuteten eine Legierung aus auf der Erde nicht vorkommenden Metallen. Ein heimlicher Versuch mit einem Diamantbohrer die Hülle zu durchdringen, scheiterte kläglich.

Fachleute aus aller Welt hatten immer wieder versucht, mit akustischen Signalen, wie mit auf die Außenhaut aufgesetzten Mikrofonen und mit Klopfzeichen, Kontakt herzustellen. Ohne Erfolg.

Die Nachrichtenleere erhielt neues Leben, als durch die neue Radartechnik zahlreiche UFO-Sichtungen gemeldet wurden. Erstaunt stellten die Weltraumspezialisten fest, dass diese UFOs keine Ähnlichkeit mit dem UFO in Berlin aufwiesen. Sie waren nur ein Drittel so groß, flacher und bewegten sich mit den früher beobachteten, unglaublichen Geschwindigkeiten und Richtungsänderungen. Sie rätselten, warum das UFO in Berlin so groß, anders geformt und viel langsamer unterwegs war, wie die kleinen UFOs.

Eine Theorie besagte, dass in den kleinen UFOs höchstwahrscheinlich keine Lebewesen wären. Diese könnte die gemessenen Beschleunigungen und Richtungswechsel nicht überstehen. Man vermutete, dass es sich um ferngesteuerte Weltraumfahrzeuge zur Erkundung anderer Planeten handeln müsse.

Einige wagten die Hypothese, dass das UFO in Berlin sozusagen ein Mutterschiff sei und die anderen kleinen UFOs zum Auskundschaften dienten.

Die großen Fragen aber blieben unbeantwortet: Was wollte das UFO in Berlin und wann erführten sie, was die Aliens vorhatten?

## ~ 28 ~

Conbayta hatte die wichtigsten Großen in den Konferenzraum beordert. Ihr, als Leiterin des Raumfluges zur Erde, oblag die erfolgreiche Durchführung des Auftrages.

Der Auftrag lautete: Vernichtung der menschlichen Rasse.

Jahrhundertelang hatten die unbemannten, kleinen Sammler, wie sie genannt wurden, die Erde beobachtet. Sie hatten heimlich Proben von allen nur erdenklichen Materialien, Pflanzen und Lebewesen eingesammelt, ausgewertet und die Ergebnisse nach Manatura gesendet.

Später begannen sie sogar Menschen zu entführen und zu untersuchen. Und damit man auf der Erde nicht misstrauisch wurde, hatte sie die Opfer danach wieder dort abgesetzt, wo man sie aufgelesen hatte. Vorher löschten sie sorgfältig alle Eindrücke aus den Gehirnen der Menschen, sodass bei einigen von ihnen nur vage, traumartige Bilder zurückblieben.

Niemand glaubte ihnen, dass sie entführt wurden.

Zirpen, Zischeln und Summen erfüllten den Raum.
Conbaytas Handbewegung reichte, um gespannte Stille zu erreichen.
Sie saß, etwas erhöht, am Kopfende des langen, ovalen Tisches und blickte mit den vor Erregung rot glimmenden Augen in die Runde.
»Die Lage ist ernst«, begann sie mit durchdringend zirpenden Lauten.
»Die Notlandung in diesem Land, in dieser Stadt und auf diesem Platz ist nur dem Ausfall einer Antriebseinheit geschuldet. Weiter hätten wir es nicht geschafft. Sicher werden die Menschen rätseln, warum wir hier gelandet sind und warum wir noch keinen Kontakt zu ihnen in den Wochen aufgenommen haben. Ich musste zuerst Rücksprache mit unserer Obersten Großen, der allmächtigen Magnalia halten. Die Nachrichtenübermittlung dauert, wie ihr wisst, hin und zurück eine sehr lange Zeit. Magnalia hat angeordnet, dass es uns gestattet ist, Hilfe für das technische Problem von den Menschen anzunehmen. Sollten wir wieder flugfähig werden, ist der uns bekannte Plan, die Menschen zu vernichten, unverzüglich auszuführen.« Sie schwieg einen Moment und ihre Antennen, die während der Rede

angriffslustig nach vorne gerichtet waren, lagen jetzt eng am Kopf an.

Von der anderen Tischseite hob Matipsa die Hand als Zeichen, um sprechen zu dürfen.

Conbayta nickte.

»Wir sollten uns von den Verantwortlichen für die Antriebstechnik bestätigen lassen, dass die Hilfe von den Menschen auch den gewünschten Erfolg garantiert.«

Conbayta überlegte und stimmte zu. Mit der ihnen gegebenen Möglichkeit, telepathischen Kontakt untereinander aufnehmen zu können, befahl sie einen der Kleinen, namens Stabilur, zu kommen.

Schüchtern, fast schon ängstlich, betrat kurz danach der Verantwortliche für die Antriebstechnik den Raum.

Auf die Frage, ob die Menschen helfen könnten, wies es ausweichend darauf hin, dass die Technik des Raumschiffs ihnen unbekannt sei. Er ergänzte:

»Da ich keine andere Möglichkeit sehe, den Fehler zu beheben, sollten wir es wagen.«

Mit einer Handbewegung Conbaytas war er entlassen. Sie wartete, bis Stabilur den Raum verlassen hatte und verkündete den Befehl der allmächtigen Magnalia:

»Sollte es nicht möglich sein, unser Raumschiff zu reparieren, so hat sie angewiesen, das Ziel, die Menschen zu vernichten, durch Aufopferung unserer Leben zu Ende zu bringen.

Das Raumschiff ist durch den installierten Selbstzerstörungsmechanismus zur Explosion zu bringen. Dadurch werden die Vernichtungsstoffe aus dem Lagerraum freigesetzt und werden sich, wie ursprünglich geplant, auch so über den blauen Planeten verbreiten.«

Ein empörtes Zirpen setzte ein. Firmuna, die neben Matipsa saß, wartete nicht einen Moment ab, um ums Wort zu bitten, sondern rief laut in die Runde:

»Das würde bedeuten, dass dann alle von uns hier im Schiff getötet werden. Ich kann mir nicht vorstellen, dass die allmächtige Magnalia dieses Opfer von uns gefordert hat. Immerhin sind wir für diese Mission als die Besten von Manatura ausgewählt worden. Auf unser Wissen und unsere Erfahrung kann auch die allmächtige Magnalia nicht verzichten.«

Zustimmendes Gezischel von allen Seiten.

Eine wütende Handbewegung Conbaytas ließ die Sprecherin verstummen. Conbaytas Augen begannen erneut, heller zu glimmen und ihre Antennen stachen jetzt wieder aggressiv nach vorne.

»Du wagst es, der Allmächtigen zu widersprechen? Hast du das Gelöbnis vergessen, dass du, wie wir alle, abgegeben haben, uns bedingungslos den Anordnungen der allmächtigen Magnalia zu unterwerfen?«

Firmuna zuckte zusammen und ihre Antennen legten sich demütig nach hinten.

»Ich vergaß, hohe Conbayta, meinen Respekt vor unserer Allmächtigen und bitte um Verzeihung.«

»Damit ist es nicht getan«, schrillte es laut von Conbayta über den Tisch. »Du wirst jetzt die Konferenz verlassen und dich zurückziehen. Die Strafe für deine Kritik an der allmächtigen Magnalia erfährst du zu gegebener Zeit.«

Firmuna wusste, die Strafe wäre im mildesten Fall der Ausschluss aus dem Führungskader und im schlimmsten Fall, der Tod. Sie entfernte sich mit schwankenden Schritten.

Conbayta übernahm umgehend das Handeln, um ein geeignetes Männchen auszuwählen, der den Kontakt zu den Menschen herstellen sollte. Sie wandte sich an Potelta:

»Potelta, ich denke an den kleinen Menschen, der damals mit dem Tier von Agilos zu uns hereingelassen wurde. Wir kennen ihn und er kennt uns. Wir werden ihn bitten, unser Problem mit anderen Menschen zu besprechen. Sie sollen dann einen oder zwei Spezialisten auswählen, denen wir unseren defekten Antrieb zeigen. Sollte es den Menschen gelingen, uns wieder flugfähig zu machen, werden danach alle an der Arbeit beteiligten Erdbewohner getötet. Unser Wissen darf, sei es auch nur für kurze Zeit, bis wir sie alle vernichtet haben, nicht weitergegeben werden.«

189

Conbayta schloss die Sitzung und erinnerte alle erneut an die geschworene Verschwiegenheit über das in diesem Raum Gesprochene.

Potelta, fand nach einigem Überlegen, Calliman, den Listigen, als geeigneten Kandidaten. Sie hatte ihn gewählt, weil er damals, als Leon und Flocke ins UFO gezogen wurden, anwesend war. Sie ließ ihn zu sich rufen und erklärte ihm seine Aufgabe.

»Du wirst dich sofort mit Agilos in Verbindung setzen und ihn anweisen, den Jungen, du weißt doch, der damals unerwartet bei uns auftauchte, zu bitten, uns zu besuchen. Falls er fragt, warum wir ihn sprechen wollen, so sage ihm ruhig, er soll für uns ein Bote zu den anderen Erdbewohnern sein.«

Calliman war so aufgeregt, dass ihm die Ehre zuteilwurde, mit dem Jungen über Agilos in Kontakt zu treten, dass er kein Wort hervorbrachte.

»Hast du verstanden?«, fasste Potelta nach.

»Ja, ich werde mich mit Agilos in Verbindung setzen.« Am nächsten Morgen nähme er Kontakt zu Agilos auf, versicherte er Potelta und zog sich zurück.

~ 29 ~

In der Charité eilte Doktor Dahir, nach einem Telefonat mit einer Stationsschwester, zu Agilos. Sie hatte aufgeregt berichtet, er wäre seit einer

Stunde unruhig und wollte immer wieder das Bett verlassen. Sie hätte ihn daran gehindert und nun hätte er sich so sehr gewehrt, dass sie sich keinen Rat mehr wusste. Im Zimmer fand Doktor Dahir Agilos auf dem Boden neben dem Bett liegen. Die Schwester versuchte vergeblich, ihn ins Bett zurückzuheben.

Als Dahir sich bemühte, ihn aufzuheben, schrillte es aus den kleinen Lautsprechern am Helm:

»Ich will zum Fenster. Sie rufen mich. Es ist wichtig.«

Sie beschlossen, seinem Wunsch nachzukommen, und halfen ihn aufzustehen. Mit ihrer Unterstützung gelang es Agilos, bis zum Fenster zu tapsen.

Agilos stützte sich mit beiden Händen gegen die Fensterscheibe ab. Seine kleinen Antennen auf dem Kopf richteten sich waagerecht nach vorne. Wie vor einiger Zeit, sahen sie mit ungläubigem Staunen, mehr Erschrecken, wie seine Haut regenbogenfarbig zu fluoreszieren begann. Sie traten sicherheitshalber ein paar Schritte zurück. Der kleine Körper schüttelte sich wie in Krämpfen.

Calliman überbrachte ihm den Befehl von Conbayta, sich mit Leon in Verbindung zu setzen.

Die Schwester sah Doktor Dahier fragend und besorgt an.

»Nein, wir werden nicht eingreifen«, murmelte Dahir und beobachtete aufmerksam wie sich Agilos verhielt.

Eindeutig hatte er Kontakt zu den Raumfahrern aufgenommen. Ab und zu schüttelte er den Kopf, dann folgte ein Wutausbruch und er schlug mit seinen kleinen Fäusten gegen die Fensterscheibe. Plötzlich sackte er zusammen. Das ging so schnell, dass sie ihn nicht auffangen konnten. Die beiden trugen ihn zum Bett. Agilos atmete schwer, seine Augen blieben dunkel, wie ohne Leben.

»Ich mache mir Sorgen«, flüsterte die Schwester.

»Ich auch, aber warten wir ein paar Minuten ab. Ich vermute, er wird sich gleich erholt haben«, beruhigte der Chefarzt.

So war es. Agilos Augen begannen leicht rötlich zu glimmen, sein Atem wurde gleichmäßiger und er versuchte sich, aufzurichten. Sie halfen ihm dabei. Unvermittelt begann er zu sprechen. Seine Stimme hörte sich aus den Lautsprechern, nach dem Kontakt mit den Wesen im Raumschiff, noch krächzender an.

»Ich habe eine Nachricht erhalten. Ich muss den jungen Menschen, den mit dem Hund, sprechen. Die Nachricht ist nur für ihn bestimmt. Es eilt. Es droht der Welt Gefahr. Es bleibt wenig Zeit.«

Doktor Dahir erinnert sich, dass er bereits vor einiger Zeit von einer Gefahr für die Menschheit gewarnt hatte.

Doktor und Schwester sahen sich ratlos an. Die Schwester ergriff zuerst das Wort.

»Er will wieder mit Leon sprechen. Die beiden kennen sich von Anfang an und Agilos scheint nur ihm zu vertrauen.« Doktor Dahir überlegte kurz und stimmte dann zu:

»Gehen wir mal davon aus, dass die Nachricht, die Agilos erhalten hat, wirklich wichtig ist, so sollten wir seinem Wunsch nicht im Wege stehen und den Jungen holen. Selbst, wenn sich die Nachricht als unwichtig herausstellt, sollten wir Agilos nicht enttäuschen. Immerhin ist es unsere Aufgabe, den einzigen Alien am Leben und bei bester Laune zu halten. Ich werde mich umgehend mit den Eltern in Verbindung setzen.«

Zu Agilos gewandt, der versucht hatte, dem Gespräch aufmerksam zu lauschen, versicherte Dahir:

»Der Junge, du weißt doch, er heißt Leon, wird, so schnell es geht, zu dir kommen. Dann könnt ihr alles besprechen.«

Agilos nickte und flüsterte fast kaum verständlich: »Danke.«

Doktor Dahir bat die Schwester, sicherheitshalber eine Weile bei Agilos zu bleiben und verließ das Zimmer. Vom Aufenthaltsraum versuchte er die Eltern zu erreichen. Die Mutter nahm das Gespräch entgegen. Wie beim Gespräch mit Tim Hansen, war sie nicht erfreut, dass ihr Sohn erneut mit anderen Dingen befasst sein sollte. Die Schule wäre jetzt das Wichtigste. Das drückte sie unmissverständlich aus. Mit großer Überzeugungskraft gelang es Doktor Dahir schlussendlich, ihre Einwilligung zu erreichen. Sie gestattete, dass Leon Agilos besuchen durfte. Dahir atmete erleichtert auf.

## ~ 30 ~

Es war früh am Morgen. Jane blickte zum Fenster, drehte sich langsam zu Tim um und zog ihm die Bettdecke ein wenig weg.

»Aufstehen du hanseatischer Seeräuber«, lachte sie mit einem Seitenhieb auf seine Herkunft. Außer einem empörten Murren, welches unter dem Kissen hervorquoll, erfolgte keine Reaktion. Sie ließ sich nicht entmutigen und zog ihm die Decke nun komplett vom Körper.

»Raus mit dir, du Faulpelz. Das Wetter ist herrlich und ich möchte gerne mit dir auf dem Balkon frühstücken.«

Tims Kopf kam unter dem Kissen hervor, er rollte sich zu Jane, umarmte sie und gab ihr einen innigen Gutenmorgenkuss. Er sah in ihre verführerischen braunen Augen und würde lieber mit ihr noch eine Weile im Bett bleiben. Das Frühstück könnte ja ein wenig warten.»Und ich habe dich freiwillig in mein Bett gelassen«, lästerte er gähnend und riss sich zusammen.

Nicht lange danach, war der Tisch auf dem Balkon gedeckt und der Duft von Kaffee wehte durch die Räume. Tim war nach einer muntermachenden Dusche zum Bäcker gesprintet und hatte knackfrische Schrippen gekauft. Sie saßen kauend und sich über die heutigen Termine unterhaltend, entspannt da, als Tims Handy die gemütliche Stille mit schrillem Ton unterbrach.

»Guten Morgen, hier Hansen, wer möchte mich sprechen?«

»Guten Tag, entschuldigen Sie bitte die Störung, hier ist Kotowski, wir kennen uns durch Leon. Wenn es Ihnen möglich wäre, heute zu uns zu kommen, wäre ich Ihnen dankbar.«

»Darf ich erfahren, worum es geht, Frau Kotowski?«

»Das kann ich Ihnen nicht so genau sagen. Mich hat Doktor Dahir von der Charité angerufen und mir mitgeteilt, dass der Kleine aus dem UFO, meinen Sohn Leon wiedersehen will. Leon hat mich gebeten, Sie zu informieren, weil er, wie versprochen, Ihnen alle Neuigkeiten, die er von dem UFO-Wesen erfährt, zuerst berichten möchte.«

Tim war schlagartig hellwach und stimmte sofort zu. Sie vereinbarten, dass er um sechzehn Uhr, nach Leons Unterricht, zu den Kotowskis kommen würde.

»Ich denke, es ist besser, wenn du dich alleine mit dem Jungen triffst. Immerhin hat er so viel

Vertrauen zu dir, dass er nur dich sehen will«, argumentierte Jane.

»Ja, das ist sicher besser so«, stimmte Tim zu und konnte es kaum erwarten, zu hören, was Leon ihm sagen wollte.

Kurz vor sechzehn Uhr stand Tim vor dem Haus der Kotowskis. Auf sein Klingeln, summte der Türöffner und er trat in den Hausflur. Von oben hörte er die Stimme von Leon, der ihn bat, heraufzukommen.

Flocke spielte sich als Wachhund auf und musste erst beruhigt werden. Sicherheitshalber sperrte ihn Leons Mutter in der Küche ein.

Sie begrüßten sich, fast wie alte Freunde und Leons Mutter schlug, an Tim gewandt, vor:

»Am besten Sie gehen in Leons Zimmer, da sind Sie ungestört.«

In Leons Zimmer schaute sich Tim interessiert um und dachte, so ungefähr sah es in meinem Kinderzimmer auch aus. Poster von Idolen, Sportschuhe in einer Ecke, Legosteine ungeordnet auf einem Beistelltisch und ein kleiner Schreibtisch mit einem Laptop.

»So, Leon, was hast du mir zu berichten«, begann Tim, der sich auf das Klappbett gesetzt hatte. Leon zog den Schreibtischstuhl näher zu seinem Gast und wusste nicht, wo er anfangen sollte, zu erzählen. Dann begann er, stockend, zu berichten, was er von Agilos erfahren hatte. Anfangs konnte sich Tim eines Lächelns nicht erwehren, so utopisch hörte sich das an, was der Junge erfahren hatte. Allein bei der Beschreibung der Fortpflanzung bei den Aliens, lief es Tim kalt den Rücken herunter.  Die Bemerkung, die Wesen würden zum großen Teil unter der Erde leben, bestärkten jetzt auch ihn, dass es sich um mutierte Insekten handeln könnte. Ab und zu stellte Tim eine Frage.

»Angenommen, an dieser haarsträubenden Story ist etwas dran«, überlegte Tim, »dann müssen wir mehr über ihre Pläne erfahren.«

»Ich könnte Agilos bitten, dass er Conbayta kontaktiert und fragen, ob ich ins UFO kommen darf«, äußerte Leon.

»Das wäre zwar eine Möglichkeit, aber die im UFO sind sicher viel zu misstrauisch und werden fragen, warum du kommen willst. Dann kannst du nicht sagen, du möchtest bitte mehr über ihre geheimen Pläne zur Vernichtung der menschlichen Rasse erfahren«, meinte Tim mit leichtem Spott in der Stimme.

»Da haben Sie sicher recht«, nickte Leon mit enttäuschter Miene.

»Weiß du Leon, wir sollten einfach abwarten, was Agilos mit dir besprechen will. Dann sehen wir weiter.«

Leon versprach, sich morgen sofort mit der Charité in Verbindung zu setzen und um Besuchserlaubnis zu bitten.

»Ich rufe Sie sofort an, wenn ich weiß worum es geht«, meinte Leon. Auf dem Weg zur Tür, traf

Tim auf Frau Kotowski und sprach über den Besuch bei Agilos. Sie wies erneut darauf hin, dass alle Gespräche nicht zu Lasten von Leons Schulleistung gehen dürften.

Tim verstand den Hinweis und versprach, es würde in keinem Fall zum Nachteil von Leon sein. Leons Eltern waren jetzt mit dem Besuch einverstanden.

Am nächsten Tag, nach Unterrichtsende, rief Leon bei Doktor Dahir an und bat, Agilos besuchen zu dürfen. Der Doktor hatte kurz vorher selber daran gedacht, die Eltern von Leon anzurufen, weil Agilos so beharrlich auf Leons Besuch bestand.

»Hallo Leon«, begrüßte Dahir den Jungen, »das trifft sich gut, denn unser Patient will dich unbedingt sprechen. Wenn du heute nach siebzehn Uhr kommen könntest, würden wir uns, Agilos und ich, freuen.«

»Ja, das schaffe ich, Herr Doktor Dahir«, versprach Leon dem Arzt.

Mit einem: »Gut, dann bis nachher«, verabschiedete sich Dahir.

~ 31 ~

Flocke sah, wie Leon im Flur die Hundeleine vom Haken nahm und wusste, es ist Gassizeit. Wie immer freute er sich darauf, mit seinem Herrchen die Straßen entlangzulaufen, um an

Bäumen, Mauern oder Laternen die Botschaften der anderen Hunde zu entdecken, zu erschnüffeln. Auf der Straße sprang er immer wieder wie ein Gummiball an Leon hoch, bis dieser ihn zurechtwies.

»Jetzt ist aber Schluss, hör endlich auf, an mir hochzuhopsen. Sieh lieber zu, dass du dein Geschäft machst. Ich habe noch etwas vor, wo ich dich leider nicht mitnehmen kann.«

Flocke hatte den Worten mit leicht schiefgelegtem Kopf gelauscht.

Als hätte Flocke verstanden, beeilte er sich, dass Geforderte schnell zu erledigen.


Etwas nach siebzehn Uhr stand Leon im Aufenthaltsraum der Charité und wurde von Doktor Dahir und von einer der Schwestern, die ihn kannte, begrüßt.

»Komm«, forderte Dahir den Jungen auf, »Agilos wartet schon sehnsüchtig auf deinen Besuch. Er hat zur Bedingung gemacht, dass ihr bei dem Gespräch alleine sein sollt. Du weißt ja, wenn irgendetwas Unvorhergesehenes geschieht, kannst du sofort den Raum verlassen,
oder, wenn es Agilos betrifft, den Notrufknopf an seinem Bett drücken. Dann sind wir sofort bei euch.«

Nach diesen Worten war Leon entlassen und begab sich zum Zimmer von dem Kleinen.Kaum hatte Leon den Raum betreten, richtete sich Agilos im Bett auf und winkte ihn zu sich heran.

»Bitte nur leise reden«, verlangte er.

»Okay«, versicherte Leon und fragte »was ist so wichtig, dass ich so schnell kommen musste? Du hattest mir von der Gefahr für die Menschen erzählt. Ist das der Grund für meinen Besuch?«

»Ja und nein«, zirpte der Kleine und zog Leons Kopf mit seinen dünnen Ärmchen dichter an seinen Kopf heran. »Sie haben selber ein großes Problem, mit dem sie nicht alleine fertigwerden. Sie brauchen Hilfe von euch Menschen.«

»Ach nee«, rutschte es Leon heraus. »Erst wollen sie uns umbringen und jetzt betteln sie um Hilfe. Worum geht es bei ihnen? Brauchen sie etwa Essen oder Wasser?«

»Nein, sie haben Probleme mit ihrem Flugantrieb. Sie haben alles versucht, aber sie haben keine Chance von hier wegzukommen.« Agilos Augen, die anfangs nur leicht glimmten, wurden mit jedem Satz leuchtender.

»Sollte es keine Möglichkeit geben, die Erde zu verlassen, sind sie aufgefordert worden, sich selber zu vernichten und gleichzeitig das Mittel zur Auslöschung der gesamten Erdbevölkerung damit freizusetzen.«

Leon glaubte, sich verhört zu haben. Er schwieg einige Minuten und hörte in diesem Moment nicht mehr genau zu, was Agilos sprach. Sie wollten, so oder so, auf jeden Fall alle Menschen vernichten. Das war so ungeheuerlich, dass Leon übel wurde. Er hatte das Gefühl, sich übergeben zu müssen. Das kann doch alles nicht wahr sein, schoss es ihm durch den Kopf.

Ich müsste sofort alle staatlichen Stellen von dieser Gefahr informieren, war sein nächster Gedanke. In diesem Moment unterbrach Agilos seine Überlegung, indem er ihn am Arm packte und eindringlich warnte:

»Wie du weißt, oder noch nicht weißt, wir können alle Gespräche, die übermittelt werden, abhören oder mitlesen. Deshalb wussten wir seit Jahrzehnten immer, wie die Lage auf der Erde war.

Solltest du, oder eine andere Person Informationen über die Lage im UFO mit technischen Geräten, wie zum Beispiel einem Telefon oder dem Internet weitergeben, wären die Folgen für euch unabsehbar. Es darf nur unter großer Verschwiegenheit untereinander mündlich gesprochen oder schriftlich ohne moderne Technik weitergegeben werden.«

»Ja, das sehe ich ein, aber warum hast du mir das alles erzählt? Wie könnte ich euch helfen?«, erkundigte sich Leon mit zittriger Stimme und etwas stotternd.

»Du musst Spezialisten informieren, die sich mit Flugantrieben auskennen. Sie müssen sich alles ansehen und versuchen, den Fehler zu beheben.«

»Das kann ich nicht. Ich weiß niemanden, der sich mit solchen Sachen auskennt. Vergiss bitte nicht, ich bin erst dreizehn Jahre alt. Wie soll ich das machen?«, fragte Leon mutlos.

»Das habe ich mir gedacht«, beruhigte ihn der Alien, »du wirst sicher einen Erwachsenen kennen, dem du vertrauen kannst. Dieser müsste mit dir zusammen in unser Raumschiff kommen und sich informieren, welche Hilfe benötigt wird. Denk mal darüber nach, wer das sein könnte. Wenn du es weißt, dann werde ich euch bei meinen Leuten ankündigen.«

Leon schwindelte es im Kopf. Was verlangte der Kleine da von ihm? Unbewusst verspürte er, wie ihm eine ungeheure Verantwortung aufgebürdet wurde. Sollte er ablehnen? Doch zuerst interessierte Leon etwas Anderes.

»Angenommen, ich fände jemanden, mit dem ich in euer Raumschiff ginge. Wie machen wir uns bemerkbar, dass wir eingelassen werden möchten?«

»Mach dir bitte keine Gedanken. Wenn du mir sagst, wann ihr dort seid, gebe ich es weiter und sobald ihr unter dem Raumschiff steht, werdet ihr wieder, wie damals, hineingezogen.«

Eine Weile war es still im Raum. Ab und zu knisterte es in Agilos Kopflautsprechern. Man hörte deutlich sein leicht röchelndes Atmen. Dann raffte sich Leon auf und versprach:

»Ich habe es mir überlegt Agilos, ich werde versuchen, jemanden zu finden, mit dem ich in euer Raumschiff gehen werde, Sobald ich weiß, mit wem und wann, lasse ich es dich wissen, damit du uns anmelden kannst.«

»Ich danke dir. Ich habe von Anfang an gewusst, dass du ein guter Mensch bist. Denke dran, dass du dir im Raumschiff nichts von ihrem Plan anmerken lässt, die Menschen zu vernichten. Das wäre sofort dein Ende.«, meinte Agilos und Leon war unwillkürlich gerührt von diesen Worten. Danach sank der Kleine, sichtlich ermüdet vom Gespräch, zurück in die Kissen und das Glimmen in seinen Augen wurde schwächer und schwächer.

Leon schlich leise aus dem Zimmer und meldete sich im Aufenthaltsraum ab.

Auf dem Nachhauseweg hatte Leon Zeit, zu überlegen, mit wem er zum Raumschiff gehen würde. Mit seinem Vater? Nein, gewiss nicht. Mit seinem Onkel Herbert? Schon gar nicht.

Wie aus dem Nichts dachte er in diesem Moment an Tim den Journalisten. Ja, der wusste bereits eine Menge vom UFO und hatte gebeten, ihn über das Gespräch mit Agilos zu informieren. Er war zwar kein Flugantriebstechniker, aber vielleicht kannte er jemanden aus diesem Bereich.

Leon war sichlich froh, eine Lösung für das Problem gefunden zu haben und beeilte sich nach Hause zu kommen.

Am selben Abend, Leon hatte Agilos Wunsch, dass er noch einmal ins UFO gehen sollte, mit den Eltern besprochen, rief er Tim an.

Leons Eltern waren anfangs sichtlich besorgt, dass ihr Sohn, erneut wagen wollte, ins UFO zu gehen. Sie hatten vorab überlegt, eine offizielle Stelle, vielleicht die Polizei, die Feuerwehr, oder das Rote Kreuz von Leons Absicht zu informieren. Er hatte sie eindringlich gebeten, dass nicht zu tun. Mit dem Journalisten Tim Hansen, so waren die Eltern jetzt beruhigt, würde es weniger risikoreich sein, dem Raumschiff einen Besuch abzustatten. Immerhin war ihr Sohn damals ohne Schaden wieder aus dem UFO herausgekommen.

Tim war, von der Möglichkeit, sogar selber ins Raumschiff zu kommen, hocherfreut und schlug den kommenden Samstag als Termin vor. Jane erzählte er von einer geheimen Recherche und versprach, ihr alles später in allen Einzelheiten zu erzählen. Selbst auf ihr Schmollen hin, verriet er nicht, worum es ging.

Um nicht noch einmal zu Agilos zu gehen, bat Leon Doktor Dahir per Telefon darum, Agilos nur folgende Worte auszurichten »Kommenden Samstag um achtzehn Uhr!«

Auf Dahirs Frage, ob Agilos wüsste, was damit gemeint sei, antwortete Leon:

»Er weiß das ganz genau und wartet darauf.« Er bedankte sich beim Doktor und legte auf.

Es war Samstag. Tim und Leon standen in der
Nähe vom U-Bahneingang unweit von Tims
Wagen. Sie wussten, sobald sich jemand dem
UFO nähert, würde er von der Polizei durch
Megaphondurchsage aufgefordert, den Platz
sofort zu verlassen. Ihnen blieb nur eine
Möglichkeit. Sie müssten rennen was das Zeug
hielt und hoffen, dass die Aliens sie so schnell
ins UFO zögen, dass die Polizisten, die sicher
hinter ihnen hersprinteten, sie nicht mehr
erreichen.
»Meinst du wir schaffen das?«, fragte Tim
vorsichtig.
»Aber klar«, gab sich Leon siegessicher. »Ich bin
einer der Besten beim Sport, wenn´s ums Laufen
geht.« Sein Lächeln sah weniger zuversichtlich
aus.
Tim schaut auf die Armbanduhr. Es war drei
Minuten vor achtzehn Uhr. Wenn Doktor Dahir
dem Kleinen den Tag und die Uhrzeit
übermittelt hatte, wenn Agilos seine Aliens im
UFO erreicht hatte, wenn sie einverstanden
waren, wenn sie sahen, wie wir angehetzt
kommen und wenn sie es schafften, uns noch
vor der Polizei hineinzuziehen, dann, ja dann
wäre alles gelaufen.
Diese Gedanken gingen Tim durch den Kopf,
ohne dass er damit Leon beunruhigen wollte.

»Auf los, geht´s los!«, bestimmte Tim. Leon nickte.

»Los!«

Sie liefen so schnell es ging zum UFO. Nach der halben Strecke tönte ein Megaphon:

»Halt, stehenbleiben, hier spricht die Polizei. Verlassen sie unverzüglich den Platz.«

Sie hasteten weiter, ohne sich um die Durchsage zu kümmern. Mehrere Polizisten rannten hinter ihnen her und waren verdammt schnell. Leon stolperte, fing sich aber wieder. Tim keuchte: »Nur noch ein paar Meter«, um Leon anzuspornen. Der erste Polizist war knapp zehn Meter von den beiden entfernt. In diesem Augenblick hatten sie die Mitte des UFOs erreicht. Sekundenschnell schoss eine rosafarbene Lichtröhre aus dem Boden des Raumschiffs und senkte sich auf die Flüchtenden. Der Schreck ließ die Polizisten augenblicklich die Verfolgung abbrechen, wobei der erste der drei zu Boden stürzte. Später berichtete er, er wäre gegen eine unsichtbare Mauer gelaufen. Das Licht in der Röhre blendete die Polizisten und die Zuschauer. Selbst die Kameras der Medienvertreter konnten nicht erkennen, was sich innerhalb der Röhre ereignete. Da zog sich der leuchtende Schlauch bereits wieder ins Raumschiff zurück. Die beiden Verfolgten waren verschwunden. Alle waren schockiert und höchst verunsichert. War das ein Überfall der Aliens auf zwei Menschen. Musste man mit dem Schlimmsten rechnen? Man beschloss, wie sollte es anders sein, erst einmal abzuwarten.

Leon kannte das gewichtslose Schweben vom ersten Mal. Tim erschrak und schloss die Augen. Dann ein Ruck und sie lagen nebeneinander in der Schleuse, die die UFO -Luft gegen die Erdatmosphäre trennte. Das rosa Licht in der Schleuse war heller als in der Röhre und ein starker Luftzug wirbelte ihre Haare durcheinander. Der Luftzug hörte auf und das intensive Licht wich einem bläulichen Leuchten. Die Dekontamination war beendet. Die sie umgebende Lichtwand verschwand und sie lagen in einem großen, von diffusem Leuchten erhellten Raum. Leon erkannte den Raum sofort wieder. Langsam standen sie auf und blickten sich um.

Tim hielt die Luft an. Was er sah, überstieg seine Vorstellungen von Außerirdischen bei Weitem. Er erschrak nicht vom Anblick der Aliens, die ihnen gegenüberstanden, denn wie sie aussahen, wusste er von Leons Handyfoto und von Agilos, dessen Bild durch die Medien gegangen war. Was ihn beunruhigte, waren die Großen, die erheblich die Kleinen wie Agilos überragten. Sicher waren es so an die zwanzig, schätzte er. Von den Kleinen sah er etwa sechs, die sich hinter den Großen versteckten. Ein unangenehmes Zirpen und Zischeln erfüllte den Raum. Ehe er sie näher betrachten konnte, vernahm er die Stimme von Conbayta, die sich aus der Menge gelöst hatte und nach vorne getreten war, worauf augenblicklich Stille eintrat:

»Wir begrüßen die Erdwesen und heißen sie willkommen. Mein Name ist Conbayta und ich leite diesen Erkundungsflug. Als Zeichen unserer Gastfreundschaft reichen wir euch einen Willkommenstrunk.«

Tim fragte Leon:

»Hast du damals auch einen Willkommenstrunk erhalten?«

»Nein, hatte ich nicht«, erwiderte der Junge. Aus dem Hintergrund schoben sich zwei der kleinen Aliens nach vorne und hielten je ein schmales Glas mit einer gelblichgrünen Flüssigkeit in den Händen.

»Ich bin mir sicher, dass euch unser Getränk schmecken wird. Es besteht aus dem Saft von Früchten von unsererm Planeten Manatura.«

Tim und Leon sahen sich wortlos an, ließen sich die Gläser reichen und nippten vorsichtig an der leicht dicklichen Flüssigkeit. Conbayta beobachtete die beiden genau. Ihren Augen waren, wie sollte es bei Facettenaugen anders sein, keine Regung abzulesen. Nur sie leuchteten ein wenig heller.

»Schmeckt gar nicht mal schlecht«, kam die Bewertung von Leon. Tim nickte zustimmend und sie tranken den Rest mit einem Schluck aus. Conbayta zirpte, anscheinend zufrieden, in die Menge der Aliens und wandte sich dann wieder an die Gäste:

»Du bist sicher der Spezialist für Flugtechnik«, fragte sie Tim. Tim musste jetzt diplomatisch antworten.

»Nein, große Conbayta, ich schreibe Geschichten und Berichte. Mein kleiner Freund hat mich ausgewählt, zu Euch zu kommen, um mir Euer Problem anzuhören. Ich kenne viele Spezialisten aus der Raumfahrt und versichere Euch, den Richtigen für Euch zu finden. Entschuldigt bitte, ich habe mich noch nicht vorgestellt. Mein Name ist Tim Hansen.«

Conbayta äußerte sich mit schrillem Zirpen und ihre Augen flammten hellrot auf.

»Das war nicht so vereinbart«, hörte Tim sie erregt antworten. Ihre Antennen auf dem Kopf, die vorher senkrecht nach oben standen, richteten sich drohend auf Tim.

Die kleinen Aliens verschwanden augenblicklich hinter den Großen. Diese waren mucksmäuschen still. Sie kannten ihre Anführerin und ihre unberechenbaren Launen. Conbayta wiegte den Kopf hin und her und sprach dann etwas weniger aggressiv:

»Ich habe keine Zeit mehr, um lange zu diskutieren und einen anderen Mann, der mehr als du verstehst, zu empfangen. Mein Techniker für den Antrieb wird dir das Problem zeigen, damit du dafür den richtigen Spezialisten aussuchen kannst.«

Sie zirpte in die wartenden Aliens und ein Kleiner trat nach vorne.

»Ich heiße Stabilur und bin für den Antrieb unseres Schiffes verantwortlich. Bitte folgt mir, ich führe euch jetzt zu der Schadensstelle.«

Tim konnte es nicht fassen. Er war der erste Mensch, der das Geheimste eines UFOs sehen durfte. Die Antriebstechnik. Allein hierüber einen Artikel zu schreiben, wäre sensationell. Andererseits war seine Lage nicht beneidenswert. Als absoluter Laie von technischen Dingen und hier besonders von der Technik eines fremden Planeten, fühlte sich Tim restlos überfordert. Auf dem Weg zur Schadensstelle, berichtete Stabilur, wie gefährlich die Landung auf dem Alex war. Die beiden Pilotinnen standen unvermittelt vor der Aufgabe, ein Raumschiff ohne volle Manövrierfähigkeit zu landen. Der Hauptantrieb war ausgefallen. Die sogenannte Chefpilotin, das war immer eine Weibliche, also eine Große, hatte befohlen, den nächstgelegenen Landeplatz anzufliegen. So wählte sie Berlin und den Alex aus. Während sie durch die endlos erscheinenden Gänge, die oft etwas zu niedrig für Tim mit seinen einem Meter und fünfundachtzig waren, liefen, kamen sie an einem Raum vorbei, vor dem zwei der Kleinen anscheinend Wache hielten. Im Vorbeigehen sah

Tim fremde Symbole auf der Tür. Er fragte neugierig, wie Journalisten nun mal sein müssen:

»Ist das in dem Raum so wertvoll, dass es bewacht werden muss?«

Er bemerkte, wie Stabilur augenblicklich zusammenzuckte und nervös mit den Armen fuchtelte, ehe er, sichtlich aufgeregt, antwortete:

»Ja, nein, ich kann euch leider nicht sagen, was sich in dem Raum befindet. Das wissen nur Conbayta und einige von den Großen. Wir müssen uns von dem Raum fernhalten, sonst drohte uns der Tod.«

Ob hinter der Tür das lauerte, was die Menschen umbringen sollte, vermutete Leon, sich an die Worte seines kleinen Freundes erinnernd?

Hinter eine Wegbiegung standen sie in einem runden Raum, von dem mehrere hellerleuchtete Türöffnungen abgingen.

»Kommt«, wir müssen jetzt nach unten in die Technikräume«, forderte Stabilur die Besucher auf.

Er ging voran und Tim folgte zögernd, weil er in dem ebenfalls runden Raum keine Wände sah, sondern nur eine Wand aus orangem Licht. Der Fußboden der Kabine schien aus Glas zu bestehen.

»Es ist alles in Ordnung«, beruhigte Stabilur die beiden, als er das Zögern bemerkte. Kaum hatten sie den kleinen Raum betreten, ging es in schneller Fahrt nach unten. Stabilur hatte nur leise gezirpt und der Aufzug reagierte. Dann stoppte die Fahrt etwas abrupt, sodass Tim und Leon leicht in die Knie gingen. Sie standen in einem matt beleuchteten Flur.

»Folgt mir«, befahl Stabilur und mit einer Handbewegung öffnete sich eine Tür auf der gegenüberliegenden Seite. Ein tiefes Brummen scholl ihnen entgegen. Sie standen in einer ausgedehnten Halle. Diese Größe hatten sie nicht erwartet. Der Boden vibrierte. Tim erinnerte der Raum an eine Leitwarte von einem Kraftwerk. Tausende Lämpchen blinkten und flackerten an den Wänden. Stabilur ging jdoch weiter, mit dem Arm zum Folgen winkend. Hinter der nächsten Tür standen seltsame, kesselartige Gegenstände, die fast wie die Kessel in einer Brauerei aussahen.

Rohrleitungen verbanden die Gefäße. Das Erste, was Tim entdeckte, war, dass die Rohrleitungen nicht aus Metall waren, sondern eher Schläuche aus biegsamen Material. Das hatte er beim Abstützen an einer der Leitungen festgestellt. Dann zeigte ihr Begleiter auf einen sehr großen Glaskessel, in dem die Leitungen mündeten. Aus den Enden der Schläuche stiegen vereinzelt Blasen auf, sonst tat sich nichts.

»Damit wir wieder flugfähig werden, müssen die Leitungen die Flüssigkeit in die Kessel leiten. Das funktioniert zurzeit nicht. Die Apparate, die das bewirken, arbeiten nicht mehr. Wir haben alles versucht, aber es nicht geschafft, sie wieder in Gang zu setzen«, er schwieg und seine Arme zeigte bei den Worten hilflos auf das große Gefäß.

Tim und Leon sahen sich fast genauso hilflos an. Wie sollten sie reagieren? Was erwartete der Techniker von ihnen? Die Stille unterbrach Leon mit:

»Machen Sie doch ein Foto. Das können Sie dann den Raumfahrtexperten zeigen.«

»Danke, die Idee ist hervorragend«, freute sich Tim, zog sein Handy aus der Tasche und begann eine Aufnahme nach der anderen, vom Glaskessel, den anderen Kesseln, den Rohrleitungen und so weiter, zu knipsen. Leon überlegte nicht lange und fotografierte fleißig mit. Stabilur stand daneben und es war ihm anzusehen, dass er sich nicht wohlfühlte, bei dem Gedanken, dass Fremde Aufnahmen von ihrer geheimen Antriebstechnik machten.

»Ich habe alles, um mit den Fachleuten zu sprechen«, erklärte Tim Stabilur.

»Dann können wir wieder gehen und ihr werdet Conbayta berichten, wie es weitergeht«, stellt Stabilur fest. Auf dem Rückweg amüsierte sich Leon, über die Reaktion von Aliens die ihnen begegneten. Einige drehten um, um nicht an ihnen vorbeilaufen zu müssen, andere, besonders die Großen quetschten sich an die Wand, um sie vorbeizulassen. Gerne hätte Leon ihre Reaktion in den Gesichtern gesehen, aber eine Mimik gab es bei ihnen ja nicht.

Der Rückweg war schnell geschafft, der Empfangsraum war leer bis auf Conbayta. Tim versprach ihr, bald mit Spezialisten wiederzukommen. Dann begaben sie sich in die Schleuse und die Prozedur des Abstiegs durch den rosa leuchtenden Schlauch begann umgehend. Sekunden später standen sie wieder auf dem Alex.

Tim und Leon hatten Bedenken, sofort von der Polizei festgenommen zu werden. Die Dämmerung hatte eingesetzt und sie waren sich sicher, dass die leuchtende Röhre sofort die Aufmerksamkeit der Menschen auf sich ziehen würde.

»Es hilft nichts«, entschied Tim. »Wir müssen noch einmal laufen so schnell wir können. Wenn wir es bis in den Eingang vom U-Bahnhof schaffen, sind wir gerettet.«

»Die werden doch jetzt schon durch die Röhre aufmerksam geworden und auf alles gefasst sein«, vermutete Leon.

»Wir müssen es einfach versuchen, etwas Anderes fällt mir nicht ein«, erwiderte Tim. In diesem Moment geschah das, was sie befürchtet hatten. Scheinwerfer waren auf das UFO gerichtet, man hatte sie bereits entdeckt. Im nächsten Augenblick erwarteten sie die Aufforderung, sofort stehen zu bleiben.

»Egal, wir versuchen es«, rief Tim und sie sprinteten los.

Dann schien etwas, als ob die Sonne aufginge. Ringsum vom Rand des UFOs blitzte ein so grelles Licht auf, dass alle geblendet wurden, die zum Raumschiff hinsahen. Sie waren fast blind von dem Licht und mussten die Augen schließen. Selbst die Kameras und andere optische Aufnahmegeräte waren überfordert und lieferten nur undeutliche Bilder.

Die beiden erreichen keuchend den U-Bahneingang und hörten die Durchsage: »Hier spricht die Polizei. Bitte bleiben sie sofort stehen.«

Sie kriegten sich vor Lachen nicht mehr ein. Sie liefen in den Bahnhof und auf der Rückseite wieder hinaus, um zu Tims Auto zu gelangen, und waren gerettet. Im Stillen dankten sie den Außerirdischen für diese geniale Hilfe.

Tim fuhr Leon nach Hause. Er wollte die Eltern nicht eine Sekunde länger in der Ungewissheit lassen, wie ihr Abenteuer im UFO ausgegangen war.

~ 33 ~

Leons Eltern waren froh, als sich die beiden heil und gesund zurückmeldeten. Tim bat, mit Leon das weitere Vorgehen besprechen zu dürfen. Im Kinderzimmer brachen sie erneut in befreites Gelächter aus, als sie an die Durchsage der geblendeten Polizei dachten.

»Das war ein genialer Einfall von den Aliens«,
bestätigte Tim und versuchte, sein Kichern zu
unterdrücken.

»Zuerst werde ich Agilos über Doktor Dahir
informieren, dass wir uns alles angesehen haben
und das Notwendige in die Wege leiten
werden«, versprach Leon.

»Wenn ich daran denke, was ich den
Außerirdischen versprochen habe, wird mir
ganz anders«, meinte Tim mit besorgter Stimme.

»Immerhin muss die Angelegenheit unter
höchster Geheimhaltung ablaufen. Es
beunruhigt mich, dass wir hier auf eigene Faust
so eine ausgesprochen gewagte Unternehmung
durchführen wollen. Ich denke daran, dass,
wenn etwas schiefgeht, wir zur Rechenschaft
gezogen werden. Wobei du als Minderjähriger
sicher mit einem blauen Auge davonkommen
würdest. Die Fachleute von den Spezialfirmen
müssen mir schriftlich bestätigen, dass sie ihre
Arbeiten absolut geheim durchführen werden.
Auch die Firmenchefs müssen eine
Verschwiegenheitserklärung abgeben. So, jetzt
ist genug geredet, ich mach mich umgehend auf
den Weg, die besten Fachleute zu finden.«

»Gut, und ich rufe jetzt Doktor Dahir an«,
beschloss Leon.

Tim verabschiedete sich von den Kotowskis und
beeilte sich, nach Hause zu kommen, um Jane
von seinem Abenteuer zu berichten. Nachdem er

ihr alles haarklein geschildert hatte, befürchtete Jane vorwurfsvoll:

»Mit deiner waghalsigen Aufgabe kannst du ganz schnell in Teufels Küche landen.«

»Das ist mir sonnenklar«, bestätigte Tim, »aber denke mal daran, wenn es klappt, was das für meine journalistische Reputation bedeuten würde.«

»Ich weiß, ich könnte mit Engelszungen reden, du würdest dich nicht von deiner Idee abbringen lassen«, resignierte Jane.

»Ich brauche sicher etwas Unterstützung bei meiner Arbeit«, bemerkte Tim und sah Jane treuherzig an. »Kann ich trotzdem auf deine Hilfe hoffen?«

»Was für eine überflüssige Frage«, lachte Jane und umarmte ihn stürmisch.

Für Tim begann die mühselige Suche nach geeigneten Fachleuten. Jane hatte vorgeschlagen, sich Fachleute aus den USA zu besorgen. Dan Anderson hätte sicher gute Kontakte und würde ihm bestimmt gerne behilflich sein. Tim lehnte umgehend ab. Er wollte vermeiden, dass amerikanische Firmen Einblick in die Alienstechnik bekamen. Bei früheren Artikeln hatte er Kontakte zur europäischen Weltraumorganisation geknüpft. Durch sie bekam er Einblick in die mit ihr zusammenarbeitenden Firmen. Hier gedachte Tim, zuerst anzufangen. Seine Erkundigungen mussten anfangs unverfänglich sein, damit keine Rückschlüsse auf den wahren Grund zu erkennen waren. Obgleich es nicht viele Firmen für dieses Spezialgebiet gab, dauerte es mehr als drei Wochen, ehe er die Firma *Spaceway 24* fand, die sich ausschließlich mit Antriebsaggregaten für die Raumfahrt beschäftigte.

Er hatte die Firmenleitung eingeweiht und diese war hocherfreut, die Chance zu bekommen, sich Einblicke in außerirdische Antriebsarten zu verschaffen.

Er setzte sich mit den Spezialisten zusammen und zeigte ihnen die Fotos, die Leon und er geknipst hatten. Großes Erstaunen am Tisch. Ergänzend schilderte Tim, was er entdeckt hatte. Die vier Fachleute schüttelten hilflos die Köpfe. So etwas hatte sie noch nicht gesehen. Einer vermutete:

»Das sieht aus wie eine Kombination aus normaler Technik mit organischem Material. Ich kann mir nicht vorstellen, wofür die Flüssigkeiten dienen, die umgepumpt werden. Das kann doch kein Antriebsstoff sein!« Worauf ein Kollege überlegte:

»Das denke ich auch, aber es kann sich doch um eine Art hydraulische Steuerungsanlage handeln. Der Antrieb befindet sich sicher in einem anderen Raum. Womit sie so gigantische Flugleistungen erbringen, erfahren wir vermutlich erst, wenn wir uns die Anlage vor Ort ansehen.«

Tim vergewisserte sich, dass sich die Fachleute des Problems annehmen würden. Sie unterschrieben die Geheimhaltungsklausel.

Als die Raumfahrttechniker Tim fragten, warum er nicht offizielle Stellen über die Angelegenheit informiert hätte, fragte der zurück:

»Was behindert die freie Wissenschaft und schnelle Entscheidungen am meisten? Antwort: Die Bürokratie, die Politiker und die ewig Diskutierenden.« Die Techniker hatten verstanden.

Nachdem sich Tim vergewissert hatte, sie würden den Job übernehmen, musste ein Termin für den Besuch im UFO festgelegt werden.


Agilos hatte in der Zeit zwei Mal über Doktor Dahir nachfragen lassen, ob Tim Fortschritte in der bewussten Angelegenheit gemacht hätte. Jetzt bat Tim den Kleinen, er möchte einen Termin mit den Aliens festlegen.

Tim war eingefallen, dass es wieder ein Problem geben würde, ungehindert die Techniker und ihn ins Raumschiff zu bringen. Es war Leon, der eine Idee hatte. Er trieb sich aus Neugier oft am Rand vom Alex auf und hatte etwas entdeckt, was ihnen helfen könnte, ins UFO zu kommen. Je nach Bedarf wurde der Platz von Männern der Straßenreinigung gesäubert. Er berichtete Tim davon und hatte die Idee, dass sich Tim und die zwei Techniker als Straßenreiniger verkleidet, bis zum UFO vorarbeiten sollten. Die Aliens müssten selbstverständlich vorher darüber informiert werden. Beim Rückweg, vertrauten sie wieder auf den Blendschutz durch die Außerirdischen.

Tims weitreichende Beziehungen ermöglichten die Beschaffung der Verkleidung. Anzüge, Besen, Karre, alles sah original aus. Die Techniker amüsierten sich über die Maskerade und meinten, so etwas würde ihren eintönigen Arbeitstag sichtlich abwechslungsreicher gestalten.

Alle Vorbereitungen waren getroffen. Der Termin stand fest und die Aliens erwarteten den Besuch der beiden Techniker und von Tim. Tim hatte vorgeschlagen, sich mit Vornamen anzureden. Ralf und Reza waren einverstanden. Die drei hatten sich mit ihren orangefarbenen Arbeitsanzügen, den Besen, Schaufeln und einer Karre in einer Seitenstraße postiert. Alles was sie für die Untersuchung benötigten, war unter ihrer Verkleidung versteckt worden. Tim hatten sie ebenfalls einige Geräte in seinen Anzug gesteckt.

Sie hatte vereinbart, sich verteilt über den Platz in Richtung Raumschiff voranzuarbeiten. Einer schob die Karre, aber er sollte sie nicht bis unter das UFO schieben.

Auf ein Zeichen von Tim hin, betraten sie den Alex. Tim schob die Karre. Sie hatten fegend etwa fünfzig Meter zurückgelegt, als eine Megaphonstimme ihnen zurief:

»Ihr wart doch erst gestern hier. Ihr solltet lieber wo anders saubermachen. Hier kommen sowieso keine Passanten oder Touristen mehr vorbei.« Tim zuckte zusammen. Daran hatte er nicht gedacht. Ein Glück, dass über Nacht der Wind wieder mengenweise Blätter auf den Platz geweht hatte. Sie mussten antworten, wie es ihrem Job anstand. Ralf, ein waschechter Berliner, ergriff die Initiative:

»Uns is et ejal, wo wir fejen. Det is een zusätzlicher Termin, ham se uns jesacht. Da machen wir uns keenen Kopp und machen eben dat, wat se von uns wollen. Hauptsache et kommt keen neuer Wind und weht allet wieder von de Karre.« Tim grinste. Als Hamburger hätte er nicht so authentisch antworten können.

»Seht zu, dass ihr euch nicht zu lange auf dem Platz aufhaltet«, ergänzte die Megaphonstimme.

»Is jut, machen wa!«

Sie befanden sich jetzt unter dem UFO und zum Entsetzen des platzbewachenden Personals schoss die leuchtende Röhre herab und verschluckte die drei. Selbst die Besen und Schaufeln waren verschwunden. Nur die Karre stand verlassen am Rand des Platzes.

»Was ist das für eine Sauerei«, tobte der Verantwortliche für die Absperrmaßnahme.

Schuldzuweisungen an die Bewacher wurden umgehend verteilt. Man munkelte sogar von Disziplinarmaßnahmen. Nach längeren Diskussionen entschied man, abzuwarten. Denn bei dem Fall, der vor einiger Zeit geschehen war, vermutete man, die Entführten hätte das Raumschiff, durch die Lichtsperre begünstigt, wieder verlassen. Eine Spur, wer die beiden Personen waren, gab es nicht.

Das Erscheinen der orangegewandeten Männer mit den Besen und Schaufeln brachte die Aliens völlig außer Fassung. Sie wussten nicht, warum sie mit diesen Gegenständen aufgetaucht waren und dachten sekundenlang, es könnten Waffen gegen sie sein. Zwei der Großen hatten sogar die Betäubungspistolen in Anschlag gebracht. Tim entschärfte die Situation, indem er in kurzen Worten erklärte, dass das nur eine Tarnung sei, weil es verboten wäre, sich dem UFO zu nähern. Darauf hörten sie ein Zirpen der Erleichterung, so hörte es sich jedenfalls an. Tim hatte den beiden Männern vorher die Aliens und die Umgebung, so gut es ging, beschrieben, sodass sie sich sofort an die Arbeit machen konnten. Stabilur führte die Besucher in den Raum mit der defekten Flüssigkeitsanlage. Die Techniker begannen mit der Fehlersuche. Tim wollte sich unbewacht im Raumschiff umsehen. Er bat Stabilur darum und widerstrebend gab dieser nach. Stabilur war es wichtiger, die Techniker zu begleiten. Diese hatte sich ebenfalls abgesprochen, um ungestört alles untersuchen zu können und hatten sich getrennt. Sie verließen den ersten Raum. Ein Glück, dass Tim sich mit Stabilur weit von diesem Raum entfernt hatte. Reza war auf die Rückseite einiger Aggregate gekrochen, hatte versucht, sich deren Arbeitsweise zu erklären und entdeckte an einem Flüssigkeitsverteiler einen Kasten mit Kontrolllampen und Knöpfen. Ihm fiel auf, dass einer der Knöpfe nicht vollständig hineingedrückt war. Neugierig drückte er den Knopf mit aller Kraft hinein und augenblicklich rauschte es in den Flüssigkeitsleitungen. Hastig zog er den Knopf wieder heraus und das Rauschen verstummte. Einen Meter hinter dem Steuerkasten mit den Lampen, von denen einige nicht leuchteten, fand er einen nur fingerdicken Hydraulikschlauch, der wohl als eine Sensorleitung funktionierte. Auf diese Leitung war ein schweres Ersatzrohr aus Metall gefallen und hatte sie abgeklemmt. Er schob das Rohr zur Seite und schlagartig gingen die restlichen Lampen im Steuerkasten an. Wenn der nicht hineingedrückte Knopf und die abgeklemmte Sensorleitung die Ursachen für den Ausfall des Antriebsaggregates waren, so ließe sich das sofort beheben. Reza überlegte und beschloss, seine Entdeckung für sich zu behalten, klemmte die Sensorleitung mit dem Rohr wieder ab und begab sich zurück zu den anderen.

Tim hatte ihnen eingeschärft, falls sie den Fehler entdecken würden, nichts davon Stabilur zu berichten. Sie brauchten Zeit, um andere Dinge zu klären. Nur Tim und Leon wussten um die Andeutung von Agilos und der Gefahr, die auf die Menschen zukäme. Tim hatte seine Erkundung fortgesetzt und stand mehr durch Zufall vor der Tür, die er beim ersten Besuch mit Leon gesehen hatte. Sie war ihm aufgefallen, weil sie damals von zwei kleinen Aliens bewacht wurde. Vermutlich wurde der Raum nur an dem damaligen Tag wegen der beiden ersten Besucher bewacht. Heute stand niemand vor der Tür. Diese Gelegenheit ließ er sich nicht entgehen. Neugier ist eine der wichtigsten Eigenschaften eines Journalisten, grinste er in sich hinein. Die Tür war verschlossen. Neben der Tür befand sich an der Wand ein kleines Tastenfeld mit unbekannten Zeichen. Tim machte eine Aufnahme. Einige sahen aus wie die Zeichen auf der Tür. Mehr als schiefgehen kann es nicht, dachte Tim und tippte die Symbole, die auf der Tür zu sehen waren, in umgekehrter Reihenfolge in das Tastenfeld. Es knackte an der Tür. Tim zog an der Griffmulde und die Tür ließ sich öffnen. Ein Schwall kalter Luft wehte Tim entgegen. Glück gehabt, schoss es ihm durch den Kopf. Im Halbdunkel des riesigen Raumes erblickte er reihenweise Regale in denen, in einer Art Schaumstoff gelagerte Glaskugeln, von der Größe einer großen Orange, lagen. War das

das Gift, welches die Menschen auslöschen sollte? Eine der Kugeln mitzunehmen ging nicht, dazu war sie zu groß. Er schaute sich um und sah dicht neben der Tür ein kleineres Regal in dem sich, ebenfalls in Schaumstoff gelagerte, kleine Ampullen befanden. Tim überlegte nicht lange, nahm eine der Ampullen aus der Halterung und steckte sie ein. Erst jetzt fühlte er immer stärker, wie kalt es in diesem Raum war, ganz im Gegensatz zu dem für ihn zu warmen anderen Räumen im UFO. Er schätzte die Temperatur auf fast null Grad. Bevor er den Raum verließ, schoss er ein paar Fotos. Er schloss die Tür und tippte einige Zeichen ohne Logik ins Tastenfeld. An der Tür klickte es erneut. Sie war gesichert.

Mit dem Handy informierte Reza in diesem Moment Tim und seinen Kollegen, dass die Untersuchung für heute abgeschlossen wäre und sie das UFO wieder verlassen könnten. Im Empfangsraum warteten einige Aliens und unter ihnen auch Conbayta, die sofort das Wort an Tim richtete.

»Was habt ihr herausgefunden? Seht ihr eine Möglichkeit, den Antrieb zu reparieren? Wenn ja, wie lange würde es dauern?«

Ihre Fühler waren wieder nach vorne gerichtet und die Augen leuchteten recht hell. Sie war sichtlich angespannt und erregt.

Tim antwortete:

»Hohe Conbayta, wir haben uns viele Notizen gemacht und alles sorgfältig untersucht. Bitte gewähre uns ausreichend Zeit, um die Untersuchungsergebnisse auszuwerten und vielleicht einen Weg zu finden, den Antrieb wieder instand zu setzen.«

»Beeilt euch damit«, antwortete Conbayta im Befehlston. »Agilos soll uns vom Fortschritt berichten.«

Sprachs und verschwand, ohne sich zu bedanken.

»Einen schönen Dank auch«, rief ihr Ralf empört nach.

»Kommt, es ist Zeit zu gehen«, forderte Tim die beiden auf und sie traten in die Schleuse.

»Hoffen wir, dass das mit der Schutzwand aus Licht wieder klappt«, hoffte Tim. »Dann verschwinden wir nach verschiedenen Seiten. Besen und Schaufeln lassen wir einfach liegen, sobald wir raus sind.

Der Groll über die unhöfliche Art Conbaytas legte sich, als sie durch den auf die Sekunde einsetzenden Schutzwall aus Licht, vom UFO unerkannt flüchten konnten.

Tim entledigte sich seiner Verkleidung in der Toilettenanlage vom Bahnhof während die beiden Techniker durch einen Seiteneingang des Bahnhofs, ihr Auto erreichten.

Verständlicherweise brachte diese Aktion die Bewacher wieder komplett durcheinander.

Tim konnte es nicht erwarten, Jane zu erzählen, dass er vermutlich den Stoff gefunden hat, der hergestellt wurde, um die Menschheit zu vernichten.

Am nächsten Tag traf sich Tim mit den Männern in deren Firma. Reza berichtete, er hätte den Fehler, soweit er es beurteilen konnte, gefunden. Er wunderte sich, dass er von Stabilur nicht entdeckt worden war. Tim deutete an, dass es größere Probleme gab, über die man sie zu gegebener Zeit informieren würde. Bis dahin hieß es, möglichst alles in die Länge zu ziehen.

Der seltsame Vorgang auf dem Platz hatte die inzwischen eingesetzte Lethargie schlagartig unterbrochen. Endlich schien sich etwas zu bewegen. Die Journalisten versuchten, aus den wenigen Sekunden des Verschwindens der drei Personen, spannende Artikel zu erfinden, während die Fernsehberichterstatter nur kurz eine rosa Röhre bieten konnten. Die Flucht an sich ging in der Lichterflut komplett unter. Der Verkleidungstrick, sich als Straßenreiniger zum UFO zu schleichen, löste, nach dem Bekanntwerden, weltweit Heiterkeit aus.

Jane umarmte Tim, als käme er von einer
Weltreise zurück. Sie hatte sich große Sorgen
um ihn gemacht. Bei einem ausgiebigen, von
Jane besonders liebevoll gedecktem
Abendbrottisch berichtete Tim über die
Besichtigung. Den wichtigsten Punkt behielt er
sich bis zum Schluss vor.

Erst als sie den Tisch abgeräumt hatten und bei
einer Tasse Kaffee satt und zufrieden auf der
Couch saßen, zog Tim die kleine Ampulle aus
der Hosentasche.

»Was ist das?«, fragte Jane neugierig. »Hast du
das etwa aus den UFO gemaust?«

»Du hast es erraten. Jetzt muss ich dir etwas
erklären, das unglaublich klingt. Hier in diesem
Glasröhrchen befindet sich ein Stoff, der von den
Aliens entwickelt wurde, um die
Erdbevölkerung auszurotten. Ob es sich um
einen chemischen Stoff, um Viren oder etwas
Anderes handelt, weiß ich nicht. Es muss
umgehend untersucht werden.«

Jane hatte atemlos und mit entsetztem Gesicht
zugehört. Bedächtig, um nichts zu verschütten,
stellte sie die Tasse auf dem Tisch ab. Erst dann
registrierte sie allmählich die Tragweite von
Tims Sätzen.

»Das ist ja beängstigend. Woher weißt du das,
und dieser schrecklichen Geschichte? Wir

müssen sofort die Gesundheitsbehörden in Kenntnis setzen.«

»Warte bitte, das ist noch viel zu früh, um das zu tun. Zuerst muss herausgefunden werden, womit wir es zu tun haben. Dann sollte festgestellt werden, ob es ein Gegenmittel dafür gibt. Wir haben keine Ahnung, wann und wie das vernichtende Mittel freigesetzt werden soll. Zurzeit gibt es zu viele Fragen.«

Jane ließ sich die Ampulle reichen und schaute sie gegen das Licht der Lampe an.

»Sieht klar wie Wasser aus«, stellte sie fest.

Sie hielt das kleine Fläschchen vorsichtig noch eine Weile in der linken Hand, während sie mit der rechten Hand nach der Kaffeetasse griff. Die Bewegung war wohl etwas zu unkonzentriert, denn ein wenig Kaffee schwappte auf ihre Finger. Daraufhin stellte sie die Tasse wieder ab und nahm die Ampulle in die rechte Hand, um sie beiseitezulegen. Dabei bekam das Gefäß einige Tropfen Kaffeeflüssigkeit von der Hand ab. Tim reichte ihr ein Papiertaschentuch für die nasse Hand. Nachdem sie sie abgetrocknet hatte, versuchte sie die Ampulle zu trocknen. Erstaunt stellte sie fest, dass etwas Papier vom Taschentuch an der Oberfläche der Ampulle kleben geblieben war.

»Das ist merkwürdig«, wunderte sich Jane. Es sieht so aus, als hätte der Kaffee die Oberfläche der Ampulle aufgelöst.«

»Gib sie mir bitte«, verlangte Tim neugierig. Er besah sich das Stückchen Papier. Es klebte fest auf der wie Glas aussehenden Oberfläche. »Ich hoffe nicht, dass es das ist, woran ich denke«, orakelte Tim.

»Woran denkst du?«, erkundigte sich Jane.

»Warte bitte ein wenig, ich muss erst etwas überprüfen.«

Tim lief in die Küche. Nach wenigen Minuten kam er, bleich wie ein Tischtuch, wieder zurück.

»Was ist mit dir? Was ist passiert?«, fragte Jane beunruhigt.

»Jane, das ist kein Glas. Das ist ein Stoff, der sich bei Berührung mit Wasser oder einer anderen Flüssigkeit langsam auflöst, bis das Mittel schließlich freigesetzt wird. Wir müssen die Ampulle sofort so gut einpacken, dass keine Flüssigkeit an sie gelangen kann. Anderenfalls brächte sie uns den Tod. Ich überlege, wie wir das Zeug feuchtigkeitssicher verpacken können.«

Jane überlegte nur kurz, eilte in die Küche und kam nach einigen Minuten mit einem schmalen Glas mit dicht schließendem Deckel zurück.

»Wo hast du das so schnell hergezaubert«, freute sich Tim?

»Schau auf das Etikett«, lächelte Jane.

Tim las: Schwarzwurzeln, vorgekocht.

»Und wo sind die Schwarzwurzeln?«, erkundigte er sich.

»Ich habe sie umgefüllt. Die gibt es morgen als Beilage.«

»Du hast vielleicht Ideen«, wunderte sich Tim.

»Ich werde die Ampulle zusätzlich mit Küchenpapier umwickeln und in das Glas stecken. Dann ist sie garantiert vor Nässe sicher.

»Wie geht es weiter?«, interessierte sich Jane.

»Da ich vermute, dass es sich um einen biologischen Stoff handelt, werde ich die Ampulle zuerst vom Tropeninstitut in Hamburg untersuchen lassen. Wie du weißt, habe ich gute Verbindungen zu meiner Heimatstadt. Sollte es chemischer Kampfstoff sein, so werden die in Hamburg sicher ein anderes Institut für die weiteren Untersuchungen kennen. Ich werde morgen in aller Frühe aufbrechen.«

»Du willst doch nicht etwa alleine fahren?«, monierte Jane.

»Nein, wie kommst du nur auf so eine Idee?«, lästerte Tim. »Ich hätte dich sogar darum gebeten.«

»Schwindler!«

Tim hatte vor der Fahrt mit dem Spezialisten für unbekannte biologische Stoffe gesprochen und um strengste Diskretion nachgesucht. Auf dessen Rückfragen, woher die Proben stammten, ließ Tim durchblicken, sie hätten etwas mit dem UFO in Berlin zu tun. Das genügte, um die im Institut mit der kommenden

Untersuchung Betrauten, in höchste Erwartung zu versetzen.

Sie waren so früh losgefahren, dass sie noch am selben Tag mit den Verantwortlichen sprechen konnten. Tim berichtete nur das Nötigste über die Ampulle. Er machte darauf aufmerksam, dass die Ampulle aus einem wasserlöslichen Stoff bestünde und hier höchste Vorsicht geboten sei. Er verschwieg, dass er ein großes Lager im UFO von diesem geheimnisvollen Stoff entdeckt hatte und auch die vermutete Verwendung gegen die Erdbevölkerung. Das Ergebnis der Untersuchung sollte nur schriftlich mit Einschreiben und Rückschein an Tim gehen. Die Übertragung mit E-Mail oder zum Beispiel mit Whatsapp, kam aus Sicherheitsgründen nicht infrage. Die Kosten für die Untersuchungen übernahm, das hatte Tim vorher vereinbart, das Wissenschaftsjournal *EFI*.

Am späten Nachmittag, Jane hatte vorgezogen, sich ein wenig in der Stadt umzusehen, trafen sie sich in einem Lokal nahe der Rothenbaumchaussee, welches Tim von früher her kannte. Danach überlegten sie, die Nacht in Hamburg zu bleiben, oder zurückzufahren. Sie entschieden sich für Letzteres und wechselten sich beim Fahren ab.

Am nächsten Tag wunderte sich Jane, wie schweigsam ihr Partner war. Am

Frühstückstisch hatte er lustlos an seinem Brötchen geknabbert und mit seinen Gedanken abwesend, nur einsilbig auf Janes Fragen geantwortet.

»Was ist mit dir los? Ich vermisse deine Redseligkeit«, wunderte sich Jane.

Tim lief mit unruhigen Schritten zwischen dem Arbeitszimmer und dem Wohnzimmer hin und her. Seine Wanderung begann bereits nach dem Frühstück. Ab und zu blieb er am Schreibtisch stehen und schrieb, ohne sich zu setzen, Notizen in den Laptop.

»Du machst mich wahnsinnig mit deinem Herumgelaufe«, beschwerte sich Jane. »Kannst du mir nicht wenigstens den Grund dafür nennen?«

Tim blieb abrupt stehen, sah Jane an und sagte: »Mir ist erst jetzt zu Bewusstsein gekommen, dass ich mit dem Feuer spiele.«

»Wie das?«, wunderte sie sich.

»Bisher wissen nur Agilos, ich und andeutungsweise Leon von der drohenden Gefahr und du natürlich.  Das Wissen darüber drückt immer stärker auf meine Psyche. Lach mich bitte nicht aus, aber ich halte das Schicksal der Menschheit in meinen Händen, wenn du so willst.

Ich habe überlegt, ob ich das Problem zum Beispiel nicht lieber unserer Regierung übertragen sollte. Die Folgen könnten jedoch unabsehbar sein. Sie würde umgehend andere

Regierungen informieren. Die drohende Gefahr würde augenblicklich der Welt zur Kenntnis gebracht. Die Weltbevölkerung wäre geschockt und erwartete, dass die Gefahr beseitigt wird, aber wie? Das *Wie* brächte uns in Berlin vermutlich selber in größte Gefahr.

Würden Hardliner das UFO mit Waffengewalt zerstören? Selbst auf die Gefahr hin, dass Berlin dabei zerstört würde? Sie würden Agilos rücksichtslos benutzen, um mit den anderen Aliens Kontakt aufzunehmen. Selbst Leon und ich würden in ihre Überlegungen mit eingebunden. Die einfachste Lösung bestünde darin, dass der Antrieb des UFOs repariert würde und die Außerirdischen verschwänden. Das verschaffte der Erde jedoch nur einen Zeitaufschub, denn uns zu vernichten, bliebe weiterhin ihr Ziel. Selbst wenn die Militärs die Absicht hätten, das UFO entschwinden zu lassen, um es dann mitsamt den Giftstoffen im Weltraum mit einem ferngezündeten Sprengsatz zu zerstören, ist der Erfolg nicht garantiert. Wir haben keine Ahnung, über welche Waffen und Abwehrmechanismen das UFO verfügt.«

Tim schwieg erschöpft nach der langen Ausführung. Jane saß auf der Couch und merkte erst in diesem Moment, dass ihr Mund offenstand. Jetzt dämmerte es ihr, warum Tim so gedankenverloren gewirkt hatte.

»Das ist ja entsetzlich«, kam es leicht krächzend aus ihrem ausgetrockneten Mund. »Wofür entscheidest du dich?«

»Ich bin mir nicht sicher, was ich machen soll. Um Zeit zu gewinnen, warte ich erst einmal ab, was die Untersuchung in Hamburg ergibt. Danach sehen wir weiter.«

»Du kannst nicht diese immense Verantwortung alleine tragen. Du kannst nicht wie ein einsamer Wolf gegen ein Alien-Imperium antreten. Das ist unverantwortlich. Willst du dich todesmutig für die Welt opfern? Ich bin der Meinung, sobald die Untersuchungsergebnisse aus Hamburg vorliegen, musst du dir Verstärkung für die weiteren Maßnahmen holen. Schlussendlich wirst du nicht um die Mitarbeit von öffentlichen Institutionen herumkommen«. Jane schwieg atemlos.

Tim blickte Jane nachdenklich an und lenkte mit den Worten ein:

»Du hast sicher recht. Wir sollten wirklich alles noch einmal gründlich überdenken.

Sie diskutierten weitere Stunden, ehe sie, hiervon völlig erschöpft, zu Bett gingen.

~ 35 ~

Die Zeit verging. In Hamburg lösten die ersten Untersuchungsergebnisse der geheimnisvollen Substanz aus dem Röhrchen Verwirrung aus. Bisher hatten sie keinen Beweis erbringen können, ob es Viren, Bakterien oder Pilzsporengifte waren. Es schien, als ob die Aliens einen tödlichen Coctail aus mehreren hochansteckenden Komponenten entwickelt hatten. Vermutlich hatten sie entführte Menschen für ihre Versuche benutzt und sicher dabei getötet. Das Gift, bisher hatte man ihm noch keinen Namen gegeben, war selbst in kleinsten Mengen absolut todbringend. Das bewiesen die Ergebnisse der Tierversuche. Weitere Institute, die sich unter strengster Geheimhaltung, mit den tödlichen Substanzen befassten, kamen zu ähnlichen Ergebnissen. Kälte, Nässe sowie Trockenheit, nichts konnte dieses Gift zerstören. Sobald es mit der Luft in Verbidung kam, verflüchtigte es sich wie ein Gas und wurde dadurch zu einem unsichtbaren Atemgift. In größeren Mengen in der Welt verteilt, bestünde die Wahrscheinlichkeit, dass es die Menschheit ausrottete.

Erst bei Temperaturen über plus achtzig Grad, begann sich die wasserklare Flüssigkeit milchig zu verfärben. Dauerte die Wärmezufuhr an, bildeten sich weiße Flocken, die in der erneut wasserklaren Flüssigkeit schwammen. In diesem Zustand zeigten Versuche, dass die Flüssigkeit dann neutral und absolut ungefährlich war.

Die niederschmetternde Wahrheit lag seit Stunden schriftlich vor Tim auf dem Schreibtisch. Die Gedanken drehten sich im

Kreis. War es genau jetzt nicht der Zeitpunkt, die Regierungen der Welt zu informieren? Tim fielen Janes Worte ein, als sie dringend vorgeschlagen hatte, endlich andere Institutionen einzuweihen. Tim grauste es vor diesem Schritt. Er ahnte, dass damit garantiert unkalkulierbare Risiken entstünden. Es half nichts, er musste handeln.

Durch seine Arbeit als wissenschaftlich arbeitender Journalist, kannte er einen führenden Immunologen im Robert - Koch - Institut. Bevor er den Spezialisten anrief, informierte er Jane über das weitere Vorgehen. Sie war erleichtert, dass Tim die ihn stark belastende Verantwortung, nun auch auf andere Schultern verteilen wollte.

Nachdem sich Tim mit Professor H. Bilack getroffen hatte, entwickelte die Geschichte ihr Eigenleben. Bilack weihte die entsprechenden staatlichen Stellen ein. Er verwies dabei auf die Untersuchungsergebnisse vom Tropeninstitut. Tim hatte sein Wissen nur unter der Bedingung weitergegeben, dass sein Name nicht genannt werden dürfte.
Die Sachbearbeiter in den Behörden, sahen sich nicht in der Lage, die richtigen Rückschlüsse aus den Untersuchungsergebnissen zu ziehen, geschweige, entsprechende Vorschläge zur Abwehr der Gefahr zu erarbeiten.

Ehe sie sich einen Plan zurechtgelegt hatten, wie es weitergehen sollte, hatte ein Whistleblower die Information, über ein geheimnisvolles UFO-Gift, einer Presseagentur verkauft. Von wem er den Tipp über das Gift, aus dem streng geschützten Laborbereich, erhalten hatte, verriet er nicht. Kurz danach stand die Welt kopf. Ein Glücksumstand gab es dennoch. Aus den durchgesickerten Informationen war die wirkliche Gefahr durch das Gift für die Weltbevölkerung nicht erkennbar. Man wusste nur, dass die Aliens ein hochansteckendes Gift in ihrem UFO besaßen.

Der Whistleblower, nach seiner Quelle gefragt, sagte nur aus, dass die Substanz im Hamburger Tropeninstitut untersucht worden war. Er war es selber, der sich als Laborant in diesem Institut, mehrmals bei einer Höherreihung übergangen fühlte, und nun gedachte, mit seinem Wissen bei den Medien, das große Geld zu holen. Auf Nachfragen der Medienvertreter, wer das Gift aus dem Raumschiff geholt hatte, erhielten sie die ausweichende Antwort, es sei von höherer Stelle eine Nachrichtensperre verhängt worden.

*»Todes – UFO«, »Weltraumkiller«, »Endzeit-Aliens«,* diese und ähnliche Schlagzeilen besetzten die Titelseiten der Gazetten. Fernsehberichte zeigten das UFO und Journalisten erfanden die skurrilsten Geschichten, weil sie keine Tatsachen kannten.

Tim war erleichtert, als er mit den beiden Technikern sprach, die ihn ins UFO begleitet hatten, dass sie nicht mit der Beschaffung des Giftes in Verbindung gebracht worden waren. Der Blendschutz der Aliens hatte damals hervorragend funktioniert und so den drei Personen ermöglicht, unerkannt in der Menge zu verschwinden.

Der Nachricht über das Gift im Raumschiff erging es nicht anders, als allen anderen Nachrichten.
Da es keine neuen Erkenntnisse gab, flaute das Interesse der Menschen nach und nach ab und wurde durch neue Sensationsmeldungen verdrängt.
Inzwischen und das war eigentlich die wahre Sensation, hatten sich Regierungsvertreter aller Staaten, auch die von unterschiedlichen politischen Ausrichtungen, im Geheimen zusammengesetzt. Wie in diesen und ähnlichen Fällen, gründeten sie einen internationalen Arbeitskreis, der die Hintergründe und Auswirkungen über das angebliche Gift prüfen sollte.
Da zurzeit keine akute Gefahr zu erkennen war, richtete man sich auf längere Beratungen ein.

Die Vorschläge, wie der drohenden Gefahr zu begegnen sei, uferten aus. Von außen in das UFO einzudringen war nicht möglich, genauso, wie der Versuch, eine Materialprobe von der Außenhaut zu entnehmen, kläglich gescheitert war. Da entsann man sich an den kleinen Alien, der in der Charité lag. Könnte er nicht zwischen den Wesen im Raumschiff und den entsprechenden Stellen vermitteln? Vielleicht würden Verhandlungen dazu führen, die Gefahr zu bannen? Hoffnung keimte auf.

Ein hoher Beamter der Gesundheitsbehörde namens Moser, meldete sich in der Charité, um die Gesprächserlaubnis für Agilos zu erhalten. Er war der deutsche Vertreter in dem internationalen Untersuchungsausschuss. Seine Enttäuschung war groß, als ihm erklärt wurde, dass Agilos nur mit einem Jungen namens Leon sprechen würde. Daraufhin kontaktierte man die Familie Kotowski und bat, Leon als Mittelsmann einzusetzen. Anfangs zögerten die Eltern, Leon erneut mit weiteren Aufgaben zu betrauen. Nachdem den Eltern der Grund, mehr über das Gift im UFO zu erfahren, mitgeteilt worden war, gaben sie ihren Widerstand auf. Leon durfte zu Agilos gehen.
Bevor Leon einen Termin mit seinem kleinen Freund festlegte, musste er von Moser über die zu stellenden Fragen an Agilos unterrichtet werden. Das geschah kurz danach in der Wohnung der Kotowskis. Auf den Punkt gebracht, sollte Agilos Kontakt mit Conbayta aufnehmen und ihr mitteilen, dass die Menschen

von dem Gift erfahren hatten. Weiterhin sollte den Außerirdischen klargemacht werden, dass man ebenfalls von dem Plan Kenntnis erhalten hatte, die Erdbevölkerung auszulöschen. Man wäre bereit zu verhandeln, um die Gefahr abzuwenden. Wie naiv dieser Vorschlag war, ahnten sie nicht.

Ehe er Agilos besuchte, schaffte es Leon, mit ihm zu telefonieren und ihn zu informieren, dass die Welt vom Gift erfahren hatte.

## ~ 36 ~

Wie erfreut war Agilos, als Leon ihn besuchte. Um so trauriger war er, weil er seinem Freund eine unangenehme Nachricht überbringen musste. Nach Leons Anruf, hatte er inzwischen mit Conbayta gesprochen.

»Conbayta wird, nie und nimmer übe diesen Punkt mit euch verhandeln«, stellte Agilos fest. »Nachdem ich sie informiert habe, dass die Menschen von dem Gift und dessen Verwendung erfahren haben, hat sie das Gespräch sofort abgebrochen. Ihr Auftrag lautet, euch zu vernichten, um für uns Lebensraum zu schaffen. Egal, was ihr als Verhandlungsvorschlag vorbringt, es würde sie nicht umstimmen.«

Leon war entsetzt. Was sollte er seinem Auftraggeber sagen?

Agilos sah, wie sehr sein Freund enttäuscht war.
Da kam ihm ein Gedanke. Dass das UFO nicht
mehr starten konnte, wusste er. Genauso wusste
er von dem Besuch der beiden Techniker und
Tim, dem großen Freund von Leon. Ob das eine
Verhandlungsbasis mit Conbayta sein könnte?
Er beschloss, Leon davon zu erzählen.

»Leon, ich habe eine Idee«, begann er. »Unser
UFO ist zurzeit nicht mehr in der Lage zu
starten. Deshalb hat Conbayta deinen Freund
Tim und zwei Techniker rufen lassen, um zu
prüfen, wie sie wieder in der Lage sein könnten,
zu starten. Ich halte es für möglich, dass hier von
Conbayta vielleicht Interesse bestünde zu
verhandeln.«

Leon hatte atemlos zugehört. Tim hatte ihm
nichts von der geheimen Aktion erzählt. Also
war er einer der drei Straßenreiniger, die sich
vor einiger Zeit zum UFO geschlichen hatten. Er
musste lachen. Das passte zu Tim.

»Ich vermute«, begann Leon, »dass Conbayta
sicher keine neuen unbekannten Menschen in
das UFO lassen würde. Sie würde jedoch Tim als
Verhandlungspartner akzeptieren, denke ich. Ich
werde den Mann von der Regierung mit Tim
zusammenbringen, was meinst du?«

Erschrocken sah Leon, dass Agilos die Augen
geschlossen hielt und schwerer atmete.

»Soll ich Doktor Dahir rufen?« fragte er.

»Nein, ich fühle mich in der letzten Zeit nicht
gut. Mir fällt es schwer, im Zimmer

herumzulaufen. Ich weiß nicht, woran es liegen könnte. Kann sein, dass mir unsere Originalnahrung fehlt. Wer weiß?«

Agilos legte sich zurück in die Kissen und war nicht mehr ansprechbar. Leon schlich bedrückt aus dem Zimmer.


Leon informierte Tim über das, was er von Agilos erfahren hatte und dass sich Tim mit Moser zusammensetzen sollte.

Tim und der offizielle Verhandlungspartner Moser trafen sich in Tims Wohnung. Jane beschloss, hier lieber nicht dabei sein zu wollen und verabredete sich derweil mit einer Freundin.

Moser amüsierte sich köstlich, als er erfuhr, dass Tim einer der drei Straßenreiniger war. Doch schnell wurden die Gesichter wieder ernst.

»Vom Auftrag, Menschen zu vernichten, wird Conbayta nicht ablassen«, stellte Tim fest.

»Immerhin ist das die Grundlage für das eigene Volk, eines Tages hier auf der Erde weiterzuleben. Wir brauchen einen mehrstufigen Plan. Wenn wir es schaffen, das UFO wieder flugfähig zu machen, wird sie eine Weile verstreichen lassen, um dann urplötzlich das Gift über die Welt zu verteilen. Das muss auf alle Fälle verhindert werden. Die Menschheit zu retten, erfordert es, ohne Zögern, drastischere Mittel anzuwenden.«

»Was meinen Sie mit drastischen Mitteln?«, wollte Moser wissen.

»Was ich jetzt vorschlage, hört sich grausam und unmenschlich an, aber wir haben es Gott sei Dank nicht mit Menschen, sondern mit einer hochentwickelten Insektenart zu tun«, beschwichtigte Tim.

»Kann es sein, dass Sie mit drastischen Mitteln meinen, die Aliens zu töten?«, fragte Moser.

»Genau das meine ich damit«, bestätigte Tim.

»Wie wollen wir sie umbringen?«, kam die nüchterne Frage von Moser.

»Keine Ahnung. Auf alle Fälle muss es sehr schnell gehen, sodass ihnen keine Zeit mehr bleibt, das Gift freizusetzen. Vielleicht genügte es, Conbayta zu töten, denn sie allein hat die Verantwortung für den Einsatz des Giftstoffes. Töteten wir sie, müssten wir hoffen, dass keiner der anderen Aliens die Verantwortung übernimmt und uns umbringt. Damit ist jedoch ein hohes Risiko verbunden. Das ist mir klar.«

Moser räusperte sich und hob die Hand.

»Ich habe eine andere Idee. Wie wäre es, wenn wir das UFO wieder flugfähig hinbekommen und heimlich eine Sprengladung im UFO unterbringen. Wenn sie weit genug wären, könnte wir diese zünden und tschüss Aliens.«

»Das ist eine gute Idee, aber es müsste eine sehr große Sprengladung sein, um diesen Koloss in Stücke zu reißen. Ich glaube nicht, dass es uns gelänge, die Bombe ungesehen hineinzuschmuggeln«, bezweifelte Tim.

»Haben Sie einen besseren Vorschlag?«, erkundigte sich Moser.

»Vielleicht«, meinte Tim und erklärte seinen Plan. »Wir sollten sie mit einem sehr schnellwirkenden Nervengift außer Gefecht setzen. Conbayta dürfte nicht mehr dazu kommen, den Befehl zur Vernichtung der Menschheit zu geben.«

»Und wie soll das vor sich gehen?«, zweifelte Moser.

»Mir ist in dieser Sekunde etwas eingefallen«, rief Tim aufgeregt.  Bisher haben wir uns im Raumschiff ohne Atemgerät aufgehalten. Wir würden Conbayta klarmachen, dass Leon, ich und die Techniker im Nachhinein, wegen des im UFO herrschenden hohen Sauerstoffgehalts, tagelang unter argen Kopfschmerzen gelitten hätten.«

»Was haben Sie vor?«, fragte Moser.

»Wir bäten darum, mit Atemschutzmasken kommen zu dürfen.«

»Was würde das ändern?«

»Damit hätten wir die Möglichkeit, das Nervengas in Druckgasflaschen hineinzubringen. Wir behaupteten, es wäre nur die für uns verträgliche Luft in den Behältern.« Jeder von uns hätte zwei gleichaussehende Druckgasflaschen auf dem Rücken. In einer befände sich die normale Luft unseres Planeten und in jedem zweiten Behälter das Nervengas. Moser schwieg eine längere Zeit, um dann mit einem Kopfschütteln das Wort zu ergreifen.

»Herr Hansen, die Idee könnte die Lösung sein, doch ich möchte auf ein Problem hinweisen.«

»Und welches wäre das?«

»Wie würde die Welt, besonders die Wissenschaftler darauf reagieren, wenn wir die Außerirdischen töteten? Immerhin gäbe es hier und jetzt die bisher einzigartige Gelegenheit, Wesen einer fremden Galaxis zu untersuchen. Ich kann mir nicht denken, dass man das uns verzeihen würde.«

»Wir müssten sie ja nicht töten, sondern nur betäuben. Sie könnten in ihrem Raumschiff eingesperrt werden und die Wissenschaftler hätten genug Material für die Untersuchungen. Dann sollten wir Letzteres den verantwortlichen Institutionen mitteilen«, erwiderte Tim aufatmend.

»Dann schlage ich vor, diese Entscheidung den Politikern zu überlassen. Warum sollten wir die Köpfe dafür hinhalten«, bestätigte Moser.

Tim lachte erleichtert, ergänzte aber etwas zweifelnd:

»Können Sie sich vorstellen, wie lange wir dann auf eine Entscheidung warten müssten? Inzwischen hätten uns die Aliens inzwischen ausgelöscht oder wären an Altersschwäche gestorben.«

»Ich hoffe nur, das uns inzwischen eine bessere Lösung einfällt. Ich kann mir vorstellen, dass die Weltraumgeschöpfe, mögen sie auch eine Art Insekten sein, mit ihrer Situation allmählich unzufrieden sind. Damit wir ein Stück weiterkommen, werde ich die Betäubung und Gefangennahme der Aliens, als momentane Lösung des Problems, den entsprechenden Stellen unterbreiten.«

## ~ 37 ~

Conbayta hatte den internen Zirkel der Großen, also die wichtigsten weiblichen Mitarbeiterinnen, in den Sitzungssaal beordert. Selbst ihr war klargeworden, dass es besser wäre, das wertvolle Raumschiff nicht zu opfern, solange es eine Chance dafür gäbe. Das Überleben der Besatzung spielte hierbei keine Rolle.

Dieser Einladung folgten die Großen stets mit Unruhe. Sie kannten die Unberechenbarkeit ihrer Führerin.

Conbayta ließ sie lange warten. Sie stakste, sichtlich angespannt, auf den dünnen Beinen zum Kopfende des Tisches. Dem Zischeln und Zirpen folgte atemlose Stille. Erneut mussten sich die Anwesenden mit Geduld wappnen. Sie zuckte zusammen, als Cogbayta ohne einleitende Worte, mit unangenehmen, durchdringendem Zirpen befahl:

»Stabilur soll sofort kommen.«

Sie hätte ihn selbst, wie üblich, telepathisch informieren können, aber sie überließ es mit einem Fingerzeig auf Matipsa, ihn anzufordern. Minuten später schlich Stabilur in den Raum. Conbayta wusste, dass die Techniker der Menschen eine Reparatur des Raumschiffantriebs für machbar hielten. Sie musste den Druck auf die Menschen erhöhen.

»Warum ist der Antrieb noch nicht einsatzbereit? Warum werde ich nicht über den Stand der Dinge informiert? Meine Geduld ist am Ende. Über Agilos wünsche ich den Menschen mitzuteilen, dass die Reparatur innerhalb von vier Wochen, nach der auf der Erde benutzen Zeitrechnung, fertiggestellt sein muss. Andernfalls würde ich die gesamte Menschheit dafür bestrafen.« Worin die Bestrafung bestünde, ließ sie offen. Während sie sprach, glühten ihre Augen hellrot und die Fühler wiesen wie stets, wenn sie erregt war, steil nach vorne.

Das Wort töten, benutzte sie erstaunlicherweise nicht.

Der kleine Stabilur wurde sichtlich noch kleiner und versicherte, er würde die Nachricht über Agilos an die Menschen weiterleiten.

Mit einer Handbewegung war Stabilur entlassen.

Kaum war der Führungszirkel unter sich, bat Hilaria ums Wort.

»Sprich!«, forderte Conbayta sie auf.

»Hohe Conbayta, wie wir alle wissen, ist uns die Aufgabe, zur Vernichtung der Erdbewohner, von unserer Königin Magnalia übermittelt worden. Unsere Situation mit dem defekten Antrieb verlangt neue Überlegungen, denke ich. Verstehe ich das richtig, wenn die Menschen es nicht in der vorgegebenen Zeit schaffen, den Antrieb zu reparieren, würdest du sofort das Gift zur Vernichtung der Menschen freisetzen.«

»Das ist richtig. Wir müssen den Auftrag unserer Königin Magnalia ausführen.«

Raunen im Saal. Hilaria hob erneut die Hand.

»Sprich!«

»Das bedeutet aber, das auch wir alle getötet werden. Ich bin mir sicher, dass das nicht im Interesse von Magnalia liegt. Immerhin verlöre sie die einzigen Spezialisten, die für diese Mission ausgebildet wurden. Du erinnerst dich, dass sich bereits Firmuna dagegen ausgesprochen hat.«

Es schien, als verbreitete sich die Weltraumkälte im Raum. Conbayta stand auf, Leuchtreflexe huschten über ihren Körper, sie wies mit deutlich zitternder Hand auf Hilaria und ihr schrilles Zirpen fuhr allen in die Knochen, als sie schrie:

»Das ist Rebellion. Firmuna und du werden hiermit zum Tode verurteilt und so bald wie

möglich, der Erdatmosphäre ausgesetzt.« Ihre
Fühler blieben aggressiv nach vorne gerichtet.
Das eisige Schweigen in der Runde dauerte an.
Die Vorschrift besagte, wenn ein Mitglied zum
Tode verurteilt würde, müsste im Gremium
darüber abgestimmt werden. Hier überschritt
ihre Anführerin ihre Kompetenz. Verstohlene
Blicke wurden getauscht und kaum
wahrnehmbares Kopfschütteln ließen auf die
Zweifel der Anwesenden schließen.
Conbayta hatte nun ein Problem, von dem sie
nichts ahnte.

Sie war sich ihrer unangreifbaren Macht so
sicher, dass sie die Anzeichen ignorierte und
sich zurückzog.
Ein Fehler, wie sich in dieser Nacht
herausstellen sollte.
Noch befanden sich Firmuna und Hilaria auf
freiem Fuß. Sie nutzten die Zeit, um das
Gremium erneut an einem geheimen Ort
zusammenzurufen.
Firmuna ergriff das Wort:
»Wie ihr wisst, ist es das Ziel unserer Mission,
die Erde für uns als neue Heimat vorzubereiten.
Dazu gehört die Ausrottung der Menschen, weil
wir nur mit einem viel höheren Sauerstoffgehalt
leben können. Das erreichen wir, wenn die
Wälder wie zu Urzeiten sich erneuern und die
Luft mit der für uns lebenswichtigen
Sauerstoffkonzentration anreichern. Dieser

Millionen Jahre dauernde Vorgang wäre mit den Menschen nicht durchzuführen. Ich habe mich entschlossen, unser Schicksal in die eigenen Hände zu nehmen und diesen Vorgang um eine gewisse Zeit zu verschieben. Wir haben, nachdem wir nach Jahrhunderten der Suche, endlich den blauen Planeten, der unsere Rettung sein wird, gefunden. Was sind dagegen einige Wochen oder Monate?

Den ursprünglichen Plan, die Erde für uns allein bewohnbar zu machen, geben wir deshalb sicher nicht auf.

Immerhin reden wir über einen unglaublich langen Zeitabschnitt. Ich bin nicht gewillt, uns alle und das Raumschiff heute und hier zu opfern. Deshalb schlage ich vor, Conbayta festzunehmen und das Kommando selbst zu übernehmen. Wie steht ihr zu meinem Vorschlag?«

Invilida meldete sich zu Wort:

»Ich bin einverstanden, weise aber darauf hin, dass wir erst die vielen anderen Großen«, womit sie die zahlreichen weiblichen Mitglieder meinte, »überzeugen müssen«. Sie setzte hierbei stillschweigend voraus, dass die Kleinen, die männlichen Beschäftigten, sich nicht dagegen aussprechen würden. Firmuna ergänzt ihre Vorstellung vom Ablauf der Aktion:

»Wir müssen unbedingt die Hüterin des Giftes, Capma, und Fidelan, der für die technisch

Freisetzung zuständig ist, ebenfalls festsetzen. Ohne sie, kann Conbayta den Vorgang nicht auslösen.

Firmuna stellte die entscheidende Frage:

»Was machen wir mit Conbayta und den anderen, wenn wir sie gefangengenommen haben?«

»Das werden wir entscheiden, wenn es soweit ist«, wich Invilida vorsichtig aus.

Bereits einen Tag danach begannen sie, die ersten weiblichen Besatzungsmitglieder, unter anderem auch die Pilotinnen, mit unverfänglichen Fragen zu testen, ob sie lieber leben, oder bedingungslos nach dem Wunsch Conbaytas sterben wollen. Sie begannen bei den im Rang höherstehenden Kolleginnen. Ihnen war die Gefahr bewusst, das eine der Befragten zu Conbayta laufen könnte, um sie über die verfänglichen Fragen zu informieren. Doch dieses Risiko mussten sie eingehen.

Trotz der immensen Furcht vor der unberechenbaren Conbayta, ließen alle durchweg durchblicken, dass sie lieber leben würden. Nach Ausrottung der Erdbewohner, und der erfolgreichen Rückkehr, würden sie als Retter von Manatura gefeiert werden.

Nach drei Tagen, da waren sie sich sicher, hatten sie die Mehrheit der wichtigsten weiblichen Besatzungsmitglieder auf ihrer Seite.

Für ihr Vorhaben wählten sie einen Tag, an dem Conbayta routinemäßig mit Capma und Fidelan, zu einer Sicherheitsanalyse zusammensaßen. Firmuna, Invilida und zwei weitere weibliche Führungskräfte stürzten mit gezogenen Waffen in den Besprechungsraum, um die drei festzusetzen.

Doch der Raum war leer.

Ehe sie sich von dem Schock erholt hatten, hörten sie Conbaytas durchdringende Stimme: »Lasst die Waffen fallen, sonst töten wir euch sofort.«

Widerstandslos ließen sie sich festnehmen.

Sie wurden in einem stark abgesicherten Raum im untersten Bereich des Raumschiffs, da wo sich die Ersatzteillager befanden, eingesperrt. Die Tür schob sich zu und das indirekte Licht der Decke verlosch. Man hatte sie verraten.

Am nächsten Tag fand man morgens ein totes Alienmännchen namens Proditus unter dem UFO liegen. Conbayta kannte keine Gnade mit einem Verräter.

Tim und Jane saßen sich schweigend gegenüber. Ihren Einkauf hatte Jane in der Küche verstaut und Tim meinte, sie hätten sich ein Glas Wein verdient. Tim hatte den leichten Sauvignon blanc eingeschenkt und hielt das Glas in der Hand. Jane schien es nicht zu bemerken.

»Hallo, meine Dame, hätten Sie die Güte, mit mir anzustoßen.«

Jane schrak aus ihren Gedanken hoch und meinte:

»Ich dachte an den Moser, der jetzt wieder auf dem Weg in die Staaten ist.

Bin gespannt, ob sie sich in dem internationalen Ausschuss einigen können, was wichtiger ist, entweder die Aliens zu töten, um das Gift zu vernichten, oder lieber die Aliens als Forschungsobjekte am Leben zu lassen. Dann müssten sie einen Weg finden, um das Gift anderweitig unschädlich zu machen.«

»Da wir das beide im Moment nicht beeinflussen können, stoße ich lieber mit dir auf einen gemütlichen Abend an.«

»Was hälts du von einer Pizza?«, schlug Tim vor.

»In Anbetracht, dass wir uns beim Einkaufen müde gelaufen haben, ist das eine verlockende Idee. Andererseits müsste ich mir etwas zum Abendessen einfallen lassen, wozu ich nicht die geringste Lust habe«, lachte Jane.

Tim bestellte bei ihrem Lieblingsitaliener die Pizzen, die bald danach duftend vor ihnen lagen. Kauend und bei dem Versuch, die herunterhängende Ecke des nächsten Pizzastücks zu erwischen, murmelte Tim:

»Die Pizza ist noch richtig schön heiß. Ist doch gut, wenn der Lieferant nicht so weit weg ist.« Kaum hatte er den Satz beendet, schien Tim zu erstarren. Von der Ecke des Pizzastücks tropfte etwas Käse auf den Tisch.

»Pass doch auf«, bemerkte Jane lachend, »was geht dir nun wieder durch den Kopf?«

»Du glaubst es nicht, aber ich denke, ich habe die Lösung für das Problem gefunden. Die heiße Pizza brachte mich auf einen Gedanken. Stichwort Hitze!

Hatte man nicht herausgefunden, dass sich das Gift bei Temperaturen über achtzig Grad zerstören ließ? Wenn wir die Aliens betäubt haben, brächte man die Raumtemperatur im Giftlager auf über achtzig Grad und das war es! Die Welt wäre gerettet! Die Aliens könnte von den Wissenschaftlern untersucht werden und alles fände ein gutes Ende.«

»Genial«, rief Jane und schüttelte sich vor Lachen.

Etwas beleidigt über diese unerwartete Reaktion seiner Tischnachbarin, fragte Tim verunsichert:

»Was soll deine unangebrachte Heiterkeit? Ich rette die Welt und du, du lachst nur über mich.«

»Entschuldige bitte lieber Tim, aber ich lache sicher nicht über dich. So leicht wie sich dein Vorschlag anhört, so leicht wird er sich garantiert nicht umsetzen lassen.«

»Das weiß ich auch«, murrte ihr Gegenüber.

»Allein das Risiko, alle Außerirdischen in diesem riesigen Raumschiff mit dem Betäubungsgas sofort zu erfassen, ist eine Schwierigkeit. Wer weiß, ob es nicht einigen gelingt, die Waffen zu ziehen und auf uns zu schießen. Abgesehen davon, dass wir nicht einmal wissen, wo sie sich versteckt halten könnten. Selbst wenn es uns gelänge, alle kampfunfähig zu machen, müssten wir sie alle im UFO einsperren, damit sie sich weiterhin in ihrer lebenswichtigen Atmosphäre aufhalten könnten. Da müssten sie bleiben, bis wir einen Weg gefunden haben, das Giftlager für eine Zeitlang auf über achtzig Grad zu erhitzen. Das sind zwei Punkte, die mir im Moment einfallen. Mir ist klar, dass es unabdingbar sein wird, einen genauen, sagen wir mal, Schlachtplan, zu erstellen.«

Erschöpft hielt Tim inne und genehmigte sich einen tiefen Schluck Wein.

Die Vorstellung, die Lösung für das Problem mit dem Giftlager gefunden zu haben, ließ ihn seinen Appetit fast vergessen. Nach einem oder zwei Happen lag das angebissene Stück Pizza wieder im Karton.

»Ehe wir die Pferde wild machen«, begann er erneut, »muss ich mich weise machen, wie der

Raum mit den Giftkugeln aufgeheizt werden könnte. Hoffentlich finde ich einen Weg, bevor Moser wieder zurück ist. Das mit dem Aufheizen ist der entscheidende Punkt bei der Aktion, aber wie wir vorher die UFO-Mannschaft internieren sollen, kann ich mir noch nicht vorstellen.«

Tim saß wortlos da und Jane ahnte, wie sich ab jetzt seine Gedanken nur noch um das Problem und dessen Lösung drehen würden. Schweigend deckte sie den Tisch ab.

Am nächsten Tag verbrachte Tim damit, Firmen zu kontaktieren, deren Metier es war, Räume zu beheizen. Am einfachsten wären elektrische Heizkörper gewesen. Tim erinnerte sich daran, in den Räumen weder Steckdosen noch elektrische Leitungen gesehen zu haben. Anscheinend hatten die Aliens eine Möglichkeit gefunden, ihre Geräte und Computer drahtlos mit elektrischer Energie zu versorgen. Man müsste für die Elektroheizungen von außen eine Leitung ins Innere des UFOs legen. Dabei bestünde die Gefahr, dass das Kabel durch die sich schließende UFO-Einstiegsluke zerquetscht würde. Andererseits musste die Luke geschlossen werden, um die lebenswichtige Atmosphäre für dies Alien zu erhalten.

Tags darauf besuchte Tim Firmen, die sich mit Elektroheizungen auskannten.

Er war überrascht, die Lösung für das Problem schneller gefunden zu haben, als gedacht.

Eine Firma, die Notstromaggregate vertrieb, schlug vor, ein ausreichend großes Aggregat mit Flüssiggasantrieb zu verwenden. Der Antrieb mit Diesel oder Benzin fiel für den Betrieb im UFO aus.

Am Abend berichtete Tim zu Hause, dass die erste Voraussetzunge für den Plan geklärt wäre.

»Jetzt muss ich eine Firma suchen, die sich mit Betäubungsgasen für die Narkose auskennt«, resümierte er.

»Da würde ich zuerst die Charité fragen«, schlug Jane vor.

»Das ist eine gute Idee. Falls sie mir nicht weiterhelfen können, kann ich mich immer noch an die Hersteller wenden.«

Jane sah Tim an und erinnerte ihn an die Gefangennahme der Insektenwesen mit den Worten:

»Woher willst du wissen, wie diese Kreaturen auf unser Betäubungsgas reagieren. Vielleicht zeigen sie überhaupt keine Wirkung, oder, was erschreckender wäre, sie sterben sofort daran.«

Tim runzelte die Stirn, grinste dabei, als er antwortete:

»Kaum habe ich eine gute Idee, kommen von dir Einwände. Du hast schon recht. Leider können wir vorher das Gas nicht ausprobieren. Der kleine Agilos in der Charité ist so schwach, dass er es nicht überstehen würde. Pragmatisch gesehen, steht die Vernichtung des Giftes an erster Stelle. Sollten dabei die Aliens draufgehen, so würden nur die Wissenschaftler um ihre Versuchsobjekte weinen.«

Jane lächelte verschmitzt, als sie das Nächste anmerkte:

»Vergiss bitte nicht, dass du die Gefangenen mit Nahrung über längere Zeit versorgen musst. Ich hoffe, du weiß, womit sie sich ernähren?«

»Liebe Jane, verschone mich bitte an diesem Abend mit weiteren Fragezeichen. Der Tag war anstrengend genug«, wehrte sich Tim und knipste den Fernseher an.

## ~ 39 ~

Eine Woche später kam Herr Moser von der Sitzung des internationalen Ausschusses aus Amerika zurück. Die Befürchtungen, dass man sich auf keinen Plan zur Lösung des Problems einigen konnte, bestätigten sich. Moser ließ durchblicken, dass die USA die Angelegenheit, ohne andere Länder einbinden zu wollen, in ihrem Sinn zu beenden gedachten.

Das Treffen mit Moser fand wieder bei Tim zu Hause statt. Er war besorgt, als er erfuhr, dass Conbayta über Agilos ausrichten ließ, dass sie nur etwa drei Wochen Zeit hätten, um das UFO flugfähig zu machen. Andernfalls drohte Conbayta mit Vergeltungsmaßnahmen.

Die Zeit drängte. Tim erläuterte seinen Plan, wie sie die drohende Gefahr noch abwenden könnten.

»Herr Hansen, ihr Vorschlag hört sich etwas verwegen an, wenn ich das mal so sagen darf, aber in Anbetracht der knappen Zeit, werde ich mich dafür im Gremium starkmachen.

Um keine Zeit zu verlieren, sollten Sie, über den Alien Agilos, der Conbayta ausrichten lassen, dass wir versuchen werden, das UFO in der gesetzten Zeit startklar zu machen. Sie müssten in den nächsten Tagen die Voraussetzungen für die Durchführung des Planes schaffen. Ich werde die zuständigen deutschen Regierungsstellen ab morgen in Kenntnis setzen.«

Tim hatte aufmerksam zugehört und an seinem Gesichtsausdruck war abzulesen, dass er sich langsam bewusstwurde, worauf er sich eingelassen hatte.

Kurz darauf verabschiedete sich Moser, nicht ohne Jane einen Gruß ausgerichtet zu haben. Jane hatte es vorgezogen, sich, wie beim ersten Treffen, lieber mit einer Freundin zu treffen.

Kaum hatte sich die Tür hinter Moser geschlossen, als Tim das erste Telefonat mit dem Chefanästhesisten der Charié führte. Es stellte sich schnell heraus, dass die dort verwendeten Narkosegase für den Einsatz im UFO nicht geeignet schienen. Er erhielt die Adresse des

Narkosemittelherstellers, mit dem er sich für den nächsten Tag verabredete. Anfangs zögerte man dort, sich des Problems anzunehmen. Viel zu groß erschien der Geschäftsleitung das Risiko, falls das Mittel nicht den gewünschten Erfolg zeigen sollte, ihren Ruf zu verlieren. Erst als Tim versicherte, dass sie schriftlich eine Zusicherung erhalten würden, nicht dafür haftbar gemacht zu werden, gaben sie ihr Einverständnis.

Tim ergänzte sein Wissen über die Weltraumwesen mit dem Hinweis, es könnten weiterentwickelte Insekten sein. Das rief anfangs ein ungläubiges Staunen hervor, führte aber dazu, dass die Versuche mit dem Betäubungsgas auf herkömmliche Insekten ausgeweitet wurden.


Das Problem mit den Notstromaggregaten hatte sich inzwischen gelöst. Die Firma ließ sich die ungefähre Größe des Giftlagerraumes von Tim geben. Danach berechneten sie die Leistung der Aggregate und die der Elektroheizkörper für das Lager, um dort die achtzig Grad erreichen zu können.

Eine Woche später erklärte die Firma für das Betäubungsgas, sie hätten eine Mischung gefunden, die für den Zweck geeignet erschien.


Parallel zu Tims Aktivitäten hatte Agilos Conbayta kontaktiert und versprochen, dass die

Menschen in den nächsten Tagen das Raumschiff flugfähig machen würden.

Conbayta zirpte zufrieden.

Erschöpft saß Tim mit Jane am Abend zusammen und versuchte, sich den Ablauf der Maßnahme zeitlich vorzustellen.

»Weiß du«, begann Jane, »die Unternehmung hört sich fast so an, wie früher die Piraten ein Schiff geentert haben.«

»Du hast sicher recht mit dem Vergleich. Mir ist nur unwohl, wenn ich daran denke, wie die Piraten eines Tages gefangen und aufgehängt wurden. Sollte es schiefgehen, werde ich zwar nicht aufgeknüpft, aber wer weiß, welche Strafe mich dann erwartet«, erwiderte Tim ernst.

Jane bemerkte zum ersten Mal eine gewisse Unsicherheit bei ihrem Freund. Um die negativen Seiten nicht noch mehr zu vertiefen, forderte sie ihn auf, ihr seinen Zeitplan vorzustellen.

»Das Ganze ist ein regelrechtes Kommandounternehmen«, begann Tim.

»Sobald wir mit Conbayta den Termin festgelegt haben, müsste es folgendermaßen ablaufen: Wir werden Conbayta, die beiden Techniker Ralf und Reza, die sie vom ersten Mal ja kennt, und mich, sowie einen weiteren Spezialisten, der für die Elektrik zuständig sein wird, präsentieren. Der vierte Mann ist jedoch ein ausgebildeter Bundespolizist der Grenzschutztruppe. Er wird uns beschützen, falls wir in Gefahr geraten. Die beiden Techniker werden vorher informiert, worum es geht und dass sich in einer ihren doppelten Druckgasflaschen das Betäubungsgas befindet. Sie müssten vorher trainiert werden, die Ventile der entsprechenden Flasche im richtigen Moment zu aktivieren. Wir tragen alle Schutzmasken gegen das Betäubungsgas, weil wir, so haben wir es den Aliens vorher weisgemacht, die hohe Sauerstoffkonzentration im UFO nicht gut vertragen.

Wir werden alle Werkzeugkoffer tragen in denen sich, neben den Werkzeugen, Waffen befinden. Falls die Aliens die Koffer kontrollieren wollen, werden wir es mit dem Hinweis ablehnen, dass es sich um hochsensible Geräte handelt, deren Funktion geheim bleiben muss. Um möglichst viele der wichtigen weiblichen Wesen außer Gefecht zu setzen, würde ich darum bitten, dass sich alle infragekommenden Führungskräfte im Eingangssaal einfinden mögen. Ich würde ihnen den Ablauf unserer Arbeiten vorher gerne demonstrieren.«

Jane unterbrach ihn aufgeregt:
»Wie wollt ihr in das UFO kommen, ohne von den Wachmannschaften, die den Alex absichern, festgenommen zu werden?«

»In diesem Fall werden sie von ihren Dienststellen vorher informiert, versicherte mir Moser.«

»Na hoffentlich klappt das«, meinte Jane etwas zweifelnd.

»Da bin ich mir sicher, denn alle Beteiligten wissen, dass wir nur diese eine Chance haben, das Problem mit der Außerirdischen zu lösen«, versicherte Tim hoffnungsvoll und fuhr fort:

»Der weitere Ablauf ginge so:

Sobald sich die Führungsriege der weiblichen Aliens versammelt hat, würde ich darum bitten, dass, um keine Zeit zu verlieren, die beiden Techniker inzwischen mit Stabilur, der uns bekannt ist, zu den Technikräumen gehen. Sobald die beiden kurz vor den Technikräumen angekommen wären, senden sie mir ein Signal auf mein Handy. Das ist das Zeichen, die Crew der Außerirdischen außer Gefecht zu setzen. Der GSG9-Mann und ich werden die Schnellschlussventile öffnen und hoffen, dass sich das Gas schnell im Raum ausbreitet und seine Wirkung entfaltet. In diesem Moment werden wir unsere Werkzeugkoffer öffnen und die Waffen herausholen. Da ich bei der Bundeswehr war, weiß ich mit einer Pistole umzugehen. Wir haben Glück, denn auch Ralf und Reza wissen wie eine Pistole funktioniert, das haben sie mir jedenfalls versichert. Unsere Hoffnung besteht jetzt darin, dass Ralf und Reza in den unteren Etagen die überwiegend männlichen Aliens außer Gefecht setzen. Stabilur eingeschlossen. Die schwierigste Aufgabe liegt dann noch vor uns. Wir müssen die betäubten Aliens entwaffnen und, sie sind zum Glück klein und leicht, in einen Raum bringen, den wir verschließen können. Die Techniker Ralf und Reza werden unten im Raumschiff ebenso verfahren.

Damit wäre Teil eins des Planes abgeschlossen.

Im Teil zwei werden wir, sobald sie wieder zu Bewusstsein gekommen sind, von den Männchen die auffordern, die sich mit der Raumschifftechnik auskennen, uns zu helfen. Zuerst denke ich an Stabilur. Er kennt sicher seine infrage kommenden Kameraden.

Von der weiblichen Führungsmannschaft erhoffe ich mir keine Hilfe, dazu sind sie zu fanatisch, ihren Auftrag durchzuführen.

Ein weiterer Schritt müsste sein, die Verpflegung der Gefangenen sicherzustellen. Da könnte uns Stabilur ebenfalls behilflich sein.

Der Teil drei muss zeitnah durchgeführt werden. Dazu müssen wir in der Lage sein, die Eingangsluke öffnen und schließen zu können. Mitarbeiter der Elektrofirma werden bereitstehen und auf unser Zeichen hin, die Notstromaggregate und die Heizkörper durch die Schleuse ins UFO bringen. Ich werde ihnen das Giftlager zeigen und sie werden dafür zu sorgen haben, dass die Raumtemperatur für längere Zeit auf mindestens achtzig Grad ansteigen muss. Sobald die Kontrolle der Giftampullen zeigt, dass das Gift erst milchig, dann klar und flockig aussieht, haben wir unser Ziel erreicht. Den Aliens ist damit die Möglichkeit genommen, die Menschheit auszurotten.«

Tim schwieg erschöpft durch die lange Rede. Jane lief in die Küche und brachte für ihn kurz danach einen großen Pott mit Kaffee. Tim dankte mit einem Lächeln und nahm einen großen Schluck.

»Das hatte ich nötig«, meinte er dankbar.

»Wenn ihr das alles geschafft habt, wie soll es dann weitergehen?«, fragte Jane aufgeregt.

»Die weitere Planung ist noch recht nebulös«, musste Tim zugeben.

»Da sollen sich die zuständigen Stellen drum kümmern. Meinen Anteil an der Geschichte, so glaube ich, habe ich damit erledigt.«

»Ich schlage vor, das Thema für heute zu beenden. Mir schwirrt der Kopf von der ganzen Sache«, meinte Jane und rollte sich auf der Couch gemütlich zusammen.

»Ja, es reicht«, stimmte Tim zu, setzte sich neben sie und nahm sie zärtlich in die Arme.

Moser hatte den internationalen Ausschuss davon überzeugen können, die Maßnahme, die Außerirdischen zu betäuben und gefangen zu nehmen, durchzuführen. Es sollten möglichst wenige von ihnen getötetet werden. Wissenschaftler aus aller Welt hätten dadurch ausreichend Möglichkeiten, die ersten Lebewesen aus einer fernen Galaxie, zu untersuchen.

Tim atmete auf, als er die Zusage hörte. Damit lag die Verantwortung nicht allein auf seinen Schultern.

Nachdem alle Vorbereitungen getroffen waren, stand der dritte März als Tag für die Unternehmung fest. Die Aktion bekam sinnigerweise die Code- Bezeichnung *Tiefschlaf*. Mit Conbayta hatten sie, über Agilos, das Datum und die Zeit mit zehn Uhr vereinbart.

Die den Platz sichernden Mannschaften hatte Anweisungen bekommen, den Ort noch lückenloser zu bewachen. Niemand sollte aus Neugier oder beruflicher Sensationsgier den Ablauf der Aktion gefährden.

Der dritte März begann kühl und nass. Über Nacht hatte Schneeregen den Alex mit einer zentimeterhohen Schneematschschicht bedeckt. Missmutig und frierend hatten sich die

Techniker, die die Notstromaggregate und die Heizkörper liefern sollten, in die Lastwagen zurückgezogen. Wann sie zum Einsatz kämen, hing ganz vom erfolgreichen Verlauf der Betäubungsaktion ab.

Tim, Ralf, Reza und der GSG-Mann, den Tim mit Martin anreden durfte, standen vollbepackt und vor Kälte zitternd unter dem UFO. Nervös schauten sie abwechselnd auf die Uhr. Wenn es doch endlich zehn Uhr wäre, dachte Tim. Immer öfter schauten sie zur Luke im UFO hoch. Es wurde zehn und nichts bewegte sich über ihnen. Die Zeiger der Uhren rückten erbarmungslos weiter.

Zehn Uhr acht, zehn Uhr fünfzehn. Zehn Uhr zwanzig.

»Wenn sie uns bis zehn Uhr dreißig nicht ins Raumschiff lassen, blasen wir die Aktion ab«, informierte Tim die anderen. Allseitiges, zustimmendes Kopfnicken.

Zehn Uhr dreißig. Enttäuscht wuchteten sie ihr Gepäck auf die Schultern, als ein Lichtstrahl aus der sich öffnenden Luke schoss und sich die bekannte Leuchtröhre langsam dem Boden näherte.

»Die machen es aber echt spannend«, versuchte einer der Techniker zu scherzen.

Einzeln, Tim betrat als Erster den Lichttransportschlauch, zog man sie in die Luftschleuse an Bord. Dann öffnete sich die Schleuse und sie betraten den großen

Empfangsraum. Der Polizist schien verblüfft, als er die Aliens erblickte. Er fasste sich aber routinemäßig schnell und betrachtete aufmerksam die Umgebung.

»Wir begrüßen die Erdbewohner«, zirpte Conbayta und ihre Augen glimmten schwach rot. »Stabilur wird die Menschen, die unser Raumschiff reparieren werden, zu den technischen Räumen begleiten.«

Sie sprach, reparieren werden, nicht versuchen zu reparieren.

So wie es Tim geahnt hatte, zeigte Conbayta auf die Werzeugtaschen und fragte nach deren Inhalt. Tim versicherte sehr überzeugend, dass die wichtigen Geräte das neueste Wissen der Technik beinhalteten und geheim bleiben müssten. Er hatte vorher erklärt, dass er durch die Sauerstoffmaske leider etwas undeutlich zu verstehen wäre, aber anders ginge es nicht. Conbayta nickte verstehend, aber schien wegen der Taschen nicht ganz überzeugt zu sein. Ihre Fühler schwangen auf dem Kopf hin und her und sie wiegte den Kopf von einer Seite auf die andere.

Tim wollte nachsetzen, dass sie sofort wieder gehen würden, falls man die Taschen untersuchen würde, da öffnete Conbayta die kleine Mundöffnung und gab ihre Zustimmung.

»Die Männer sollen anfangen.«

Jetzt war der Moment gekommen, wo Tim Conbayta überzeugen musste, möglichst viele der weiblichen Führungskräfte zusammenzurufen, um ihnen den Ablauf der Reparaturarbeiten zu erklären. Conbayta schien unsicher, warum er das wollte und verharrte eine gute Weile ohne Antwort. Dann nickte sie und sagte nur kurz:

»Es darf aber nicht zu lange dauern.«

Sie schickte lautlos ihren Befehl an alle wichtigen Führungskräfte, die sich kurz danach in dem Raum versammelten. Tim zählte etwa zwanzig weibliche Aliens und etwa zehn der kleinen männlichen Wesen. Jetzt musste er die Zeit solange überbrücken, bis einer der Techniker das Signal geben würde, alles wäre zum Angriff bereit.

Tim hatte sich nicht auf eine längere Rede vorbereitet und begann zu erzählen, wie schwierig es war, die notwendigen Vorbereitungen für diese Reparatur zu treffen. Er redete und redete, und die Zeit verstrich, ohne dass das Signal ihn erlöste. Nach etwa zwanzig Minuten, Conbayta begann bereits, sichtlich unwillig, mit der neben ihr stehenden Kollegin zu tuscheln, als der Signalton in Tims Handy ertönte.

Jetzt kam es auf jede Sekunde an.

Tim und Martin rissen die Schnellschlussventile der Druckgasflaschen auf und das Betäubungsgas strömte zischend in den Raum. Die Aliens standen wie erstarrt. Allein Conbayta fasste sich blitzschnell und griff in ihre sich öffnende Bauchtasche. Sie riss die Strahlungswaffe heraus und wollte auf Tim schießen. Martin stand jedoch so nah bei ihr, dass es ihm mit einem schnellen Hieb gelang, ihr die Waffe aus der Hand zu schlagen. Sie zirpte so schrill vor Wut, dass es selbst unter dem Schutzhelm von den beiden unangenehm zu hören war.

Ihre Erleichterung war groß, als sie sahen, wie das Gas wirkte. Es dauerte nur Sekunden und im Raum lagen kreuz und quer, teilweise übereinander die Aliens. Tim bückte sich und steckte Conbaytas Waffe ein.

Jetzt kam der schwierigere Teil der Aktion. Die besinnungslosen Aliens mussten in einem sicheren Raum eingeschlossen werden.

Tim erinnerte sich an einem Raum, in dem er bei seinem ersten Besuch von Conbayta geführt worden war. Dieser Raum lag nur einige Meter hinter dem Eingangsbereich.

Er zeigte Martin den Raum und sie begannen die Wehrlosen dorthin zu schleppen. Zuerst nahm Tim Conbayta an den Armen und zerrte sie in den Arrestraum. Da sie die gefährlichste Alienfrau war, fesselte er sie mit Klebeband an Händen und Füssen.

Inzwischen hatten die Techniker Tim eine beunruhigende Nachricht gesandt. Das Innere des UFOs war so weitläufig und unübersichtlich, dass sie keine Ahnung hatten, ob und wie viele der kleinen Männchen vom Gas betäubt sein würden.

Tim ordnete an, sich nicht lange darüber den Kopf zu zerbrechen, sondern so viele Aliens, wie es nur ging, sicher einzusperren. Stabilur sei zu fessseln aber nicht zu internieren, da er hier oben gebraucht würde, ergänzte er.

Tim hatte sich eine weitere Alienfrau wie ein erlegtes Tier über die Schultern gelegt und eine Zweite am Arm gepackt und hinter sich hergeschleift, als er zusammenzuckte. Der vor seiner Brust baumelnde Arm des Wesens beugte sich und die, mit kurzen scharfen Nägeln versehene Hand, fuhr ihm über das Gesicht. Zum Glück bewahrte ihn das Glas des Helmes vor einigen Kratzern. Vor Schreck warf er die Last ab und sah sich um.

Immer mehr Wesen begannen sich zu regen. Die Wirkung des Betäubungsgases ließ nach. Schneller als vorgesehen. Die Hersteller hatten versichert, die Betäubung würde mehrere Stunden anhalten. Anscheinend hatten sie sich verrechnet, oder nicht mit der Widerstandsfähigkeit von Insekten gerechnet. Einige im Eingangsraum krochen auf allen vieren auf dem Boden herum. Sie bewegten sich tatsächlich wie Insekten. Jetzt hätte ihnen ihr verkümmertes drittes Beinpaar sicher einen guten Dienst erwiesen, überlegte Tim und grinste. Doch das Grinsen hielt nur kurz an. Aus dem Inneren des Schiffes kamen besorgniserregenden Nachrichten. Die Betäubung hatte nicht alle erreicht und ließ ebenfalls nach.

»Hier kommen aus allen Ecken und Winkeln die kleinen Männchen gekrochen. Das Innere des UFOs ist unübersichtlich wie ein Hornissennest. Wir haben ihnen versucht, zu erklären, dass wir ihre Führungskräfte festgenommen haben und jetzt das UFO übernehmen werden. Anscheinend verstehen nicht alle unsere Sprache. Im Augenblick stehen sie zusammen und diskutieren. Wir sind besorgt, ob sie uns nicht doch noch angreifen werden. Sicherheitshalber halten wir die Waffen schussbereit in den Händen.«

»Versucht Stabilur wach zu bekommen und bittet ihn, mit einem Gruss von mir, seinen Kameraden zu raten, uns nicht anzugreifen. Wir hätten das UFO inzwischen übernommen.«

»In Ordnung, wir melden uns wieder« tönte es Tim ins Ohr.

Schweißüberströmt, zusätzlich durch die Schutzanzüge behindert, zogen sie die sich schwach wehrenden weiblichen Aliens in den Verwahrraum. Vorher hatte sie ihnen die Strahlungswaffen abgenommen.

Tim schloss die Tür des Arrestraumes ab.

»Ich bin der Meinung, wir sollten den Technikern zu Hilfe kommen«, schlug der GSG-Mann vor.

»Das war auch mein Gedanke«, erwiderte Tim und sie fuhren mit dem Lift in die Techniketage. Sie riefen nach Ralf und Reza und hörten sie irgendwo weiter im Inneren des Labyrinths antworten. Hinter einer Biegung des Flures blieben sie lauschend stehen. Aus dem Raum, an dem sie vorbeikamen, hörten sie Geräusche. Es hörte sich nach zirpenden Aliens an. Tim legte sein Ohr an die Tür und tatsächlich, hier befanden sich Aliens in dem Zimmer, die anscheinend die Betäubung überstanden hatten. Tim versuchte, die Tür zu öffnen. Ohne Erfolg. Tims Begleiter schob ihn beiseite, prüfte den Verschluss der Tür, zog die Waffe und der Knall von zwei Schüssen hallte durch die Gänge. Vorsichtig schoben sie die Tür auf, die Waffen schussbereit in den Händen.

An die Rückwand des Raumes gepresst, standen ihnen, regungslos, vier Mitglieder der weiblichen Oberschicht gegenüber.

»Haben Sie keine Angst. Wir werden Ihnen nichts tun. Wir haben die Kontrolle über das Raumschiff übernommen und Conbayta und die anderen leitenden Mitglieder festgenommen.«

Firmuna war es, die sich zuerst von dem Schock erholte und zu sprechen begann:

»Ich weiß, wer du bist. Ich war dabei, als du mit dem kleinen Jungen vor einiger Zeit in das Raumschiff kamst. Wir sind von Conbayta eingesperrt worden, weil wir sie daran hindern wollten, die Menschen auf der Erde zu töten.

Wir, und sie wies auf die anderen Aliens, sind nicht eure Feinde. Außerdem hat Conbayta uns die Waffen abgenommen.«

Sie schwieg und sah, mit immer heller glimmenden Facettenaugen, zu Tim hin.

Ihm schoss ein Gedanke durch den Kopf. Wenn das wirklich so wäre, dann könnte die vier ihnen nützlich sein.

»Wollen Sie mir helfen, dann begeben Sie sich in den Empfangsraum und warten dort, Wir werden bald zu Ihnen kommen und weitere Anweisungen erteilen.«

Er hatte seine Worte laut und in einem Befehlston gesprochen. Die Aliens hoben die Hände, als wollten sie damit ihr Einverständnis signalisieren und Invilida, die ebenfalls bei der ersten Begegnung dabei war, zirpte zustimmend.

Tim und der Polizist verließen den Arrestraum und eilten weiter zu den Technikern.

Bereits von Weitem blieben sie lauschend stehen. Waren da eben Schüsse gefallen? Besorgt beeilten sie sich, dorthin zu kommen. Im nächsten abzweigenden Gang entdeckten sie eine leblose Gestalt. Erstaunt sahen sie, dass es eine von den Großen, von den weiblichen Führungskräften war. Martin drehte die leblose Person um und wies auf eine grünliche Lache, die sich darunter ausgebreitet hatte.

Insektenblut! Er zeigte auf zwei Einschusslöcher im Brustbereich. Also gab es noch Weitere der

Großen hier unten. Man musste vorsichtig bleiben.

Erneut hallten Schüsse aus den tieferliegenden Etagen. Das war beunruhigend. In Tims Kopfhörer hörte er einen der Techniker aufgeregt sagen:

»Wir haben durch Zufall die Leittechnik, also das Cockpit gefunden. Als wir die Tür öffneten, schossen dicht an uns die Strahlen ihre Waffen vorbei. Wir schossen zurück und haben zwei der Großen getötet. Vier Weitere hatten sich anscheinend noch nicht ganz vom Gas erholt. Wir haben sie mit Klebeband gefesselt und liegenlassen.

In einem der großen Lagerräume haben wir alle bisher aufgetauchten Männchen eingesperrt. Mein Kollege bewacht sie. Sie scheinen nicht zu begreifen, was passiert ist. Teilnahmslos lassen sie alles mit sich geschehen. Vermutlich sind sie es gewohnt, nur auf Anweisung tätig zu werden. Wir werden noch ein paar Minuten warten. Sollten sich keine Wesen mehr einfinden, sehen wir die Aktion als erfolgreich beendet an. Wir melden uns dann wieder. Ende.«

Tim nickte zufrieden. Der Polizist deutete auf den Helm und meinte, sie sollten herausfinden, ob das Gas sich soweit verflüchtigt hat, dass sie ohne Schutzhelm weiterarbeiten könnten.

»Ich probiere es«, raffte sich Tim auf und öffnete ganz langsam und vorsichtig die Sichtluke.

Martin stand abwartend daneben, bereit, Tim aufzufangen, falls das Gas noch wirkte. Es war nicht nötig. Tim atmete tief ein und lächelte ihm zu.

»Alles in Ordnung. Wir können die Helme und die Druckgasflaschen abnehmen.«

Erleichtert entledigten sie sich der Schutzanzüge. Auf dem Weg zum UFO-Empfangsraum informierten sie die beiden Techniker, ebenfalls dorthin zu kommen und Stabilur und die vier aus der Arrestzelle mitzubringen.

## ~ 41 ~

Wenige Minuten später, näherten sie sich der Eingangshalle. Sich noch über die so verhältnismäßig reibungslos verlaufene Übernahme des Raumschiffs unterhaltend, betraten sie den Raum.

Der Anblick, der sich ihnen bot, ließ sie erstarren.

Mitten im Raum stand Conbayta. Zerrissene Klebebandreste baumelten von den Armen. Ihre Augen glühten hellrot und die Fühler waren steil nach vorne gestreckt. Tim und Martin blickten entsetzt auf die Glaskugel in ihren Händen.

Sie hatte sich befreien können, oder war von ihren Mitgefangenen befreit worden. In der Zeit, in der Tim und Martin in den unteren Etagen weilten, hatte sie es geschafft das Gift aus dem Lager zu holen.

Triumphierend hielt sie die Kugel hoch. Tim wusste, dass die Menge, allein von dieser einen Glaskugel, ausreichen würde, Berlin und einen weiten Teil Brandenburgs in einen großen Friedhof zu verwandeln.

Auf sie zu schießen war keine Option. Sie ließe die Kugel fallen und diese würde zerbrechen. Das wäre das Letzte, was Tim und Martin in ihrem Leben sehen würden.

Sie mussten versuchen, näher an Conbayta heranzukommen. Vielleicht ergäbe sich die Chance, ihr die Kugel zu entreißen. Es gelang ihnen, sich ihr bis auf kurze Distanz zu nähern. Conbaytas Stimme ließ sie innehalten.

»Noch einen Schritt weiter und ich lasse die Kugel fallen«, zirpte sie schrill.

Tim versuchte ein Gespräch mit ihr anzufangen, um Zeit zu gewinnen.

»Große Conbayta«, begann er, »Was wird aus Magnalias Plan, die Erde zu entvölkern, wenn Du mit dieser Kugel nur einen ganz kleinen Teil von uns Menschen vernichtest? Auf Manatura wird man meinen, dass Du versagt hast.«

Tim redete weiter auf Conbayta ein, denn er und sein Begleiter hatten gesehen, dass Stabilur aus einer kleinen Seitentür des Eingangssaales getreten war und jetzt hinter Conbayta stand. Mit Blicken verständigte sich Tim mit Martin.

Stabilur hatte die Glaskugel ebenfalls entdeckt und stand verunsichert da. Tim nickte ihm fast unmerklich zu, während er versuchte, sie durch Reden abzulenken.

»Große Conbayta«, ertönte es in diesem Moment hinter ihr und Stabilur hatte genau das Richtige getan. Er hatte sie abgelenkt. In dem Augenblick, als sie sich verwirrt zu der Stimme umdrehte, sprang Martin auf sie zu und versuchte, ihr die Kugel zu entreißen. Er schaffte es nicht ganz. Die Kugel entglitt zu schnell ihren Händen. Tim war es, der mit einem Hechtsprung den fallenden Tod, kurz vor dem Boden zu fassen bekam. Conbaytas wutentbrannter, zirpender Schrei, gellte ihnen in die Ohren. Sie stürzte sich auf Tim, um wieder in den Besitz der Kugel zu kommen. Martin vereitelte das, indem er sie mit einem gekonnten Schlag ins Reich der Träume schickte.

»Das war knapp«, japste Tim und richtete sich, das tödliche Glasgefäß an sich gepresst, wieder auf. Sie fesselten Conbayta aufs Neue und legten sie in die Nähe der Luftschleuse. Das hellrote Leuchten ihrer Augen war erloschen. Ihre Facettenaugen blickten schwarz und wie leblos.

Inzwischen hatte sich die Nacht über dem Alex gesenkt und es wurde Zeit, Teil zwei des Planes umzusetzen.

Die gefangenen männlichen Aliens hatten versichert, sie würden den Menschen helfen. Da sie unbewaffnet waren, durften sie sich wieder frei im Raumschiff bewegen.

Tim verlangte, den Transportschlauch umgehend auf die Erde herunterzulassen. Unter dem UFO standen die frierenden Fachleute bereit. Sie waren froh, endlich ihre Geräte in das warme UFO bringen zu können. Stabilur meldete sich und, nachdem er kurz mit Firmuna gezirpt hatte, setze er den Transportschlauch in Bewegung.

Zögernd und mit leichtem Unbehagen, trafen die ersten Techniker der Elektrofirma im Raumschiff ein. Tim informierte sie über das weitere Vorgehen. Stabilur ging voraus und brachte sie zu dem Lift, der zu dem Giftlager führte.

Stabilur öffnete die Tür zum Giftraum und sie sahen die gewaltige Menge an Glaskugeln. So nahe dem Tod zu sein, verfehlte nicht die Wirkung auf die Menschen. Das Entsetzen war ihnen deutlich ins Gesicht geschrieben. Sie rissen sich zusammen und begannen die Aggregate in Betrieb zu nehmen, die Heizlüfter im Raum zu verteilen und die Tür des Raumes, bis auf einen Spalt, durch denen die Kabel führten, zu schließen. Fernthermometer zeigten ihnen jeweils die aktuelle Temperatur im Raum an. Nach ihren Berechnungen müsste die Temperatur von achtzig Grad im Raum nach etwa fünf Stunden erreicht sein.

Während unten im UFO die Vernichtung des Giftes vorankam, musste entschieden werden, was mit Conbayta und den anderen weiblichen Führungskräften geschehen sollte.

»Ich habe keine Ahnung, was die zuständigen staatlichen Stellen mit ihnen vorhaben. Vielleicht beschließen sie, Conbayta sogar vor Gericht zu stellen. Schon skurril, wenn ich mir vorstelle, dass ein Alien, kaum, dass er auf unserer Welt gelandet ist, sich vor Gericht verantworten muss. Es könnte wie immer eine geraume Weile dauern, ehe von dort eine Entscheidung getroffen wird. Ich denke, wir werden Conbayta in Einzelhaft unterbringen und die anderen Großen in einem anderen Raum«, schlug Tim vor. Stabilur hatte zugehört und konnte ihnen zwei geeignete Räume zeigen. Man sah ihm an, dass er Conbayta am liebsten an Ort und Stelle umgebracht hätte. So beließ er es dabei, sich dicht neben sie aufzubauen und minutenlang auf sie einzuzirpen. Conbaytas Augen begannen gefährlich aufzuglühen, was Stabilur mit Genugtuung zur Kenntnis nahm. Stabilur entwickelte sich zu einem unentbehrlichen Helfer und Bindeglied zwischen den Menschen und den Aliens.

Tim, Reza, Ralf, Martin und Stabilur hatten sich im Empfangsraum versammelt und warteten auf die Meldung, dass das Gift erfolgreich vernichtet ist.

»Stabilur«, begann Tim, »kannst du vielleicht
Agilos erreichen und ihm mitteilen, dass die
Welt gerettet ist?«

»Ich werde es versuchen«, stimmte Stabilur zu
und begab sich ein Stück weg von der Gruppe,
um sich zu konzentrieren. Es dauerte recht
lange, bis Stabilur die telepathische Verbindung
geschafft hatte. Sie sahen, dass seine
Facettenaugen flackerten. Nach gut zehn
Minuten, begann er zu berichten.

»Ich habe eine gute und eine schlechte
Nachricht. Die Gute ist, dass ich Agilos noch
erreicht habe und er sich erfreut über unseren
Erfolg äußerte. Die schlechte Nachricht ist, dass
sich die Stimme sehr geschwächt anhörte.
Darauf angesprochen, bestätigte er mir, er
würde nicht mehr lange leben. Er bat mich,
dafür zu sorgen, dass der kleine Junge ihn noch
einmal besuchen kommt.«

Tim hatte bestürzt zugehört.

Tim wusste nicht, wie ernst es um Agilos
wirklich stand und wollte sofort die Eltern von
Leon anrufen, bis ihm einfiel, dass es inzwischen
Mitternacht war. Er nahm sich vor, sofort den
Anruf am Morgen zu tätigen.

Die Wartezeit bis zum Anruf, dass das Gift
vernichtet sei, überbrückten sie, indem sie die
weiblichen Aliens in verschiedenen Räumen
arrestierten.

Die erlösende Nachricht kam etwas später, denn
zur Sicherheit hatte sie die Temperatur eine

Stunde länger im Giftlager aufrechterhalten. Die Prüfung ergab, dass sich das vorher klare Gift in den Kugeln erst milchig und dann wieder wasserklar und flockig verwandelt hatte. Die Welt durfte aufatmen.

Die Männer der Elektrofirma verstauten ihre Aggregate und Heizgeräte und Stabilur sorgte für den Abtransport aus dem UFO. Ralf und Reza verließen erleichtert das Raumschiff und nur Martin blieb, vereinbarungsgemäß als Wache noch eine Zeitlang im UFO, bis man ihn ablösen würde.

Tim hielt Rücksprache mit den zuständigen Stellen, die den Alex bewachen ließen, und teilte ihnen den erfolgreichen Abschluss der Aktion mit. Die verschärfte Überwachung konnte zurückgefahren werden.

~ 42 ~

Der Morgen dämmerte, mit von der Sonne rosarot gefärbten Schäfchenwolken, herauf. Die Frühnachrichten berichteten weltweit von der Rettung der Welt und Journalisten recherchierten die Hintergründe der Aktion für ihre Artikel.

Tim wurde über Nacht berühmt. In ihm hatten sie den Helden ihrer Berichte gefunden.

Kaum hatte er das UFO verlassen, verschluckte ihn die begeisterte Menge. Nur mit Mühe und dem Versprechen, er würde ihnen alles zeitnah erzählen, gelang es ihm, nach Hause zu kommen. Selbst dort musste er sich einen Weg durch die jubelnden Menschen bahnen.

Jane fiel ihm stürmisch um den Hals und konnte kaum die Tränen vor Erleichterung zurückhalten.

»Komm«, waren ihre ersten Worte, dann zog sie ihn ins Wohnzimmer, drückte ihn auf den nächstbesten Sessel und befahl:

»Warte!«

Sie eilte in die Küche und kam kurz danach mit einem Glas randvoll mit Whisky und klirrenden Eisstücken gefüllt, zurück.

»Trink!«

Jetzt hatte sich Tim soweit erholt, dass er antworten konnte.

»Du hast immer schon die besten Ideen gehabt«, meinte er grinsend und setzte zum ersten tiefen Schluck an. »Den hatte ich wahrhaftig nötig«, bestätigte er und lehnte sich entspannt zurück.

»Erzähle!«

»Lass mich bitte erst ein wenig zur Ruhe kommen«, erwiderte er gähnend. »Die Zeit im UFO hat mich ganz schön Kraft gekostet und mich ermüdet.«

»Entschuldige bitte. Mich zerreißt fast die Neugier, alles zu erfahren.«

Tim nippte am Whisky und angelte nach dem Handy.

»Agilos hat darum gebeten, dass Leon ihn besuchen kommt.«

Er erreichte nur die Mutter von Leon, da Leon in der Schule war und überbrachte Agilos Wunsch. Sie versprach, es Leon auzurichten.

Am Abend des folgenden Tages klingelte Tims Handy und er hörte Leons Stimme, die kaum zu verstehen war.

»Bitte sprich bitte etwas deutlicher und höre auf zu schnaufen«, amüsierte sich Tim.

Doch er bereute sofort seine Worte, als er Leon jetzt deutlicher sagen hörte:

»Agilos ist in der letzten Nacht gestorben.«

»Das tut mir leid, zumal ihr euch so gut verstanden habt«, bedauerte Tim.

Um ihn zu trösten, versprach er, ihn in den nächsten Tagen mit ins UFO zu nehmen und ihm dort alles zu zeigen.

»Dankeschön, ich freu mich darauf. Darf ich Flocke mitnehmen?«

»Ja sicher«, versprach Tim, der wusste, wie sehr Leon an dem Hund hing.

»Tschüss Leon.«

»Tschüss Tim.«

Die nächsten Tage waren ausgefüllt mit Besprechungen. Tims Anwesenheit war überall gefragt.

Der Senat von Berlin stand vor der Aufgabe, eine Lösung für das Raumschiff zu finden. Am

Alex konnte es nicht bleiben. Erneut wurde diskutiert und, wie immer, heftig gestritten.

Die Vorschläge reichten von der Aufstellung des UFOs auf dem Olympiagelände, bis zum, sicher nicht ganz ernst gemeintem, Verschrotten. Nach weiteren Wochen einigte man sich auf das Tempelhofer Feld, direkt vor das Halbrund des gewaltigen Gebäudes. Eine Ausschreibung hatte den Inhalt, eine Unterkonstruktion für das Raumschiff anzubieten. Eine Firma aus Brandenburg, erhielt den Auftrag, das Fundament zu erstellen.

Die Berliner hatte sich lange genug an der silberglänzenden Kugel mitten in der Stadt sattgesehen und waren der Meinung, dass der *Alienklops* endlich vom Alex verschwinden sollte.

Wie sollte es jedoch mit den Außerirdischen vom Raumschiff weitergehen?

Zum Heimatplaneten Manatura zurückfliegen zu lassen, kam nicht in Frage. Die Informationen über uns und die Gefahr, erneut als Ziel für einen Angriff zu werden, konnte man nicht gestatten. Mit der Entscheidung hatte es keine Eile, denn laut Aussage der verantwortlichen weiblichen Aliens, reichte die Nährflüssigkeit noch einige Monate, vielleicht sogar Jahre. Nachdem man bekanntgab, dass die Hauptverantwortliche der Giftaktion gefangen

genommen war, plädierten die Bürger auf ein Gerichtsverfahren.
Den ersten Alien, der die Erde erreicht hatte, vor Gericht zu stellen?
Verrückter geht's nicht!

Doch wer sollte der Ankläger sein? Deutschland? Alle Staaten der Welt?
Für diesen Fall gab es kein Muster, kein Präjudiz.

Zuerst dachte man daran, dem Internationalen Gerichtshof in Den Haag die Aufgabe zu übertragen. Da sich Conbayta dem Urteil des Gerichtshofs kaum unterwerfen würde, zumal sie ihn vorher auch nicht anerkannt hatte, übernahm die deutsche Justiz die Aufgabe. Schlussendlich und nach Konsultation anderer Staaten, einigte man sich darauf, Conbayta in Deutschland vor Gericht zu stellen. Hier war das UFO gelandet und hier sollte das Urteil gesprochen werden.

Für die Verhandlung wurden Firmuna und Stabilur als Zeugen geladen. Die Verhandlung wurde nur möglich, weil beide Aliens im Gericht Helme mit Druckluftflaschen bekamen, in dem sich die Luft mit der erhöhten Sauerstoffkonzentration befand.
Für Conbayta hatte man sogar einen Glaskäfig gebaut, der mit der notwendigen

Sauerstoffkonzentration versorgt wurde. Somit konnte sie sich frei bewegen und die Anwesenden konnten Conbayta beobachten. Der Gerichtssaal war für die internationale Presse reserviert.

Um es kurz zu machen: Das Ziel, die Menschen der Welt auszurotten, brachte Conbayta lebenslänglich mit Sicherheitsverwahrung ein. Fermuna teilte Conbayta ihre Strafe mit, worauf diese, wie wahnsinnig geworden, gegen die Scheiben des Glaskäfigs sprang und ihre schrillen Zirplaute ließen den Anwesenden, noch außerhalb des Glaskäfigs, einen Schauder über den Rücken laufen. Ein verstörender Anblick.

In den Tagen vor der Verhandlung hatte man im UFO einen Sicherheitsbereich eingerichtet, in dem sich auch eine Zelle für Conbayta befand. Das war sozusagen ein exklusives Gefängnis für eine einzige Verurteilte. Ein Problem gab es noch zu lösen. Da die erhöhte Sauerstoffkonzentration für Menschen nur für verhältnismäßig kurze Zeit verträglich war, verpflichtete die Justizbehörde Firmuna, Hilaria und einige männliche Aliens mit der Bewachung und Versorgung Conbaytas.

## 43

Der Ruf, das UFO sollte so bald wie möglich vom
Alex verschwinden, wurde unüberhörbar.
Inzwischen trafen Anfragen aus aller Welt ein,
mit der Bitte, sich das UFO von innen ansehen zu
wollen. Andere Bitten bezogen sich auf die
wissenschaftliche Untersuchung der Aliens.
Um Zeit zu gewinnen, beschied man die
Anfragen negativ mit dem Hinweis, dass zu
allererst das Raumschiff zum endgültigen Platz
gebracht werden müsste. Des Weiteren wäre
noch nicht geklärt, wie man die Besucher, die
Aliens und die spezielle Atmosphäre im
Raumschiff in Einklang bringen könnte. Man bat
um Verständnis für die eventuell monatelange
Wartezeit.

Im Grunde war Tims Aufgabe mit der
Vernichtung des Giftes erledigt. Von Seiten des
Senats bat man ihn trotzdem, alles in die Wege
zu leiten, um das Fluggerät wieder einsatzbereit
zu machen. Tim übernahm, wenn man so will,
die Aufsicht über das Vorhaben. Anfangs hatte
er überlegt, diese Aufgabe abzulehnen. Jane war
es, die ihn ein letztes Mal überzeugen musste,
den Auftrag anzunehmen. Danach versicherte
sie, nicht ganz ernst gemeint, das Wort UFO nie
wieder in den Mund zu nehmen.

Es dauerte länger als geplant, aber nach einem Monat, meldete die Firma aus Brandenburg, das Fundament sei fertig.

In der Wartezeit, machte Tim sein Versprechen wahr und hatte mit Leon und Flocke einen ausgedehnten Rundgang durch das UFO unternommen. Dort, wo Flocke auftauchte, wichen die Aliens furchtsam zurück. Das kleine vierbeinige Wesen war ihnen unbekannt und wenn auch noch ein Knurren zu hören war, flüchteten sie, so schnell es ging. Leon fand das lustig und bald hatte auch Flocke herausgefunden, dass diese unbekannten Wesen vor ihm wegrannten. Das veranlasste ihn, ab und zu bellend auf sie zuzustürzen. Leon blieb nichts Anderes übrig, als Flocke zurückzurufen und zu ermahnen.

Nachdem das Fundament fertig war, konnte man mit der Ortsveränderung des Raumschiffs beginnen.

Reza, der damals den Fehler im Antrieb entdeckt hatte, machte sich mit Ralf und Stabilur daran, das Fluggerät wieder startklar zu bekommen. Dafür benötigten sie knapp eine Woche. Der Tag, an dem das UFO den Alex verlassen sollte, war in den Medien angekündigt worden. Das trieb die stets neugierigen Berliner in Scharen zum Alex, während sich weitere Menschenmassen zum Tempelhofer Feld bewegten.

Die Wettervorhersage versprach für den Vormittag eine ruhige Wetterlage. Ab Mittag könnte jedoch eine Gewitterfront mit starken Windböen die Stadt erreichen.

Der Start war für zehn Uhr vormittags angesetzt. Tim, Jane, Leon mit Flocke und Abgeordnete staatlicher Stellen sowie eine Handvoll internationaler Journalisten hatten sich im Eingangsraum des UFOs versammelt. Für einige war allein der schwerelose Lift im Lichtschlauch ein unvergessliches Erlebnis. Für das Ereignis waren Tische und Stühle aufgestellt worden und eine Cateringfirma wartete mit kleinen Häppchen und Getränken auf.

Tim wartete neben dem GSG –Mann auf den Anruf aus dem Maschinenraum, dass alle Vorbereitungen abgeschlossen wären und der Start pünktlich um zehn Uhr stattfinden könnte.

Neun Uhr und dreißig Minuten. Tims Handy meldet sich und Reza bestätigt, dass das UFO startklar wäre. Im Eingangssssaal des Raumschiffs wuchs die Spannung. Würde es gelingen, diesen Koloss ohne Probleme zu starten und sicher auf dem Tempelhofer Feld landen zu lassen? Neun Uhr fünfundvierzig. Firmuna kam in den Saal gestürzt, eilte auf Tim zu und zirpe. Tim verstand nicht, was sie wollte. Sie riss sich zusammen und stammelte nun verständlicher:

»Conbayta ist nicht mehr in ihrer Zelle und Hilaria sowie zwei von uns, liegen tot vor dem Arrestraum.«

Martin, der GSG – Mann stand daneben und Tim hörte ihn sagen:

»Stell dir vor, Conbayta ist im Cockpit und die Aliencrew hat beschlossen, nicht zum Flugplatz Tempelhof zu fliegen, sondern schnurstracks zurück nach Manatura.«

Größer hätte der Schock nicht sein können. Tim bat die Anwesenden um Gehör:

»Meine Damen und Herren, der Start wird sich aus technischen Gründen um einige Minuten verzögern. Ich bitte um Verständnis und werde Sie auf dem Laufenden halten.«

Er beugte sich zu Leon hinunter und flüsterte:

»Leon, es könnte eventuell etwas gefährlich werden. Deswegen bitte ich dich, hierzubleiben.«

Leon blickte Tim erschrocken an, der daraufhin versprach:

»Ich verspreche dir, gesund wieder zurückzukommen.« Leon nickte verhalten.

Leises Murren und Fragen, welche technischen Schwierigkeiten es wären, brachten Tim in Erklärungsnot. Er wich aus, indem er vorgab, sich selber um das Problem zu kümmern und verschwand mit Martin und Firmuna aus dem Saal.

Bevor sie das Cockpit erreichten, warfen sie noch einen Blick in den Arrestbereich. Sie fanden die drei toten Aliens. Anscheinend durch Strahlenwaffen getötet, da keine äußeren Verletzungen zu entdecken waren. Tim war es schleierhaft, woher einer der Aliens eine Waffe hatte, denn alle Waffen waren den weiblichen Führungskräften abgenommen worden.

Firmuna zeigte den beiden den kürzesten Weg zur Schaltzentrale, in dem sich das besonders gesicherte Cockpit befand. Die Tür war zu. Firmuna tippte den Öffnungscode ein, doch die Tür blieb zu.

Ein leises Vibrieren lief durch das Raumschiff. Es war Punkt zehn Uhr.

Tim wehrte sich gegen die in ihm aufsteigende Panik. Firmuna stand hilflos da. Martin blickte zu Tim und schlug vor, die Tür mit Gewalt zu öffnen.

»Beeil dich, sonst werden wir irgendwann auf Manatura von Magnalia begrüßt werden«, stimmte er, mit leicht missglücktem Grinsen, zu. In dieser Sekunde wankte der Boden unter ihren Füßen, sodass sie Halt an der Wand suchen mussten. Vermutlich begann sich das Raumschiff vom Alex zu lösen.

»Geht lieber ein Stück beiseite, falls es einen Querschläger gibt«, ordnete Martin an. Er zog die Waffe und feuerte mehrere Schüsse auf die Stelle der Tür ab, wo er die Verriegelung vermutete. Die Schüsse hallten in dem kleinen Gang betäubend laut. Sie stürzten auf die Tür zu und zerren gemeinsam an der Türkante und der Griffmulde.

Erst beim zweiten, verzweifelten Versuch, bewegte sich etwas und sie schafften es, das Türblatt ein wenig aufzuschieben. Ein roter Lichtstrahl zuckte knapp an ihnen vorbei. Sie konnten gerade noch zur Seite springen, als weitere tödliche Strahlen aus dem Raum auf sie abgefeuert wurden. Martin sah fragend zu Tim hin. Tim verstand, was der Blick sagen sollte und entschied:

»Uns bleibt leider keine andere Wahl.« Martin lud zuerst die Waffe nach.

Dann sprang er auf die andere Seite der schmalen Türöffnung und schoss mehrfach in den Raum.

Der aus dem Raum zu hörende schrill zirpende Schrei war durchdringend und langanhaltend. Sie schoben die Tür ruckartig weiter auf, wobei sie versuchten, nicht ins Schussfeld zu gelangen. Die Sorge war unbegründet. Conbayta kauerte am Boden und hatte beide Hände auf die Brust gedrückt. Zwischen ihren Fingern sickerte grünliches Insektenblut hervor. Die Waffe lag ein Stück entfernt auf dem Boden. Martin nahm sie sofort an sich.

Die beiden Pilotinnen saßen in ihren Sesseln und drehten sich jetzt zögernd zu den Eindringlingen um. Zwei männliche Aliens, die den technischen Teil betreuten, saßen in der zweiten Reihe und schauten ebenfalls erschrocken zu den Menschen hin.

Die Chefpilotin fand als Erste wieder Worte und zirpte ein wenig zittrig:

»Conbayta wollte uns zwingen, nach Manatura zu fliegen. Wir waren uns mit Firmuna und Invilida einig, nicht zurückzufliegen und hofften, für lange Zeit auf der Erde bleiben zu dürfen. Sie hatte befohlen, Manatura folgenden Text zu senden: ‚Können Auftrag nicht erfüllen. Sendet neue Mannschaft!' Ich habe die Nachricht nicht abgeschickt. Sie hat es zum Glück nicht bemerkt. Wir werden unser Fluggerät jetzt zu dem vereinbarten Landeplatz bringen.«

Sie hatten Conbayta nicht aus den Augen gelassen. Erschüttert sahen sie, wie ihre anfangs vor Wut hellrot flammenden Augen immer schwächer leuchten und sie, ohne einen Laut von sich zu geben, langsam vornüberkippte. Ihre Glieder zuckten noch minutenlang, dann war sie tot. Bedauern kam nicht auf, aber ein gewisser Respekt vor ihrer Leistung als Führungspersönlichkeit schon.

Martin war vorsichtig und schaute auf den großen Monitor vor den Pilotinnen. Langsam hob sich das UFO vom Boden ab. Ein Ruck warf sie fast um. Eine Gewitterbö hatte das Raumschiff gegen eines der Hochhäuser gedrückt. Die Gewitterfront hatte Berlin schneller erreicht, als vorausgesagt. Sie sahen Betonteile und Glasscherben auf den Platz fallen.

An einem Bürohaus fehlte die Ecke der letzten Etage.

Im Eingangssaal kippten Gläser um und einige Gäste stürzten zu Boden. Dann gewann das UFO an Höhe und Martin sah, wie der Alex und die Hochhäuser langsam unter dem UFO immer kleiner wurden. Dann schwenkte es in eine andere Richtung und Martin registriert zufrieden, wie es sich über die Stadt in Richtung Tempelhof bewegte. Tim und Firmuna sahen ebenfalls wie gebannt auf den Monitor.

»Ich gehe lieber zurück zu unseren Gästen, denn sie werden fragen, warum es so einen Ruck gegeben hat und ob alles planmäßig verläuft«, schlug Tim vor.

»Okay, ich bleibe lieber noch hier, bis wir sicher gelandet sind. Weitere Überraschungen möchte ich nicht erleben«, grinste Martin. Firmuna und wollte ebenfalls bleiben.

Zehn Uhr fünfzehn. Die silberne Kugel schwebte über dem Landeplatz. Das Sonnenlicht war hinter dunkelgrauen Gewitterwolken verschwunden. Blitze zuckten über Berlin und beleuchteten sekundenlang das Raumschiff. Das Landeschauspiel wirkte wie inszeniert. Genau so würde ein Regisseur sich die Ankunft der ersten Aliens vorstellen.

Die Menschen hatten sich vor dem einsetzenden Regen, unter dem riesigen Vordach des Flugplatzgebäudes, in Sicherheit gebracht.

Das UFO verharrte dicht über dem Fundament. Mitarbeiter der Brandenburger Firma standen, sich mit Regenschirmen schützend, neben dem Unterbau und wiesen die Pilotin über Funk ein. Dann setzte es mit einem sanften Ruck auf.

Tim verkündete die geglückte Landung im Empfangssaal. Beifall brandete auf.

Die ersten Filmaufnahmen von der Landung liefen um den Erdball.

Wie vereinbart, wurden die Ehrengäste, von Tim in kleine Gruppen eingeteilt, nacheinander durch einige Etagen des Raumschiffs geführt. Bei dem Blick in das Giftlager lief es den Besuchern kalt den Rücken hinab. Auf dem Rundgang begegnen sie den kleinen männlichen Aliens, die ihre Scheu abgelegt hatten und die Menschen neugierig betrachteten. Umgekehrt schien es, als wichen die Menschen vor ihnen mit leichtem Grauen zurück. Diese kleinen, dünngliedrigen Wesen waren ihnen einfach zu unheimlich. Besonders ihre *Fliegenaugen*, wie sie eine Besucherin nannte, schreckten ab. Nur wo Leon mit Flocke auftauchte, flüchteten die Kleinen vor dem unbekannten weißen Tier.


Der Regen ließ nach etwa einer Stunde nach und die Sonne wagte sich hinter den letzten grauen Wolken hervor. Den Zuschauern bot sich ein beeindruckender Anblick. Das gewaltige, im Sonnenlicht glänzende Raumschiff vor dem

Halbrund des ehemals größten Gebäudes der Welt, würden sie nie mehr vergessen.

Tim verabschiedete die Gäste, die hochzufrieden, bei diesem Spektakel dabei gewesen zu sein, das Gelände verließen. Anschließend brachte er, wie vereinbart, Leon nach Hause.

Am späten Nachmittag fiel er Jane restlos erschöpft, aber glücklich in die Arme.

»Ich habe eine Bitte«, flüsterte er ihr ins Ohr, »erwähne für die nächste Zeit nicht das Wort UFO.«

»Das kann ich sehr gut verstehen«, stimmte sie lächelnd zu und zog ihn ins Wohnzimmer.

Jane sah ihn an und er wusste, was ihr fragender Blick bedeutete.

»Ja, du hast es erraten. Ich brauche jetzt einen kräftigen Schluck, der mich wieder ins Gleichgewicht bringt«, lautete seine Antwort, während er auf die Couch zusteuerte.

»Bin schon unterwegs«, kam die Antwort.

Das Glas Whiskey mit den klirrenden Eiswürfeln in der Hand haltend, kuschelte sie sich an ihn. Nach dem ersten ausgiebigen Schluck, ließ Tim ein wohliges Stöhnen hören.

»Das tat gut«.

»Ich habe noch eine gute Idee«, meinte Jane und suchte das Handy auf der Couch.

»Und das wäre?«

»Eine Pizza von Giuseppe!«

»Aber die größte *Frutti die Mare*, die sie haben, bitte.«

»Und wie immer eine kleine *Margherita* für mich«, scherzte Jane.

Es dauerte nur eine halbe Stunde und der leckere Duft der Pizzen verbreitete sich im Raum.

Tim hatte eine Flasche Barolo geöffnet und goss den tiefroten Wein genusserwartend in die Gläser.

Das opulente Mahl verfehlte nicht seine Wirkung.

Satt, wohlig müde und rundherum glücklich, hatten sie sich wieder auf die Couch zurückgezogen und als Tim lächelnd bestätigte:

»Auch, wenn gleich ein zweites UFO landete, mich brächten keine zehn Pferde dorthin.«

»Ich werde mir das jetzt nicht Fernsehen anschauen«, versicherte Jane, »obgleich ich gerne die Landung gesehen hätte. In Anbetracht deiner seelischen Lage, werde ich das auf morgen verschieben«, versprach sie mit einem Lachen.

»Danke mein Liebes, ich weiß das zu schätzen«, beteuerte Tim und rückte ein Stück näher zu Jane.

## 44

Ein wenig neidisch blickten die Metropolen der
Welt auf Berlin.
Wer konnte schon ein UFO, sogar noch mit
Besatzung, vorweisen?
Touristen aus aller Welt würden es sich nicht
nehmen lassen, das Raumschiff zu besichtigen,
um vielleicht sogar Kontakt mit lebenden Aliens
zu erfahren. Gänsehaut inbegriffen.
Schon bald begann der Touristikverband, die
Werbetrommel dafür zu rühren.
Es dauerte nicht lange und das gewohnte,
quirlige Großstadttreiben belebte wieder den
Alex. Der Vorschlag eines Berliners, die Station
»Alexanderplatz« in »Am UFO« umzubenennen
fand keine Mehrheit.
Die Gebäudetrümmer waren verschwunden und
an der Hochhausecke begannen die
Reparaturarbeiten.
Zu Flockes Freude fanden sich die Tauben
erneut ein und tippelten, als wäre nichts
geschehen, zwischen den eiligen Passanten.
Sobald er mit Leon den Platz erreichte, rannte
er, kläffend in die Taubenschar, die mit lautem
Flügelschlag emporstiebte. Sichtlich zufrieden
mit dem Jagdergebnis, trottete er danach zu
seinem Herrschen zurück.

Die Senatskanzlei lud Tim, Leon und Martin ins Rote Rathaus ein, um sie für ihre Verdienste zu ehren.

Sie durften sich ins Goldene Gästebuch eintragen. Tim wurde mit dem *Verdienstorden des Landes Berlin* geehrt, Martin erhielt die Medaille *Für besondere Leistungen im Dienst* und Leon eine Urkunde, in der ihm für seine Zusammenarbeit mit Agilos gedankt wurde.

Tim war der Meinung, er könnte sich ab sofort ausschließlich seiner Journalistentätigkeit widmen. Doch zunächst wurde er gebeten, mit Sicherheitsexperten des Landes, zum Raumschiff zu kommen.

Man misstraute der Raumschiffcrew und hielt es für möglich, dass diese sich doch noch entschließen könnte, die Erde zu verlassen und nach Manatura zurückzufliegen. Tim und die Techniker Reza und Ralf sollten Sorge dafür tragen, dass die Pilotinnen das UFO nicht mehr starten könnten.

Im Empfangsraum wurde Tim von Stabilur begrüßt. Er schien sich zu freuen, was bei den emotionslosen Insektenwesen am Gesichtsausdruck oder der Körpersprache kaum ablesbar war. Ralf eilte ins Cockpit und demontierte fünf zum Start unerlässliche Instrumente, während Reza im Maschinenraum einige Relais der Antriebsaggregate lahmlegte.

Im Eingangsbereich fragte Tim die beiden:

»Angenommen, das UFO müsste vom Tempelhofer Feld entfernt werden, wäre es dann möglich, es wieder startklar zu machen?«

»Ja, es könnte jederzeit wieder flugfähig vorbereitet werden. Entscheidend dafür wäre die sichere Einlagerung der demontierten Teile und eine genaue technische Anleitung, wo und wie sie wieder montiert werden. Das ist wichtig, wenn der Fall erst nach Jahren einträte und wir beide nicht mehr imstande wären, zu helfen. Außerdem sind nur die Pilotinnen, so lange sie uns erhalten bleiben, in der Lage das Ding zu fliegen. Es wäre sinnvoll, dass sie Piloten von uns rechtzeitig ausbilden«, fasste Ralf zusammen.

»Gut, ich werde das in die Wege leiten«, versicherte Tim.


Tim schlenderte durch die inzwischen vertrautgewordenen Gänge und grüßte mit einem Kopfnicken die ihm entgegenkommenden Kleinen. Sie schienen ihn zu kennen, zu akzeptieren, denn sie legten beim Vorübergehen kurz die Hände vor der Brust zusammen und senkten ansatzweise die Köpfe. Sie hatten ihn als Führungspersönlichkeit anerkannt. Alienboss, dachte Tim und konnte sich nicht, ein leichtes Grinsen bei diesem Gedanken erwehren.

Nach dem Ausschleusen stand er unschlüssig unter dem UFO. Dann kam ihm eine Idee.

Das UFO im goldenen Abendlicht und im Hintergrund das Flughafengebäude. Das gäbe ein eindrucksvolles Motiv. Entspannt schlenderte er ein recht weites Stück über das ehemalige Rollfeld, um das UFO und das Gebäude zusammen aufs Display zu bekommen.

Der Gewitterregen hatte eine erfrischende Luft hinterlassen. Tim stapfte durch das Gras und versuchte, den besten Standort für das Foto zu finden. Konzentriert peilte er das Motiv an. Ja, jetzt hatte er den perfekten Ausschnitt gefunden und war im Begriff, abzudrücken, als er innehielt. Es zirpte leise, aber trotzdem unüberhörbar in seinen Ohren. Wie, was, wer zirpt hier? Ein Alien konnte es sicher nicht sein. Die Luft hätte er nicht überlebt. Tim hörte ganz genau auf den Laut, der von irgendwo, da unten, aus dem Gras zu kommen schien. Schließlich entdeckte er den Sänger. Es war ein grünes Heupferd, welches unablässig seinen zirpenden Gesang hören ließ.

Was wäre, wenn ich so einen Heuhüpfer mit ins UFO nähme und es den Kleinen zeigte?

Gäbe es eine zirpende Verständigung? Wohl kaum. Zwischen ihnen lagen sicher Millionen Jahre der Entwicklung. Tim beugte sich zu dem Zirper herab, der sofort mit dem Gesang aufhörte und sprach:

»Sei froh, dass du auf der Erde zirpen darfst, sonst müsstest du durchs Weltall reisen, um nach fernen Planeten zu suchen.«
Das erneut einsetzende Zirpen deutete er als Zustimmung.